MEMORY HOUSE
记忆坊文化

U0524268

妈妈的梦想

MOM'S DREAM

上

迷迭兰 著

江苏凤凰文艺出版社

图书在版编目（CIP）数据

妈妈的梦想：全二册/迷迭兰著. —— 南京：江苏凤凰文艺出版社，2024.3
ISBN 978-7-5594-8060-6

Ⅰ.①妈… Ⅱ.①迷… Ⅲ.①长篇小说–中国–当代 Ⅳ.① I247.5

中国国家版本馆 CIP 数据核字 (2023) 第 198983 号

妈妈的梦想：全二册

迷迭兰 著

策　　划	北京记忆坊文化
特约策划	暖　暖
特约编辑	张才曰　刘安然
责任编辑	白　涵
封面绘图	鹿寻光
封面设计	小贾设计
出版发行	江苏凤凰文艺出版社
	南京市中央路 165 号，邮编：210009
网　　址	http://www.jswenyi.com
印　　刷	北京中科印刷有限公司
开　　本	880mm×1230mm 1/32
印　　张	13.5
字　　数	337 千字
版　　次	2024 年 3 月第 1 版
印　　次	2024 年 3 月第 1 次印刷
书　　号	ISBN 978-7-5594-8060-6
定　　价	69.80 元（全二册）

江苏凤凰文艺版图书凡印刷、装订错误，可向出版社调换，联系电话 025-83280257

目录

第一章 / 001

第二章 / 013

第三章 / 023

第四章 / 043

第五章 / 067

第六章 / 077

第七章 / 101

第八章 / 117

第九章 / 135

第十章 / 153

第十一章 / 185

第一章

桃子已经十五年没有思考过人生了，至少她肯定近十年来没有。

别人都说做全职太太很简单，尤其是全职富太太，在桃子看来这都是屁话。

每天一睁眼，眼皮底下都是事。

早上六点起来，刷牙洗脸做早餐，中间还要化个淡妆稍稍收拾自己。七点，一周不重样的中西日式早餐摆放在餐桌上，伺候一家人吃完早餐，七点半准时出门，开车送女儿上学。八点到家再伺候丈夫穿衣出门，八点半"恭送"丈夫出门后，再到家附近的菜市场买菜。九点半采购完毕到家，开始收拾家里，尽管有张姨帮忙，但是许多事桃子依然亲力亲为，尤其是在家庭的饮食上。一方面是丈夫要求高，一方面是女儿正是长身体的时候，营养搭配必须均衡，所以绝对不能马虎。十点半，一锅食材经精心搭配的汤底被放上灶台细火慢熬。十一点半，修剪完庭院里花花草草的桃子会给自己做个凯撒沙拉，又或者是地中海沙拉，然后打开电视看个综艺节目吃完。下午一点午睡，两点起来到小区附近的健身中心练瑜伽。三点半到家，准备晚餐以及女儿下课后的点心。五点出门接女儿放学，五点半送女儿到补习班，七点到家吃晚餐，八点会有家庭老师上门辅导女儿钢琴，中间她会准备次日早餐食材。九点老师走后，她会陪女儿做作业，虽然女儿上初中后都很少和她交流。十点，她终于能回到自己的房间，洗个热水澡敷个面膜，再看一两集热播连续剧，不过经常看到一半就睡着了。

她每天的时间安排都是精确到半小时的，生活忙忙碌碌，日日重重复复，哪来的时间去思考人生呢？

直到某天早上，她在女儿房间的垃圾桶，发现被揉成一团的作文纸，标题是《妈妈的梦想》。

这个作文题可真是把我给愁坏了，丽兹的妈妈是个女企业家，露露的妈妈是个历史教授，安琪的妈妈再不济也是个电视演员，我妈妈呢？一个十足的家庭主妇，每天在菜市场穿梭，在家做饭洗衣，最大的贡献就是接送我，能有什么梦想？我连问她的兴趣都没有。

在现代社会，我有时候真感到奇怪，像她那样的女人怎么能生活到现在？没有一技之长，没有学习能力，没有危机感，每天讨论吃吃喝喝，一无是处。我想，如果不是她还有几分姿色，如果不是我爸爸有点迷信，我爸爸应该早就抛弃她了吧？

奶奶经常跟我说，我妈妈嫁给我爸爸是上天的选择，因为我爸爸出身名门，而我妈妈家是卖猪肉的。虽然娶我妈的时候，我爸一度家道中落，但是很快又重振家业了，而且一路辉煌到现在。也许是我爸觉得抛弃糟糠之妻会遭天谴，会被人诟病，所以才一直没提离婚。

说起我爸爸，这个城市的首富，他是一个十足的高富帅。年近四十，仍像三十出头，有脑、有型、有钱，简直是无敌了。我爸工作繁忙，在家的时间很少。而我爸对我妈感情淡漠是显而易见的，本来见面机会就不多，每回总是我妈一个劲在说，一般只有两个主题，"我"和"食物"。

"妞妞这次数学考试又拿第一名了，真像爸爸呢，理科成绩好。不过，语文拿了第三，要加油了。"我真不知道，一个唐诗三百首连三首都背不出来的女人有什么资格说我。

"这是我新学做的网红脏脏包，是用巴西进口的可可豆磨成的可可粉，花了三个小时做的，你们看好不好吃？"我真不知道，成天研究这些吃吃喝喝有什么意思。

此时，我爸总会淡淡地应一两句。

想必见惯世面的我爸要忍耐神神道道的我妈，也是不容易。

作文纸上只有标题，什么内容都没有。

桃子嘀咕，怎么女儿没有和她提起要写这个命题的作文。不过，如果女儿问起她的梦想，她应该怎么回答呢？

"梦想，我的梦想……"桃子想得仿佛入了神，思想如同发散的光芒，一下子回到了十五年前的那个黄昏。

"太太，您的电话。"张姨在一层大声叫道。

桃子急急忙忙地下了楼，是女儿奶奶打来的。

桃子隔着电话也恭恭敬敬地弯腰点头。老宅的宽带坏了，让桃子过去看看。

虽然桃子对此一窍不通，但是那么多年来，事无巨细，她总是毫无怨言。

开车横跨半个城市，中间还要绕到吉顺道去买婆婆爱吃的椰奶蛋挞。

"怎么那么久才到？"婆婆一见面就板着脸。

"今天排队的人太多了。"桃子亮出了蛋挞，婆婆才稍稍消气。

"联通的师傅来了吗？"是桃子给电话报修的。

"来了，在上面修着呢。"婆婆嘱咐用人将蛋挞放进冰箱。

"我去看看。"楼梯是全实木的，桃子踩上去会吱吱响。

桃子刚嫁过来的时候，就住在这里。三层的砖砌小洋楼，带个宽大的后院，种着修葺整齐的绿植。门前的石阶，下雨时踏上去总爱打滑，桃子好几次在这儿摔过。

宽带很快修好了，桃子送走师傅，从门外回来："爸爸呢？"

婆婆的态度，数十年如一日："又去公司了，让他少操点心，可他总不爱听。"

"秦野很忙吧？他爸说在公司也见不着他。"

"妞妞读书怎样？还是经常拿第一吧？"

虽然相处那么多年，桃子在和婆婆独处时，仍感觉不自在。她低头抿着茶，问一句答一句。

"对了，安莉要回来了，你还记得安莉吗？"

"记得。"桃子怎会忘记，婆婆从前经常说，如果不是上天的选择，丈夫应该娶的是安莉。

她到家已经两点了，健身是来不及了，随便吃个饭就开始准备晚餐。

今天，我妈来接我的时候，神情有些古怪，总是怔怔地看着我，想要说什么却说不出来。

焦虑、急躁、抑郁、脾气突变是更年期的临床表现，她该不会是更年期提前了吧？真不想理她，听会儿阿黛尔的新歌，感觉世界都安静了。

这学期新来的混血男生Jackson居然是英国大使的儿子，辩论赛能分到和他一组太幸运了。赛前还是要多练几次口语，如果口误就显得自己太差劲了。

补习班的老师太无趣了，说得天花乱坠，我其实都会了。如果不是为了下课以后有地方去，我才不愿意上那儿待着。

"妈，你什么事啊？我在听英语呢。"我妈朝着后视镜招手，我不耐烦地取下耳机。

"我说，你舅舅这周末回来，我们周六到外婆家吃晚饭。"在等红灯时，我妈转过身说。

"舅舅？"我重复了一遍。

我差点忘了，我妈妈有一个弟弟，并不和我们生活在同一个城市。我小时候，他每次见到我，都会狂捏我的脸蛋。

"是啊，舅舅可想你了。外公外婆也总念叨你。"我妈接着说。

小时候，每次我妈领着我回娘家，我奶奶都要把我叫去教育一番。

"别让他们亲你,毕竟是卖猪肉的,不讲究卫生。"

"别吃他们买的东西,毕竟是卖猪肉换来的,太血腥了。"

"别被他们收买了,你以为他们是真对你好,他们惦记的是你爸的钱。"

小时候,听了也不放心上,但是长大后,每次见到外公外婆总觉得心里硌硬。

桃子今天有几次想和女儿谈一下,关于她的梦想。可总是话到嘴边说不出来。

家庭老师走后,桃子又到女儿房间,却被女儿推了出来:"妈,我要洗澡睡觉了。"

她转过身还要说,张姨在楼下叫道:"太太,先生回来了。"

桃子的丈夫秦野出差回来了,丈夫的秘书小杨给她发微信提醒过,可她错过了。

"吃过了吗?"桃子问。

"还没有。"秦野倦怠地解开了西服的纽扣。

"你先去洗澡,我准备一下。"桃子走近厨房。

当初厨房的设计,是完全根据桃子的煮食习惯来的。

开放式厨房够大,四个燃气灶,可以同时煲、炒、炖、蒸,柜式大烤箱、厨师机、咖啡机、榨汁机等一应俱全。

然而,今天桃子并不想弄太复杂的。从冰箱取出超低温金枪鱼切片,再温水解冻北海道甜虾,将晚餐剩下的米饭热一下,加入适量的糖和白醋搅拌均匀,将刺身均匀地铺在米饭上,一个海鲜便当就完成了。

秦野已经换上便服坐到餐桌前，桃子端上饭菜后，他放下手机拿起筷子。许是饿了，未等桃子取来姜片，他就吃了起来。她的丈夫对吃更为讲究，在吃两种不同的鱼片之间要用姜片清洁口腔。

"要清酒吗？"只见秦野点点头，桃子又起身去倒了。

十五年来，丈夫吃饭的时候，桃子总是陪在一旁说说家常，但她今天心里有事，话并不多。

"对了，弟弟这周回来，周六你要有空可以到我家吃个晚饭。"

"哦，我看看时间安排吧。"

丈夫快要吃完，她又起身去取出晚上新做的松饼，浇上一点蜜糖。本想给他磨杯咖啡的，但已是晚上怕他失眠，只给他倒了一杯温水。

丈夫吃完，心满意足，上楼去了。张姨已经睡去，桃子要留下来收拾碗筷。

她上楼的时候，听见丈夫在女儿的房间说话，她欣喜女儿还没有睡，急忙凑到女儿房间。

一见她过来，原来兴高采烈说着汉语的女儿，就突然转用英语和爸爸交谈了。

丈夫毕业于美国名校，英语说得和母语一样好，自然没有障碍，可怜桃子英语刚过四级的水平，加上那么多年没用，早就还给老师了。

桃子快快地回到房间，打开丈夫的行李，将脏衣服放到脏衣篓，将干净的衣服放回衣柜，将洗漱包的用品更换成新的，将电动剃须刀里的须根清洗干净。

丈夫回到房间，桃子已经收拾好了，一切化整为零。

她穿着丝质睡裙，坐在梳妆台前，涂抹面霜。

"不看会儿电视吗?"许是觉得她话少,丈夫随口问道。

"不看了,晚安。"桃子上床,关掉床头灯,睡觉。

丈夫没有去书房,捧着电脑靠着床沿办公。

桃子睡觉的时候,不喜欢有光和动静。虽然他偶尔在家,偶尔这样,可桃子也忍受不了,盘算着再过几年,四十岁以后就分房睡,这样互不影响。

因为她父母就是从四十岁开始分房睡的。

秦野一早回到公司,参加公司战略规划会议。

会议讨论的内容是,是否要通过定向增发进行海外扩张。

开了三个小时的会议,争论不休,新派员工主张要向海外扩张抢占市场,老派员工坚持认为国内市场还可以深度开发,还没必要将公司的人力物力放到国外。其实,秦野是偏向海外扩张的,但在争执不下时,他一般不动声色。

他中途离开,回到自己办公室签了几份文件。抬手时,看到桌上妻子抱着女儿的合照。

照片并不是他主张放的,是一次记者过来采访,秘书小杨说摆个家人的照片会显得温馨一些,便交由秘书安排了。

这照片放下后,就没有再动了。

他想起有大半年没去妻子娘家了,拨了一下小杨的电话,问周六晚上的日程安排。

"周六晚上约了新加坡的李先生吃饭。"

"哦,我知道了。"自然是客人重要。

"安莉小姐想约您见面吃饭，您看安排到下周三可以吗？"

"安莉？"秦野拿起手机，看到了两条未读微信。

奶奶说，我妈嫁给我爸这十多年，我外公外婆已搬过三次家。现在住的富丽小区，是三年前搬进来的，离我外公以前摆摊卖猪肉的市场并不远。

人老了总爱回到从前熟悉的地方，我妈是这样解释的。

不过，我外公现在已经不卖猪肉，改行开便利店了，而且有三家连锁店。一家在富丽小区门口，一家在街尾的幸福剧院门口，一家在隔壁街的拔草小学门口，生意兴隆，衣食无忧。

奶奶说，我妈有我爸的附属卡，还每月跟我爸要好多的家用，全是用来补贴娘家的。

今天我练完钢琴已经很累了，还要跟我妈来外公外婆家。

是外婆开的门，她一见到我就眉开眼笑了。

"妞妞来了，外婆可想你了。"

舅舅也迎了出来："妞妞，快来看舅舅给你买了什么。"

我舅舅在杭州读的大学，毕业后进了当地一家房地产开发公司，现在已经升到公司副总了。我妈说起舅舅总是引以为傲。

舅舅献宝似的拿出了LV的限量版樱桃包，班上的丽兹也有一个，说这个包很难买到，她妈认识LV的亚太区总裁，这才要到。

"妞妞还在上学呢，你送她这么贵的包不好。"我妈埋怨。

我妈就一无知妇女，老说读书不要攀比，其实学校已经是一个社会了，学校里穿大牌的比比皆是。

"那有什么的？女孩子要富养。"舅舅问道，"姐夫今天过来吗？"

"不过来，他好像要见客人。"

餐桌上摆了六道菜，清蒸石斑鱼、椒盐皮皮虾、五香牛腩、糖醋排骨、蟹黄豆苗、蜜桃西米露，全都是大鱼大肉，我小时候爱吃，可惜我已经长大了，除了控制自己的欲望，还要控制自己的体重。

还没上桌，外公外婆就把我的碗夹满了，我真不想动筷子。

每次在外公家吃饭，总是热热闹闹的，外公、外婆、我妈在吃饭时老说个不停。

我妈问舅舅："这次回来会待多久？"

"至少一年吧。"舅舅说，"这次回S城是开发一个商业地产项目的。"

"太厉害了。"我妈竖起大拇指。

"对了，我们看中了枫林集团要拍卖的一块地。我下周想约姐夫见个面。"舅舅说。

我一听就不痛快，想起奶奶说过我妈娘家都不知道占了多少便宜，鬼使神差地说了句："舅舅，你送我限量版包包难道就是为了讨好我爸爸？"

舅舅似乎有些吃惊，咧嘴笑道："妞妞真聪明，这都被你猜到了。"

后来，我们吃饭都安静了。

我妈很少生气的，这晚回来的路上，她一直板着脸。

我不过就说了一句心里话，至于这样吗？

我扭头看车窗外流转的街景，却听见她忽然说：

"你知道吗，你小时候，舅舅曾经救过你。那次去公园划船，你掉进湖里，舅舅不会游泳，想都没想就跳进湖里救你。他这么爱你，你今天真伤透了他的心。"

桃子很怀念女儿小时候对她依赖，走到哪里都需要妈妈，见到什么都问妈妈，正是对女儿的爱支撑着她熬过最初那段漫长而孤寂的岁月。

可是随着女儿的成长，女儿越来越独立，桃子也对女儿的行为越来越难理解。当然，桃子也有和妈妈抱怨过。

"你是说妞妞有点叛逆？"桃子妈妈大笑，"哈哈，哪个孩子不叛逆。我和你说，孩子从一岁开始到八十岁都是叛逆期。"

"妈妈，我是认真的。"桃子说。

"我也是认真的，你也不想想自己当年。"桃子妈妈说，"妞妞才十四岁，还是个孩子，你要好好引导，多和她聊聊。"

也是，妞妞还是个孩子，今晚出言不逊也许是无心之失，自己还是要和她多交流。

到家后，她翻出那张皱巴巴的作文纸，郑重其事地敲了敲女儿的房门。

"妈，我要睡觉了。"

桃子从浴室出来，丈夫已经回来了，半躺在沙发上看手机。

她捡好丈夫扔在地上的袜子，屈膝为他解开衬衫纽扣，闻到了他身上混合着酒精的肉桂叶香气："你喝酒了？"

"嗯。"丈夫似乎心情不错，竟然主动问起她，"今晚过得怎样？"

"很好。"桃子却不愿多提,"我去给你倒杯酸奶吧。"

"好。"可丈夫瞬间将她抱起放到床上,顺势压了上去。

他今晚动作很急,没等她准备好就进去了,她不禁轻呼:"疼。"

"疼?"他玩味地说,"那么多年了还疼?"

他牢牢地箍紧她的腰,一下比一下要重,她看着天花板,没有反抗。

因为秦野说,这是她的义务。对丈夫敞开身体,是作为妻子的义务。

桃子理解,如果这是一项义务,那么就不应受到天气或者心情的影响,都应该履行。

她想起了十多年前的那个夏日,她刚给女儿喂完奶,打开房门见到拖着行李箱的他。他去了长留山开发度假村,她已经两个多月没见他了。

他黝黑瘦削,胡子拉碴,伸手就抚上她雪白的颈窝,她感觉陌生,挡开了他的手。这动作似乎惹怒他了,她被强行推倒在床上,狠狠压住,她被吓着了,拍打着他:"不要啊,一会儿妈妈会过来看孩子。"

彼时,他们还住在老宅。

他不听不闻,她感觉害怕,拼了命挣扎:"不要啊,会吵醒孩子。"

他将她的手固定在头顶,俯身在她耳边说:"这是你的义务。"

这句话犹如紧箍咒,束缚了她十多年。

第二章

周日一大早,我在被窝里接到了奶奶的电话。
"妞妞,你妈妈呢?"
"在做早餐吧。"
"你爸爸呢?"
"还在睡觉吧。"其实我也没有起来,打了一个大哈欠。
"嗯,今天是寒衣节,中午你们都过来吃饭吧。"
每回奶奶打听爸爸在家,都会翻开年历看看是哪个节日,然后以过节为由叫我们回去吃饭。迄今为止,我们已经过过无数个中外节日了。

妈妈的梦想 MOM'S DREAM

今天还是S城举办网球友谊赛的日子，开幕式邀请的嘉宾还是世界知名的网坛巨星。我和爸爸在温网公开赛上看过他打球。那晚，爸爸和我说好了，今天和我一起去看比赛。

我爸爸是运动爱好者，喜欢网球和滑雪。他平常有时间会去打网球，每年也会看一场顶级网坛赛事，要是我已经放假，他也会带上我。而我们全家每年度假都会去滑雪。

从小耳濡目染，我也特别喜欢这两项运动。

我妈最近是真怪，今早她在准备早餐的时候，又想和我说什么，却没有说出来。看来是更年期提前了，我真要离她远远的。

美美地吃完早餐，我和爸爸出发了。当然，出门前还带上了我妈准备的西梅、车厘子、波罗蜜满满三便当盒的水果，还有鲜榨石榴汁。我知道，她肯定是为了防止我爸给我买可乐和炸薯圈而准备的，她说那些是垃圾食品，但是她不知道，我爸每次还是会给我买，圆点赛场的炸薯圈是出名香脆的。

S城位于南部海岸，已经十一月了，还十分温暖。

今天风和日丽，艳阳高照，爸爸开着车，我坐在旁边。我真的很享受和爸爸单独出游的日子。

我小时候，对爸爸的记忆很少，总是我妈和我在一起。也是后来，公司发展得越来越好，他能安心一些了，才有时间多陪陪我，另一方面也许是我也慢慢长大了。

到了赛场，许多S城的名流都来了，我见到了丽兹和她父母，他们过来和我爸打招呼，一脸讨好的样子。

在我们排队买可乐和薯圈的时候，有个女声叫住了我爸爸："嘿，秦野，好久不见。"

我回头看见了，菲力叔叔和一个漂亮的姐姐。

菲力叔叔是我爸爸的好朋友，这个姐姐我倒是没见过。

"好久不久，安莉。"我爸不自然地笑了笑。

原来她就是传说中的安莉阿姨，还真是漂亮。

安莉阿姨看向我："这是妞妞吧，都这么大了，太不可思议了。"

她礼貌地向我伸出手："你好，我在你三个月大的时候，见过你。"

这个阿姨真亲切，我礼貌地回握："你好，安莉阿姨。"

"今天阿姨还要让我和菲力上你家吃饭，没想到就在这里碰上你们了。"安莉阿姨说。

比赛开始了，我们坐在最前排的位置，菲力叔叔和安莉阿姨坐我们旁边。

巨星现场看还是有点发胖了，但是动作还是很敏捷，虽然对手也是优秀的选手，但是实力还是有差距的。

比赛到关键点时，我爸和菲力叔叔还是激动到站起来。

我吃了两块炸薯圈，嘴巴有点咸，打开我妈准备的水果盒，吃了两个车厘子中和一下。我把果盒递给安莉阿姨："阿姨，你要吗？"

"你们还准备了水果啊？"安莉阿姨挑了一个西梅。

"嗯，我妈妈准备的。"

"哦，你妈妈……"安莉重复了一遍。

桃子拎着大包小包的菜进了婆婆家。

"秦野和妞妞呢？"婆婆看了她一眼。

"他们去看网球赛了，一会儿再过来。"

桃子放下东西，就穿上围裙进厨房帮忙。

管家王妈已经六十岁了，逢家庭宴会仍亲自下厨，她头也不回地说："大少奶奶，您来了。"

见着她桃子觉得很亲切："是的，王妈，我来了。"

"在外面待着不好吗？总要来这里吸油烟。"

"不好，比起外面，我更愿意在这里和你一起。"桃子笑着说，"大虾怎么做？清蒸还是油焖？"

"油焖。"

"好嘞。"桃子娴熟地把虾捞起来，用剪刀剪去虾枪、虾须，再去掉虾线。

"我可以贡献一道甜点，焦糖核桃派，在家做好拿过来了。"

多少年了，这栋房子里，桃子只有和王妈在一起最舒服。

未几，厨房的门被打开了，一个虎头虎脑的小男孩走进来了，是小叔子秦峰家的孩子阿毛。

"阿毛，你来了。"桃子放下手上细活，弯腰逗他，"你妈妈呢？伯母给你一个草莓吃好不好？"

桃子挑了一个做沙拉的大草莓，洗干净递给他："来，我带你出去。"

出到偏厅，他妈妈芙丽果然在找他，桃子说："他刚跑去厨房了。"

"我说他去哪儿了呢，现在可淘气了。"芙丽抱怨。

"四五岁正是好玩的时候。"桃子说。

芙丽是秦峰的妻子，与桃子是妯娌。与桃子不同的是，芙丽爸爸是S城的纺织大王，她嫁给秦峰是门当户对。

她与所有的富二代一样，从小由保姆照顾，出入有专车接送，想要什么父母基本会满足，享受国内优质的教育资源，拥有海外留学的经历。

不像桃子从前在菜市场认识的一些人，光为活着就已经拼尽全力。

所以，芙丽嫁入秦家并不需要融入，因为她本身就在这个圈子里。不过，自从芙丽嫁进来，婆婆对桃子的评价高了很多。

芙丽虽然出身好，可没有架子，桃子和她还是能聊上几句的。

桃子还记得她们第一次私下聊天，芙丽说："我听说妈说，你嫁给哥是上天的选择？"

"也是呵，妈说你家是卖猪肉的，如果不是特殊原因，在现代社会靠婚姻来逆袭的故事还是太少了。"芙丽自言自语。

桃子点点头，没有补充。

虽然每回婆婆向别人介绍桃子的家庭背景时，桃子都很想更正一点，其实她家是卖牛肉的。

看完球赛后，菲力叔叔、安莉阿姨和我们一起到了奶奶家。

一进门就见到了我奶奶，笑成四万一样："你们来了，呦，菲力和安莉也来了，快进来坐。"

进到客厅，我见到了二婶和阿毛，我最不喜欢阿毛了，他曾经把鼻涕擦我身上。他又要朝我走来了，我躲到我爸爸身后。

二叔从楼上下来，对我爸爸说："哥，爸找你。"

妈妈的梦想 MOM'S DREAM

"秦野,你和你爸好好说话啊,他最近心脏不好。"奶奶交代我爸。

"那我们也上去和叔叔打声招呼吧。"安莉阿姨说。

"好呀,你和菲力也一起上去吧。"奶奶似乎松了一口气。

"妞妞,你妈说你钢琴比赛又拿第一了,真厉害。"二婶凑过来和我说。

我妈又拿我当话题了,不过除了我,她也没什么可以显摆的了。

"妞妞当然厉害了,她爸爸以前也是样样第一。"我奶奶接过话。

"是吗?秦峰,那你以前是排第几?快说说。"二婶转向我二叔,"没准阿毛以后也会像你。"

"秦峰以前也经常拿第一。"我二叔没理会,倒是奶奶应上了。

我奶奶似乎不太待见二婶,但是也拿她没有办法。

"阿毛,我和你去看锦鲤。"二叔领着阿毛去庭院了,我也躲上楼。

在我五岁以前,我和父母都是生活在这座宅子里的,现在只有每年过年才回来住上一天。

听我妈说,当时是因为家族生意上的事,我爸和爷爷关系闹得很僵,才带着我们搬出来住。

直到现在,我也能看出来,爷爷和爸爸的关系不好,尽管我奶奶一直想修补这层关系。

我父母和我的房间是相连的,我奶奶说,我过了三岁,我妈才肯和我分床,还老怕我夜里醒了哭,她听不见,就把两个房间的墙打通,只用一块布帘隔开。

房间摆设还和我们离开的时候一样，书桌上摆了很多照片，我小时候的照片，我妈和我的合照，我爸和我的合照，我父母和我的合照，唯独没有我父母二人的合照。

"妞妞，你觉得安莉阿姨怎么样？"我奶奶突然在我身后说话，吓了我一跳。

"安莉阿姨挺好的。"我回答。

"安莉的家世、学识、修养都比你妈好多了。每次我看到你爸和你妈在一起就难受，这些年真是难为你爸爸了。"奶奶感慨。

桃子在摆餐具的时候见到安莉，以为自己看错了。

"安莉，好久不见，什么时候回来的？"桃子手握着刀叉高兴地问。

"安莉是前两天回国的，今天和秦野他们一起去看球，然后过来吃饭了。"婆婆接上话，"你还站在这里干吗，去干活吧。"

丈夫是和公公一起下来的，看来今天谈得还不错，起码能一起下楼。

由于公婆的习惯，一起吃饭向来是分餐的。

先上了海参汤，再上的大闸蟹，现在正是吃大闸蟹的季节，个个肥美。

丈夫喜欢吃蟹，每次吃大闸蟹，桃子都会先掰尾盖，再掰蟹壳，把整个蟹黄撬起，三掰蟹身，一点一点把蟹肉挖出来，放到丈夫面前。

"我从小就特别羡慕秦野两兄弟，无论什么季节都能吃上蟹。"

菲力说，"不对，是无论什么季节，想吃什么就有什么。"

"我们家是开酒店的，在吃方面总会方便些。"桃子婆婆得意地说。

桃子花了三分钟把蟹整个解剖，丈夫两三口就吃没了。幸好女儿不爱吃蟹，不然她都不用吃饭了。

"秦野现在还每年都去滑雪吗？"安莉问。

"有啊。"

"一般去哪里？瑞士？"

"太远了，北海道居多。"秦野说。

"秦野在北海道买了一处别墅，就是冬天去滑雪住的。"菲力说。

桃子才知道，每年去北海道住的别墅是丈夫买下的，之前还一直以为是租的。她突然感受到婆婆凌厉的目光，婆婆一定以为桃子有意不告诉她。

"哥，你在北海道买了别墅啊？明年春节组织家庭旅行就跟着你们去北海道好了。"芙丽突然说。

"好呀，我也好久没看过雪了。"婆婆欢快地说。

"阿姨，我和菲力也一起去可以吗？"安莉说。

"当然可以，"婆婆说，"桃子，你提前安排一下。"

桃子一听到家庭旅行就脑门疼，所谓的家庭旅行，就是公婆、桃子一家、小叔子一家，带上用人一起出游。这样的经历已有三四回，除了动辄上百万元的旅行支出，会由丈夫埋单，还会让桃子累成狗。

桃子乖巧地点点头，她知道丈夫没有说话，就相当于这事应承下来了。

"对了，安莉你这次回来准备待多久？"秦峰问道。

"我这次回来是定居的，父母年纪大了，我也要回来帮忙了。"

安莉说。

"你家是不是要转向商业地产啊?我看财经新闻有说。"秦峰问。

"是的。对了,秦野,我爸看中了城西的一块地,还想让我约你谈谈。"安莉说。

"这么巧?我舅舅也看中了城西那块地,想约我爸见面聊聊。"

除了秦野,在座的人纷纷看向女儿,然后又看向桃子。

餐后,婆婆果然把桃子叫去小黑屋教训,婆婆的房间长年不爱见光,底下的人都传称小黑屋。

婆婆是个聪明人,在人前说桃子顶多是夹枪带棒,旁人听了,也只觉是这家的婆婆不待见自家的儿媳妇,再无其他。到了小黑屋可不一样,声声出口伤人,句句恶语诛心。

话自然说得很难听:"你以为我儿子挣钱容易啊?""我们家是上辈子欠着你了吗?""你们全家人都是吸血鬼。"

不过更难听的桃子从前都听过,除了沉默,她从来别无他法。因为她永远无法改变这些与生俱来的,针对她的出身,针对她家人的偏见。

从婆婆房间出来,人们都散去了。

王妈过来说:"大少爷说他下午去大学做演讲,小姐也跟着一起去了。"

桃子坐上车,发动引擎,沿着光辉大道一直开,到十字路口会往左转进入幸福大街。她一直开着,思绪一下一下回到从前。

事实上,桃子并不经常想起从前,因为从前她有太多不愉快的经历了。

但是最近,她总会不自觉地想起从前。

第三章

桃子还有半年就毕业了,她是读师范音乐的,已经签了S城近郊的一所小学做老师。

但是最近东泽老来找她:"桃子,你这么喜欢唱歌,我觉得你不去唱歌真浪费了。"

其实桃子也很犹豫:"可是唱歌收入不稳定,我怕自己都养活不了自己。"

"万事开头难,慢慢就好了,相信我,以你的天赋一定没问题。"东泽是在校园歌手比赛中认识桃子的,那次比赛桃子得了第一。

"我再想想吧。"桃子说,东泽一直劝她毕业后跟他去北京发展。

妈妈的梦想 MOM·S DREAM

"对了,你不是缺钱吗?我介绍你到一家餐吧驻唱,两百元一个晚上唱六首歌。"东泽说。

那是S城有名的音乐餐吧,桃子回去换身衣服,化个淡妆就去了。
"你是东泽介绍过来的,我就不试音了。你过来,我和你说说这怎么用。"餐厅经理一一交代声响设备的使用。
桃子很认真地听,然后自己又试了一下。
她九点上场连唱了三首歌,然后下台休息,等待十点再上场。
在休息的时候,服务员过去说,有客人生日,请她去包间唱歌,一首一百元。
然后她就去了,包间里有五六个年轻人,好像是一个女孩子的生日。
灯光昏暗,有些吵闹,她没在意,就开唱了。
一首《第一次》唱完,她回过头,发现所有人结束喧哗都在看着她。
她不知道怎么回事,上前问了一句:"还要加唱吗?"
他们摇摇头,然后她就走了。
她清楚地记得,餐厅经理那晚结账,给了她三百元。她很开心,都交给妈妈了。

桃子爸爸上月检查出心血管有问题,眼下他们家正在筹钱做手术,医生说手术费用要三十万元。
"我说,我不做手术也没事,平时吃药注意控制血压就行。"桃子爸爸老这么说。
桃子妈妈偏不依:"不行,你犯起病来喘不过气的样子怪吓人的。"

桃子刚回到家，正犹豫怎么开口和父母说自己想去唱歌的事。

"对了，今天我在超市打工，碰到以前批发海鲜的大福，跟我打听桃子的生辰八字，说要给介绍对象。"

"哈哈，我还卖牛肉那会儿也经常有人说要给桃子介绍。"桃子爸爸笑着说，"哎，这西风街谁不知道，我家桃子十八九，肤白貌美，腰似柳。"

"作死了，你。女儿在，你还这么说。"桃子妈妈嗔怪。

"我姚二平有一这么好看的闺女，夸夸都不行？"

桃子读书早，今年才二十岁，还没想过婚姻大事："爸妈，我想去北京唱歌。"

"桃子，我知道你喜欢唱歌，可这不能当饭吃啊。"桃子妈妈知道桃子打小爱唱歌，小时在乡下有唱戏的过来，就跟着唱戏的唱，长大了就在学校的合唱队里唱，因着这个特长，高考被师范学校加分录取。

"妈，我认识了一人，可以带我到北京发展。等我出名了，唱几首歌就能有几十万，就可以给爸爸看病了。"桃子说。

"我看你是看电视看多了，成天做明星梦。"桃子妈妈说。

"桃子啊，这回爸爸爸不帮你了，做人就要脚踏实地。你当小学老师多好啊，铁饭碗，收入稳定，工作不累。"桃子爸爸也说。

桃子拗不过父母，只能暂时偃旗息鼓。

过了几天，桃子在学校接到妈妈电话，让她回家一趟。

桃子到家，刚好弟弟也在。

"你认识枫林酒店的秦家吗？"桃子妈妈问。

桃子摇摇头："不认识。"

"今天秦家的管家上门提亲了。"桃子妈妈指了指桌上的一堆礼品，"为的是秦家的大少爷秦野。"

桃子还是摇摇头："我不认识他。"

"秦家也算是S城的名门，怎么会贸然跟我们提亲呢？"桃子爸爸说。

"该不会是那大少爷缺胳膊少腿，或者是脑子有问题吧？"桃子弟弟说。

桃子妈妈转念一想："我说桃子啊，不管这事成不成，人家这么厚的礼，你总得见人家一面。"

"也是，回谢一下总是要的。"桃子爸爸也说，"爸爸给你做一锅五香牛腩，你带去给他尝尝。"

桃子弟弟低声说："姐，我看爸妈这回是上心了。"

父母的话不好违背，桃子带着一盒五香牛腩找到枫林酒店。

枫林酒店已经开了二十多年，是S城最早的豪华酒店了。但近年来国际级的五星酒店如雨后春笋崛起，枫林酒店的名气已大不如前。

"我们秦总在开会，你在他办公室等会儿吧。"秘书小姐说。

办公室装修简朴，四白的墙，一书桌，一会客沙发，一文件柜。

桃子六点来的，一直等到八点多。

"不好意思，开会晚了。"来人说。

桃子站了起来，恭恭敬敬，鞠了一躬："你好。"

如此礼待，来人愣了一下，点点头："你好。"

桃子仔细看了他几眼，没有缺胳膊少腿，脑子应该也没问题，还挺帅气的。桃子长这么大，可没觉得谁帅气过。

"我爸爸做了牛腩，让我带给你尝尝。"桃子拎起饭盒说。

"好呀，你也没吃过吧？"秦野让秘书拿了两套餐具，还让后厨做了两个青菜送进来。

桃子其实不想吃的，但为了等他吃完把饭盒带走，于是就答应了。

"你是怎么认识我的?"桃子边吃边问。

"你在餐吧唱歌。"秦野说。

"哦。"餐吧人来人往,桃子没有印象。

"你还在读书吧?怎么想到去餐吧唱歌?"

桃子说了大概,爸爸生病了,没法工作,她去兼职帮补家里。

都是年轻人,聊聊也开了,两人家庭背景是截然不同,但共同点是都有个弟弟。他还问到她毕业后想干什么。

"我想去北京唱歌。"桃子看着他,然后低下头。

秦野定了定神,也低头笑了笑:"哦,那挺好的呀。"

两人还聊了聊别的,然后桃子就拎着秘书小姐洗干净的饭盒回家了。

"再见。"桃子说再见就以为真的再也不见了。

过了几天,桃子又被妈妈叫回家。

"秦家的管家又上门了,说可以给你爸找最好的医生,承担所有的医药费。"桃子妈妈说,"我和你爸也打听了,都说秦野一表人才,聪明勤奋。"

"妈,你跟谁打听的?"桃子弟弟问。

"秦家的管家啊。"

"咳。"桃子弟弟掩脸。

"你别打岔了。桃子,妈问你是怎么想的?"

"妈,我没怎么想。"桃子说。

"桃子,妈妈和你说,女人最吃香也就这几年,要错过了后悔都来不及。"桃子妈妈说。

"妈,我还不想结婚。"平常追桃子的人也有不少,桃子都没动过这念头。

"我知道你想什么,你想去北京唱歌,可你去北京唱歌不也为了挣钱给爸爸治病吗?这有现成的你怎么就不愿意了呢?"桃子妈妈说。

桃子爸爸坐在一边忍不住:"行了,你别逼桃子了。婚姻大事,也得孩子愿意才行。"

"我逼她?我不是为了她好,也为了你好。我容易吗?我现在早上去超市上货,中午去帮别人做饭,下午要去发传单,一天打三份工。好不容易女儿熬到毕业,还要去北京,那么远,我还能指望得上她吗?"

"这赖我,要不是得了这病,还能去卖牛肉挣钱,你就不用那么辛苦了。"

"爸妈,你们都别吵了,我再想想吧。"

最初是桃子弟弟看出端倪的:"姐,你说那个秦家少爷为什么非要娶你?"

"我也不知道,大概是我得罪过他吧。"桃子也纳闷。

"那他也应该是打你,而不是娶你啊。"

"是呵。"桃子才想到,"我得去问问他。"

桃子爸爸又一次把牛腩装进饭盒交到桃子手上,桃子拎着饭盒就出门了。

秦野很忙,这次桃子居然等到在沙发上睡着了。

"啊?你回来了。"桃子睁开眼,下意识摸摸嘴角的口水。

"你今天还是带牛腩过来吗?"秦野似乎很高兴,让秘书准备了米饭、青菜,还有酒。

"今天银行贷款总算批下来了,值得喝一杯。"秦野自顾自地斟了一杯。

桃子可不敢喝酒，看着泡在酒里的大梅子，咽了下口水："这是什么？"

"日本的青梅。"秦野给桃子也倒了一杯。

桃子尝了一小口，苦涩中带点清甜，跟饮料一样，她很喜欢，又喝了好几口，直至见底，还把杯底的梅子都捞起来吃了。

秦野说起这次贷款的艰辛，枫林日渐衰落，他力争改革，却得不到内部股东，甚至是自己父亲的支持，只能寻求外部的资金帮助，银行却趁火打劫提出十分苛刻的贷款条件，几经艰辛，最终才审批下来了。

桃子安静听着，自觉他有学识有抱负，又是富家子弟，身边的女子也不少吧？怎么就看上她了呢？

她人也有些迷糊了，壮着酒胆问一句："你为什么要娶我？"

秦野怔了一下："因为你漂亮，唱歌也好听。"

桃子的心突突地跳，她害羞地垂下头，哪有人说话这么直白的。

灯映得她脸红粉花飞，秦野已是薄醺，伸手替她将散落的发丝挽到耳后，他的脸滚烫，贴到她的耳边柔声细语："我那晚看见你，就跟从画里走出来一样。"

他的话带着酒气，她听也听醉了。

他说："你跟了我好不好？我会好好待你的。"

那语调像极了讨糖吃的小孩子："你给我好不好？我会乖乖听话的。"

她嘴角含笑，缓缓抬起头，对上他的眼睛，两人四目交接，如同磁石相吸，吻在一起……

桃子第二天醒来，就和断片了一样。看着陌生的酒店套房，散落在床边的衣物，以及躺在她身边的秦野。

"昨晚我喝多了,很抱歉。"秦野手捶着头,坐了起来,"我会负责任的。"

桃子受过大学教育,也不是思想保守的人,不过他本来就诚心娶她,发生这样的事,难道这就是命中注定?

桃子拎着饭盒回到家,桃子妈妈担心地问:"你昨晚去哪里了?怎么才回来?电话也不接,我和你爸都急死了。"

"我在枫林酒店。"桃子说完就回房间,关上房门。

桃子妈妈心里有了大概,喜上眉梢。

夕阳斜照,芦苇迎风摇曳,河面泛起涟漪,桃子和东泽沿着护城河堤走着。

"我之前认识一个在北京做音乐的朋友,他说现在音乐市场发展很好,能给我们介绍资深的音乐人……"东泽说着。

"东泽,我不去北京唱歌了。"微风拂过桃子的眉毛,话一出口,她觉得眼睛发酸。

"什么?"东泽是倒着走的,随手拍打齐腰的芦苇,闻言忽然停下来。

桃子大致和东泽说了一下最近发生的事,东泽不能理解:"你这是要卖身给你爸治病啊?"

"可唱歌不是你的梦想吗?那你的梦想该怎么办?"

桃子委屈地哭了:"唱歌是我的梦想,可我的爸爸该怎么办?我家里该怎么办?我没有办法,真没办法……"

桃子哭得肆意,东泽无比痛心惋惜。

有时桃子也会想,和梦想挥手告别是件多么简单的事。

后来,桃子接到东泽的电话,说他要去北京了,他的梦想是成为王牌经纪人。

桃子放下电话,坐在窗台上,看着电视机发呆,正播放的电影传来一句:"做人如果没有理想,跟咸鱼有什么区别?"

彼时桃子的婚期已定,她在七月结婚,爸爸在八月手术。爸爸非要把桃子的婚礼安排在前面,唯恐手术有意外,见不到女儿结婚。

见桃子在发呆,桃子爸爸手放她眼前晃了晃:"桃子,你把这盒牛腩带过去吧。"

桃子和秦野见面的时间依旧不多,因为秦野总是很忙,桃子也只有偶尔给他送送饭。不过秦野现在规矩得很,没有再做过分的行为。

她到了门口,听见里面说着:"哥,我看你还是算了吧,妈被你气得够呛。"

"我这是顺应天命。"秦野的声音。

"这不过是个游戏,就算安莉是有不对,你也真没必要赌气去娶个卖猪肉的。"

桃子不由得一激灵,门就碰开了,里面两人看过来,她转身就走。

桃子红着眼回到家里,桃子爸爸上前问个究竟,她想说她不要结婚了,可一见爸爸却张口说不出来。

桃子的月事一向很准,这次却晚了一个月。她想起隔壁班的同学也是突然月事不准检查出子宫肌瘤,她担心自己也有问题,现在她的家庭已经承受不了任何意外了。

她去挂了一个妇科号,大夫简单问了两句,开了验血的单子。她三十分钟后拿到检查单,上面写着HCG值上升箭头一万多,吓了她一跳,以为自己得了什么绝症。

但是很快大夫就告诉她,检查结果的正确理解。

桃子拿着诊断结果,一路哭着走回家。

这时,她和秦野已经两周没有联系了。

桃子回到家,桃子妈妈热情地上前说:"你是上哪儿了?秦野过来看你了。"

桃子爸爸正弯下腰,恭敬地给秦野倒茶:"桃子,快过来坐。"

秦野见桃子回来,也站了起来,可是桃子并不正眼看他,转身就回房间了。

"桃子,你太没礼貌了,快出来。"桃子妈妈敲着门低声说。

桃子头趴在书桌上,死活不开门,过了一会儿敲门声没了。

又过了一会儿,敲门声又响起。

"我先走了,下次再过来看你。"是秦野的声音。

门忽然打开了,桃子把检查结果递给他:"你走吧,我有了你的孩子,我会嫁给你的。"

"妈妈,这个新娘子为什么不笑的?"桃子出嫁那天,一个小男孩看着她,问自己的妈妈。

桃子身披洁白的婚纱,如同没有灵魂的躯体,周遭沸沸扬扬的喜庆仿佛与自己无关。

在婚礼开场前,她坐在化妆间休息,听见婆婆和两个女宾在走廊说话:"新娘就是家里卖猪肉的那个?"

"是呀。"婆婆说。

"秦野真猪油蒙了心,你们怎么也不拦着?"一位女宾说。

"肚子有货甩不掉了。"婆婆叹气。

"秦野这孩子刚回国,不了解行情,也是单纯。"另一位女宾说,"这种穷人家的女孩,给个仨瓜俩枣就能跟人睡的,花几个钱打发掉就好,何必要娶回家供着呢?"

"哎,都怪那该死的游戏。"婆婆怨道。

桃子想起一段话:"人在年轻的时候,并不一定了解自己追求的、需要的是什么,甚至是别人的起哄也能促成一桩婚姻。"

后来桃子在婆婆刁难她的时候,得到了这场游戏更完整的版本。

那晚是安莉生日,在餐吧里庆祝,中间有人起哄让安莉和秦野在一起。安莉年轻狂妄,提议与秦野玩个游戏,如果她输了,就和秦野结婚,如果秦野输了,转笔指向谁,秦野就和谁结婚。

"所以这是上天的选择,如果安莉不是孩子气,非要闹着玩游戏,如果我儿子不是玩游戏输了,又好面子,如果不是旁人也跟着起哄,如果不是大师算了你们的八字还合得来,我儿子根本不会娶你。"

桃子曾经很长一段时间,对这场改变自己人生的游戏耿耿于怀,然而造化弄人,她又能怎样呢?

"秦先生,您有没有想过,如果您不是出身于酒店世家,您的梦想会是什么?"在大学讲坛上主持人问他。

秦野愣了一下,随后说:"也许是当个医生或者律师吧。"

台下听讲座的五百位学生哄堂大笑。

"哈哈,我以为您还是会说开酒店。很多人一提起您,就会说那个运营酒店的高手。因为您对酒店行业的前瞻性,以及独特的运营模式,短短十几年时间就把枫林打造成国际知名的高端连锁酒店品牌。您当年提出生态度假村理念,曾经受到了诸多质疑,是什么支撑您坚持下去的呢?"

"我想是信念吧。"秦野微笑地回答。

如果说他当时四面楚歌,他就是一种赌徒的心态,又有谁会信?

古往今来,成王败寇,只有赢者才有机会站在这里谈笑风生论当年。

"您曾经说过在长留山兴建的第一座生态度假村是您梦想的起点,也是您人生的转折点,能和我们分享下里面的故事吗?"

"当时枫林已经日渐衰落,我从银行贷了一个亿开发这个项目,来自内部反对的呼声很高,如果失败了,枫林就会面临破产……"

秦野有条不紊地说着,观众席上的女儿正自豪地看着他。

他相信人如果拼了身家性命去做一件事,大抵是会成的,而长留山就是他成功的起点。

长留山度假村兴建的那一年,刚好是妞妞出生的那一年。

他顶住了来自内部的所有压力,从银行贷了一个亿,还花重金聘请顶级建筑师来设计。

他还记得那年冬天异常寒冷,刚动工没多久就被迫停工。好不容易等到天气暖和,又遇到当地的环保局出面干涉,要求重新设计排污方案。

他不得不亲赴现场和设计师、施工方、政府部门一一沟通。改完方案,又要监督施工,为保质保量,赶工期,他经常一待就是两三个月。

妞妞出生半年,他也就回去过两次。

当时桃子对他仍旧很冷淡,他在家的时间不多,她仍尽量避免和他单独相处。

桃子长得漂亮,他开始就知道,桃子身材好,他是试过才发现的。

时至今天,他看见桃子穿紧身的裙子,仍然会走神。

所以,无论他们结婚的初衷,他们如今已经是多年夫妻,可桃子总是找各种各样的理由不让他碰,也是让他感到困扰。

山里的夏天凉快,昼夜温差大,加上饮食不习惯,他从S城回来没多久就病了,没想到他妈让桃子带着孩子过来了。

那天,一个工人从脚手架上摔下来,受了轻伤,他正带病在施工现场指挥,转过身就看桃子抱着孩子站在远处的山头看着他。

他知道他妈一直不待见桃子,但也不应该让她到条件艰苦的山里来。她皮肤白皙,衣着华丽,与周遭环境格格不入。

他皱着眉头跳下山坡,又爬上山头,一步一步走到她跟前,脱下安全帽,用袖子擦了下额头的汗,看了一眼她怀里熟睡的孩子:"这里环境不好,你赶紧回S城吧,我让人送你。"又交代随行的下属,转身就走了。

直到天黑他才返回住处,他住在山下县里的招待所,已经是最好的一间,但条件依然十分简陋。

他的房间有灯光,里面还有声音。他打开门,看见桃子站在床边叠衣服,妞妞在床上坐着玩。床单、窗帘都换成了新的,地板和家具也被擦得一尘不染。

"你回来了,你满身都是灰,赶紧去洗个澡,我去叫张姨开饭。"桃子抬头见他说。

过一会儿,两人捧着三菜一汤进来了,有排骨萝卜汤,清蒸鲈鱼,水蒸鸡,蚝油生菜。

一开始张姨还不好意思坐下来和他们一起吃饭，但是桃子劝她，出门在外哪有那么多讲究，难不成以后要做两份饭。

比起他在那边常吃的竹笋炒猪肉片，那顿饭可是人间美味。

餐后，桃子又回到床边叠衣服，和他拉家常，说今早坐飞机很担心妞妞会哭闹，没想到还好，睡一觉就到了。又说，妈妈很担心他，本来让她一个人过来的，她舍不得给孩子断奶，就让她把孩子和张姨都带过来了。

印象中，从结婚到现在，她从没主动和他说过那么多话。

他累了，坐在床上逗妞妞玩："她都会坐了？"

"是呀，上周刚会的。"桃子忽然凑过来，"慢着，你的病好了吗？"

"差不多了。"他吸了一下鼻子。

他本来是胃疼加发烧的，持续了一周多，前两天到市里的医院打了吊瓶，感觉好多了。

"那还是离孩子远点，妈让我带了一些特效药，你看要不要吃点？"桃子转身去行李箱找。

"你准备什么时候回去？"

"等你好了吧。"

后来他病好了，她也没走。

他难以相信，她能在资源匮乏的小县住下来。那段日子，他能每天换上白净的衬衫、光亮的皮鞋，一日三餐不重样。一些跟着他过来的老员工，经常倚老卖老，到他那蹭饭。她还学会了做西餐，招呼外国的设计师和建造师。

桃子借了招待所食堂的灶台，常常张罗出一大桌子菜。

"没想到你能在这里住下来。"他躺在床上盯着天花板的吊扇说。

"我觉得这里挺好的，风景优美，民风很淳朴。"桃子把头发吹干爬上床，"今天食堂的厨师知道我要做焖饭，还把家里珍藏的腊肉拿了出来。"

话虽这么说，这段时间眼见桃子瘦了整整一圈，生育后脸上婴儿肥早没了，只有尖尖的下巴，腰间的赘肉全掉了，比她当姑娘时还要苗条，唯剩鼓鼓的胸脯。一想到这里，他就有种莫名的躁动。

床是两张单人床拼在起来的，妞妞睡在中间，早睡着了。

那晚很热，关了灯，他闻着沁人心弦的发香，翻来覆去睡不着。

他体内似有一团火，隔着妞妞，将手钻到桃子怀里去。

想起上次回S城，强要了她一回，事后她背过去哭了，他也不敢硬来。

黑暗中，只听见桃子弱声说："别使劲揉，会出奶的。"

他喜出望外，越过妞妞就压到桃子身上去。

男人二十多岁正是血气方刚的年纪，每天仿佛有使不尽的力气，白日干体力活未使尽的气力，晚上熄灯后都用到了女人身上。

女人二十多岁正是如花似玉的年纪，娇嫩和温顺助长了男人的占有欲，当女人披头散发，满脸潮红地说自己被折腾得夜里坐不起来喂奶时，男人嘴上是表示了歉意，一下又一下的侵略却从未停止。

那些都是流金的岁月啊，年轻时奋斗过的梦想，做过的好事、傻事、荒唐事，都被镀上了一层金的光芒，因为青春永远不会再来。

桃子是入秋才走的，走之前度假村主体建筑已经封顶了。他们住的房间能看见度假村的建筑群，万绿丛中一点白。

她离开的那天早上，他习惯性站在窗前，眺望日渐成型的度假村。

她从身后环抱他，头贴在他肩上，说了一句让他至今记忆尤深的话。

妈妈的梦想 MOM'S DREAM

"谢谢你那么努力工作,让我们过着这么体面的生活。"

"啊?你说什么?"丈夫回过神问。

早晨,桃子在帮丈夫系着衬衫纽扣:"我说,最近玲珑寺要修葺,圆领大师向我们募捐,你说捐五十万好不好?"

桃子知道很多时候她说话,丈夫并没有在听。

"圆领大师?"丈夫皱一下眉,"捐一百万吧。"

"哦。"桃子没想到丈夫那么痛快,"张姨已经拿行李箱下去了,老陈在门口等你。"

桃子跟在丈夫身后下楼,这次丈夫要去欧洲出差,一周后才回来。

出到庭院门口,丈夫接过公文包,头也不回地上车走了。

十五年夫妻,出门连一声道别也不会有。

桃子回到屋内,张姨和她说,一会儿酒店会送些新鲜水果过来。

酒店偶尔会送些进口的水果和水产过来,每次每样一箱,桃子一家三口根本吃不完,她一般会拿些回娘家。

"呀,这么多的荔枝和青提啊,你怎么不留点家里吃。"妈妈说。

"秦野去出差了,我和妞妞吃不完。"

桃子进到客厅,发现弟弟在看球赛:"没去上班吗?"

"我是不用坐班的。"弟弟打着哈欠,"对了,昨天姐夫见我了。"

"哦,他有说什么吗?"桃子又想起了妞妞的话。

"他没说什么,让我把标书准备好交给他秘书。"

"要是这事对你很重要,我去和他说说。"事实上,桃子极少干预丈夫工作上的事。

"不用了,这块地觊觎的人不少,听说安泰集团也参与了投标。"弟弟说,"估计姐夫也不好办。"

安泰就是安莉的家族企业,弟弟隐约听说过秦野和安莉的事。

见桃子没有作声,他连忙转移话题。

球赛休息时间正插播着广告,"超越梦想——来自灵魂的歌唱比赛等待你的参与……"

"姐,想起你当年也很爱唱歌,现在还唱吗?"

"不唱了,哪有时间。"

桃子还在烦恼昨晚妞妞嫌弃她给定做的下周出席晚宴的礼裙难看,非要穿自己选的另外一条裙子,家有青春期的孩子不好办啊。

桃子回到家,把早上晒在院子里的被子收回去。

在女儿的房间,她整理好被子后,又翻出女儿喜欢的裙子看了又看,她不明白,这带亮片的裙子有什么好看的?

她泄气地坐在书桌前,瞥见桌面摊开的中国地图,用红笔圈住了一个地方。

"长留山?"桃子脑子打了一转,这个名称陌生而又熟悉。

这么多年过去了,她几乎都要忘记这个她与自己的婚姻达成和解的地方了。

当年的桃子表面上顺从了所有的安排,内心却是非常抵触的,无论是她的婚姻,还是她的丈夫。

那时妞妞才六个月,要她给妞妞断奶,到长留山服侍丈夫,她是极其不情愿的,为此她和婆婆发生了婚后最大的冲突。

直到那天,她在长留山看见锦衣玉食的丈夫满身是灰,顶着烈日,满头大汗,嘴唇干裂,从沙尘滚滚的工地跳下山坡,又爬上山头,一步一步朝她走来。

她突然觉得没有人活在这世上是一件容易的事。

人还是要看到别人的苦难,才能感知自身的幸福。

什么爱与不爱,对她来说都不重要了,毕竟这世上还有许多比爱情更重要的事。

此刻,她终于和自己的婚姻,乃至自己的人生达成了和解。

丈夫只看了她一眼,就让她回S城。

路上颠簸,送她的小杨说:"等明年高速路一通就好了。"

那时候的小杨才刚大学毕业,话也不少,想到什么说什么:"这里山清水秀,就是路不通比较吃亏,秦总也捐了一大笔钱给县里修路。"

"小杨,我不回S城了,你送我到他住的地方吧。"桃子说。

桃子推开丈夫住处的房门,见到铺了一桌的文件,堆积在沙发上的脏衣服,地上沾满泥污的皮鞋,还有茶几上的剩饭剩菜。

"这可能是今天早上剩下的吧。"小杨连忙过去收拾,"也有可能是昨天晚上,我们顿顿都吃这个。"

山里的条件确实是苦,她终于知道丈夫为什么会胃痛了,像他那样挑食的人,怎可能忍受顿顿都是竹笋炒肉片?

那会除了照顾女儿,桃子每天的重任就是变着法儿给他弄吃的。

光是鸡蛋,桃子能做出鸡蛋羹、鸡蛋饼、荷包蛋、葱花蛋、玉子烧、茶叶蛋、溏心蛋……后来,西餐也学了,简版班尼迪克蛋也能做出来。

无论丈夫多早出门,又或者多晚回来,她都能保证丈夫能吃上香喷喷的美食，桃子的厨艺就是在那时练出来的。

还有，对丈夫予取予求的习惯，她也是在那时练出来的。

她见过他长夜里伏案工作的场景，听过他打电话求人办事的低声下气，感受过他在黑暗中独自徘徊的压力，她能做的只有每一次，每一次他将手放在她怀里的时候，她出于义务，出于同情，出于本能，一如撩开衣服奶孩子那样，撩开衣服去满足他。

记得有一次，丈夫早下班带着她和女儿到河堤散步，他抱着女儿走在前头，远远指着兴建中的度假村对女儿说："妞妞，你看，这是爸爸的梦想。"

桃子看着丈夫黝黑瘦削的侧脸，那时候真觉得他挺艰难的，她只想陪着他走下去。

无论前路有多坎坷，她都想陪着他走下去。

当然他没有让她失望，正如他从没令任何人失望一样，短短十几年时间，实现梦想，振兴家业，功成名就……

第四章

秦野在商场沉浮多年，深谙人与人之间的利益关系，众人对他趋之若鹜，他不能不防，却又不能所有人都防。

他透过飞机上的圆窗，居高临下看着大地上的沧海桑田。

"秦总，是老夫人的电话。"小杨把电话递过来。

"喂，妈。"

"桃子弟弟是不是昨天找过你？"

秦野报以沉默。

"那天你走得急，我没来得及和你说，你不用管桃子她弟弟，这些年他们家从我们家拿的东西还少吗？要不是桃子嫁给你，她爸还在卖猪肉呢。现在胆肥了，地都敢跟你要。"

妈妈的梦想 MOM'S DREAM

"妈……"

"我和你说，我已经跟桃子有言在先，她要是敢为这事和你闹，你尽管告诉我，我去对付她。她就是一个买菜做饭洗衣服的，你不用顾及她。倒是安莉那边……"

"妈，我要开会了，先挂了。"秦野随手把电话挂断。

"这世上最不好对付的生物就叫小舅子，咱们可是有前车之鉴的。"

"这事很不好办啊，谁都不能得罪……"

私人飞机上有专属的会议室，秦野步入会议室时，能听见大家议论纷纷。

"秦总，这是八家这次参加西部湾23号地块竞价的合格企业名单，请过目。"小杨递过文件。

"不用给我看了。"秦野摆摆手。

"秦总，这……"领导不发话，让这个项目竞价的负责人张利为难了，他明白这块地的利害关系，生怕动了谁的奶酪。

"阿野，你这是什么意思？"作为两朝元老的富叔追问。

"该怎么办就怎么办，这点小事还要来问我吗？"秦野回道。

众人面面相觑，小杨说："好了，我们进入下一个议题。抵达欧洲后的日程安排……"

会后，秦野回到机舱的休息区闭目养神，又接到了女儿的电话。

"爸爸，我昨晚等你等了好久，你都没回来。我写了一篇文章，叫《爸爸的梦想》，想和你分享一下。"女儿说。

"好呀，你现在念给爸爸听。"他嘴角带着微笑。

他想起了昨晚，他到家时女儿已经睡了，他先进女儿的房间，静静地看了她一眼,轻轻地摸了一下她的头,又悄悄地关上房门。

妻子在房间为他收拾明天去欧洲出差的行李,见他进来就停下手上的工作,迎过来为他脱下西服:"胃药放在了最外层的口袋里,换了新的剃须刀,内裤备了六条……"

他扭动脖子放松身体,早已习惯妻子的絮叨,一句话也没接。

"对了,我有话和你说。"妻子突然煞有介事地说。

他以为是为她弟弟的事,谁知她转身拿过一件粉色的晚礼裙:"下周要去参加大舅酒庄的周年庆典,我专门给妞妞定做的这条裙子,妞妞居然说难看。你觉得难看吗?"

妻子总是将太多精力放在孩子身上了,他们之间80%的对话都是围绕着孩子展开。

他不以为然:"每个人的审美都不一样,孩子长大了,也有自己的想法,她不喜欢也不能强迫。"

"可是,妞妞以前很喜欢粉色的,还说穿粉粉的才像一个公主……"

"人的想法是会改变的,也许她现在不想当公主了。"他应道。

"可女孩子不是都愿意当公主的吗?"妻子还在诉说。

他不愿意继续这个话题,走进浴室,关上了门,阻隔了与妻子的交流。

从桃子二十岁起,女儿几乎就是她人生的全部。

从给襁褓中的她喂奶起,从扶她蹒跚学步起,从教她刷牙洗脸起,从送她上学堂起,桃子都倾注了自己全部的爱与寄望。

妈妈的梦想
MOM·S DREAM

所以,桃子每次去参加女儿的家长会都比去参加丈夫的宴会装扮得更仔细。

因为丈夫的荣耀是他自己挣的,而女儿的出色是她培养的。

这天,桃子先去三联发型吹了个头发,再去北田造型化了一个妆,又换了一身迪奥的套装。其实她不打扮,依然会是家长中最出众的一个。

女儿就读的私立国际学校,每年都有十多个孩子被美国常青藤学校录取。这类学校的特点是,孩子优秀,父母亦然。

桃子是女儿班上唯一的全职妈妈,总与那些在职场搏杀的妈妈聊不来,可她一点都不在乎。她总是安静地坐在那里,等待老师表扬女儿的出众,然后脸上洋溢着幸福的笑意。

会后,桃子找到语文老师:"田老师,请问最近是不是有布置一个作文题叫《妈妈的梦想》?"

"是的。不过,秦筝同学今天交上来的是《爸爸的梦想》。"

"爸爸的梦想?"桃子目瞪口呆。

"是的,我看了,她写得很好,我准备推荐这篇作文参赛了。"

桃子在回家的路上已经想好要问女儿关于梦想的事。

可一回到家,女儿就对她说:"妈妈,我房间的马桶堵住了,没法冲水。"

"堵住了?我去看看。"桃子挽起衣袖就去了。

桃子动手能力强,自己能干的事一般不求人。

于是,穿着迪奥套装的桃子在很认真地通马桶,马桶被堵住溢出的臭气蔓延整个房间,她依然坚持不懈。

一刻钟后,女儿捂着鼻子出现在厕所门口:"妈,别通了,我刚给爸爸打了电话,我今晚到酒店住,陈叔已经在楼下等我了。"

"为什么要住酒店?今晚来妈妈房间睡不好吗?"桃子放下马桶搋。

"我不要。"

"这大晚上去住酒店,我还得去收拾行李。"桃子想着这还得去换身衣服。

"不,妈妈,我自己去住就好了。"女儿背起背包,"再见。"

"妞妞,等等我和你一起去。"说完,桃子脱下手套就要跟着来,女儿却逃一样地下楼了。

桃子心里空落落的,一晚上都睡得不安稳。

凌晨五点她就起来了,跑去女儿房间把窗户开得再大些,喷上茉莉香味的空气清新剂。再到厨房打开电视重播美食节目,她打算做一个香草瑞士卷带去酒店给女儿做早餐。鸡蛋打到一半,客厅的电话就响了。

"桃子,你在做什么呢?"婆婆也有早起的习惯。

"我在给妞妞做早餐。"

"妞妞不是去酒店住了吗?枫林酒店的西式早餐最为闻名,你别费那心了。"婆婆说,"妞妞和我说,她想换个环境,在酒店住两天。你平常管孩子那么紧,孩子都烦你了。我会派人陪着她,你在家好好检讨一下。"

桃子重新回到橱柜前,打了一半的鸡蛋,滴着鸡蛋液的打蛋器躺在上面,她忽然就不想继续了。

家里面静得出奇,她沿着楼梯一步一步往上,只听见自己的脚步声。

妈妈的梦想 MOM·S DREAM

由于结婚早,孩子出生早,桃子早早围绕着家庭转,几乎断了与从前同龄朋友的联系。在这漫长的十多年间,多数是她和妞妞两个人走过来的。

她知道她和妞妞出现了问题,这也是她早期一心想培养妞妞成为丈夫一样的精英造成的。桃子把妞妞的学科教育和兴趣培养看得比天还大,从妞妞懂事起就开始让她参加各种兴趣班,上学起参加各种补习班,只让妞妞操心学习的事,以优秀的人为榜样。

直到有一天,桃子开始回答不了妞妞的问题了,妞妞看她的眼神也开始变化了。她尝试与妞妞沟通过,她答不上四年级的奥数题是很正常的,妞妞还是极度不理解。

这时候,她一直忽略的素质教育的重要性显现了。尽管她在后来的日子里,努力地去找补,给妞妞传递为人要谦逊平和、戒骄戒躁的思想,可是妞妞的价值观和固有思维已经形成,要改变实在是很难。

她坐在床边翻开她记录妞妞成长的笔记本,里面的文字和照片记录了妞妞成长的一点一滴。妞妞小时候胖乎乎的,她抚摸着照片上肉嘟嘟的手,犹记得这双小手紧握着她的手的触感,多么让人怀念。

"She is your mom? So pretty!" Jackson转过来对我说。

我妈又穿成这样来开家长会了,感觉来走秀似的。Jackson居然还说她漂亮?

无比肤浅,只有空虚的灵魂,才需要华丽的外表来掩盖。

出了门口,我转身就走,并不理她。

"妞妞，妈妈向你招手，怎么不应妈妈啊？"我妈跟在后面说。

"是吗？我没看见。"我头也不回。

"老陈的车停在那边，你上完补习班回家记得提前通知张姨把菜热一下，剥好的荔枝放在冰箱里，想着拿出来吃，还有……"

"行了行了，你快去开会吧。"我不耐烦地关上车门。

"妈妈很快就回来了，跟妈妈说再见吧。"我妈还一厢情愿地说着。

我妈还以为我是三岁孩子，我勉强地朝她摆摆手，催着陈叔赶紧开车走。

在练完钢琴的时候，我妈回来了，她一见我就眉开眼笑，似乎有很多话要说。

我决定先发制人："妈妈，我房间的马桶堵住了，没法冲水。"

果然，哪怕我爸已贵为这座城市的首富，我妈也一样不爱使唤人，撸起袖子就去通厕所了。

我给正在出差的爸爸打了电话，爸爸同意我住到酒店去。

"为什么要住酒店？今晚来妈妈房间睡不好吗？"

我就是不愿意和你睡才给我爸打的电话："我不要。"

我离开家后，还给奶奶打了电话，确保我妈不会过来烦我。

午休的时候，丽兹过来找我："我有几张今晚电影首映的票，要一起去看吗？"

"不了，今天下课还要上补习班。"虽然搬到酒店去住，但是该上的课，我一样不会落下。

"Jackson也会来哦。"丽兹说。

"那我想想办法吧。"

放学后我们一起坐丽兹家的车到星光天地，Jackson 很绅士地为我开车门，护着我的头上车。他坐在我身边，汽车转弯的时候几乎能碰到他的手臂，我的心如同小鹿乱撞。

首映礼还没开始就已经被围得水泄不通了。

"人太多了，我问问妈妈能不能找人走特殊通道。"丽兹拿起电话。

"你好，请关注梦想力量，请问你对演唱感兴趣吗？我们乐队正在招募主唱。"一个年纪和我差不多的男生怯生生地问我。

我摇摇头，不过还是很有礼貌地接过传单。

"我妈妈一会儿让人带我们走特殊通道。"丽兹抢过我手中的传单，"这是什么东西？"

"哎嘛，什么山寨乐队？还要参加《超越梦想》歌唱比赛。现在是个人都能搞音乐。"丽兹把传单揉成一团扔进垃圾桶，拉起我的手，"走吧。"

巴黎是欧洲行程的第四站，结束上午的参观访问后，秦野感到了前所未有的疲乏。

这次出差行程紧凑，七天的日程安排了五个目的地，不是在开会就是在赶路，每天醒来都不知道在哪个城市的感觉真的很不好。

他揉了揉太阳穴，午间的光照透过车窗打在他的脸上，温暖恬静，他昏昏欲睡。

今天早上他接到安莉发来的信息："听说你也在巴黎，今天有空吗？一块吃个饭吧。"

看了一眼日程，午间有三个小时的空当，于是与安莉约了午餐。

丁香园咖啡馆位于塞纳河左岸，曾是思想家、文学家和艺术家扎堆的地方，久负盛名。

见秦野望着咖啡馆长长的大师名单，安莉笑了笑放下手中的咖啡杯，"怎么？是第一次来这儿？"

巴黎这座城市，他来过几次，除了第一次是旅游，其他几次都是公务，来去匆匆。

异国他乡，两人用餐时，说说巴黎的天气、人文，聊聊爱好、工作，气氛放松愉快。

"所以，你一直都这么忙？"安莉笑着问。

"这几年好了一些，以前站在风口上，感觉都是被推着走的。不过机遇这种东西，要不抓住就没有了。"

"那你这些年过得都好吗？"安莉忽然问道。

秦野切着牛扒，手定了定："这是一个宽泛的问题，我很难回答。"

"听阿姨说，你家庭方面不太幸福。"

"还好吧。"秦野脑海中掠过了他妈妈的身影。

"你还记得在美国读书时，我去耶鲁找你，我们坐在Beinecke图书馆门口的彻夜畅聊吗？"安莉说。

"记得。"那时候他们年少轻狂，有着对这个世界的不同见解，对人生的各种希冀。

"我曾经看过一篇文章说……"

此时，秦野的手机响了，是妞妞打过来的。

"爸爸，我卫生间的马桶坏了，弄得房间都很臭，我想去酒店住。"

"好,那你和妈妈一起去吧。"

"不要,妈妈还在通厕所,我想自己过去。"

"好,那你让老陈来接你吧。"

秦野对女儿的陪伴实在太少了,出于补偿心理,他基本不会对女儿的要求说不。

"不好意思。"秦野挂断电话对安莉说。

安莉摇摇头,笑了笑。

结账后,两人一起出了咖啡馆,午后微凉,安莉打了一个喷嚏。

"你穿太少了。"秦野脱下外套盖在她身上。

"谢谢。"安莉拢了拢有他身体余温的克龙比大衣,嘴角洋溢着笑意。

"你住在哪个酒店?今晚有什么安排吗?"

"四季,出席合作方的晚宴。"

"如果你参加完宴会,还有时间就打给我吧。"

"好的,再见。"秦野转身上了专车。

安莉一直站在车后目送他的车远离。

"桃子,怎么前两天没看见你来买菜?"卖海鲜的荣婶问。

桃子是这个海鲜档的常客,帮衬了快十年:"前两天家里人都出去了。帮我挑三个波士顿龙虾,五个大闸蟹。"

"好,都是刚到的,很新鲜。"

周五晚上,谢天谢地,女儿终于回家住了,可一回来就躲进了自己的房间,非要等到爸爸才吃晚餐。

丈夫飞机晚点,快九点才回到家。

桃子精心准备了芝士焗龙虾,清蒸大闸蟹,地中海沙拉,还给丈夫倒了点小酒,给女儿倒了百香果汁。一家三口围坐在一起吃饭,桃子又有了家的感觉。

她边为丈夫剥大闸蟹,边念叨:"今天卖海鲜的荣婶孙子满月,要请我去喝喜酒。"

只见丈夫愁眉深锁,满腹心事,连"嗯"一声应她都没有。

她又说:"我当然没去,不过给她包了一个大红包。"

"爸爸,妈妈的手是通过马桶的……"妞妞忽然说。

桃子心一沉:"妞妞,妈妈的手早就洗干净了。"

"我吃完了,你们慢慢吃吧。"丈夫用餐巾擦一下嘴角,起身离席。

女儿也紧随丈夫离开,留下桃子孤独地面对着一桌丰盛佳肴。

桃子上楼的时候,女儿的房门依然紧闭,丈夫还在书房里打电话。丈夫晚餐没怎么吃,她给端了一碗阳春面举手正要敲门。

"连自己女儿都处不好,你说她还能干啥?"电话放着免提,是婆婆的声音,"我说你呀,也是心软。早该那次就和她离了。"

桃子没有进去,转身又回到卧室,跪在地上收拾丈夫出差归来的行李,一件一件地取出分类,抽屉一伸一缩,衣柜门一开一关,不知怎么地,她又想起了从前。

那一次,真是要了她的命。

妞妞五岁那年,丈夫因为枫林重组问题,和公公一度闹得很凶,两人在家里基本不说话,家庭氛围一直处于低压状态。

好不容易,弟弟放暑假回来,约她和妞妞到月亮湖公园划船。

那天,她很开心,带了很多好吃的。

弟弟在船头划着船,正要穿过一片荷花区。

妞妞要吃草莓蛋糕,她打开背包给她找。

"咚",妞妞伸手够荷花,结果掉湖里了。

弟弟反应快,一下就跳进湖里,把妞妞抓住,奋力举起来,后来旁边船的人帮忙,弟弟才一并得救。

"要是妞妞有什么事,我一定让秦野和你离婚。"婆婆一到医院就指着桃子破口大骂,"你别想在我家待下去,我不会让你好过的。"

如果妞妞有事,桃子根本没想过要活下去。

她坐在凳子上,低着头,脑子一片空白,只记得衣服湿透的弟弟一直紧握着她的手。

幸好,医生检查出来,说孩子只是受了惊吓并无大碍,可婆婆还是一直骂,让医生检查清楚一点。

当时丈夫出差了,小叔子秦峰赶了过来,对婆婆说:"好了,妈。嫂子她弟弟也把妞妞救上来了。"

"他当然要救上来,不然他们家怎么过荣华富贵的生活?"婆婆说。

妞妞还是没有穿她准备的裙子参加大舅酒庄的周年庆典。

"桃子你穿得真漂亮,妞妞的裙子也很漂亮,就是短了一些。"三姑见到她就说。这个三姑是家族里面出了名的操碎心,不是操自家的心,是操别人的心。

"桃子,你怎么这么晚才来?那些礼品都还没装袋子里,你赶快过去帮忙。还有，一会儿你去迎宾台盯着他们发礼品，一人一份别发多了。"婆婆一见她就颐指气使："妞妞，你去贵宾室休息一下。"

大舅是婆婆的哥哥，是开酒庄的，枫林酒店的红酒全部由其供应，价格比外面贵两倍，酒店的人都敢怒不敢言。每年还为酒庄举办周年庆典，打着枫林酒店指定用酒的旗号来招徕生意。

"王妈，我来搬吧。"桃子伸手要接过王妈手上的礼品箱。

"别啊，大少奶奶。你今儿真漂亮，别弄脏你衣服了。"王妈说。

其实，桃子穿的只是简约的白色一字领礼裙，因为她身材好，显得端庄得体。婆婆从来对她的着装要求极高，说是代表秦家，不能含糊。

"你儿媳真漂亮，还是卖猪肉那个吗？"旁边一位女宾说。

"是呀，一直就没变。"婆婆应道。

"依我看，虽然你儿媳出身差一点，但是这么多年勤勤恳恳照顾家里，又听你话，也挺好的了。"

"倒也不是说她人不好，只是她真配不上秦野，秦野这么优秀，还是需要一个眼界和能力相当，能辅助他事业的人。我看秦野凑合这么多年，也是难受，要是他年轻时不那么倔强，安莉又不那么任性就好了，都怪那该死的游戏。"

桃子站在不远处听见了对话，虽然这些话婆婆当她面也说过，但都是发脾气时说出来的，她就当是针对她的气话。这是第一次听她与别人心平气和地说起，她听得尤为入耳。

没过一会儿，现场的人越来越多，菲力和安莉也来了，桃子给他们递了两份礼品。

"安莉你们能来，阿姨真高兴。"婆婆说。

"阿姨，秦野还没过来吗？"安莉问。

"还没有呢，这孩子也真是的，一会儿开始他还要上去致辞呢，现在还没到。"婆婆说,"桃子,秦野去哪里了?"

"我也不太清楚。"丈夫好像一早就出门了。

"你怎么什么都不知道?"婆婆埋怨。

桃子知道婆婆又开始找碴了,她闭上嘴不敢说话。

宴会快开始了,公公和小叔子都坐在了主桌上,婆婆急得脸都青了,一遍又一遍地让桃子打电话催丈夫。

"他没接我电话。"桃子低声说。

"你应该一早就提醒他。"婆婆训斥。

幸好不过一会儿,丈夫风风火火地过来了。

桃子顿时松了一口气,从到宴会现场开始,她精神处于高度紧张状态。

前额的头发已经散落,她到洗手间一一梳起,拿出粉扑补了一下妆,脸色更显煞白,胭脂水粉也掩饰不了筋疲力尽的灵魂,她真不愿意踏出那扇门。

"秦太太,秦老太太叫你。"门口有人唤她。

"哦,马上来了。"她连忙应道。

"秦野说他胃不舒服,你给他带药了吗?"婆婆扔下这句话。

"带了。"丈夫的胃药,女儿的过敏药,桃子都是随身携带的。

秦野从欧洲回来,飞机刚落地就接到电话,说枫林碧海山庄有几个客人出现食物中毒情况,目前已经送医了。

提供的食品质量有问题,对于酒店的声誉影响是极大的,他仔细查问了一遍,原来是度假村进口的一批海鲜有问题。让他最气的不是采购的食品质量有问题,而是这件事已经发生了三天他才知道。

"为什么不及时汇报?"秦野在电话里责问度假村负责人林刚。

"我想着您在欧洲可能不方便……"

"不方便?你们一个两个是怕担责任吧?你们觉得这事你们兜得住是吧?要是我再晚回来两天,估计只能上微博才能知道自家的酒店出事了。"秦野大发脾气,他最讨厌别人欺瞒他,这种官僚作风是他最不能忍受的。

晚上到家,妻子做了一桌子的菜,念念叨叨,他满腹心事,一句话都没听进去,随便吃了几口就上楼了。

回到书房,他要与公司法律部及公关部的负责人开电话会讨论应急方案,中间还被他妈妈的电话插进来,对妻子一通抱怨,"……我说你呀,也是心软。早该那次就和她离了……"

"妈,我在开会,要没什么事我就挂了。"

"等等,明晚是你大舅酒庄的周年庆典,你记得早点到哦……"

次日,秦野还没来得及倒时差,又一早坐两个小时的车,赶往碧海市慰问就医的客人。

那几个客人见集团的老总都来了,道歉态度诚恳,赔偿方案也让人满意,本来说要找记者曝光的,找律师起诉的,赖着不走的,都纷纷妥协了。

这事总算是在可控范围内低调处理了,秦野终于松了一口气,人一放松下来吧,就能感受到身体的警报了。

连日的劳累,不按时就餐,食物不对胃口,吃的又少,导致他的老毛病胃病又犯了。

这胃病真是他早年创业时留下的产物,这么多年也根治不了,在他过度消耗自己时,就出来提醒一下他。

一想到晚上还要参加大舅的酒庄周年庆典,他就头疼。

丈夫吃过胃药就上台了,此刻正站在台上侃侃而谈,底下的人都听得入迷,丝毫看不出他身体抱恙。

丈夫擅长演讲,言辞风趣,只要他愿意,十分钟之内让大家笑两三回也是可以的。

桃子和女儿、婆婆、芙丽、安莉、菲力、三姑等亲友坐一桌,丈夫致辞下台后直接坐过来。

"秦野,你怎么不坐到主桌上?"婆婆又着急了。

"我胃不舒服,喝不了酒。"丈夫脱下西服随手递给桃子。

桃子将西服妥帖地挂在椅背后,为丈夫摆好餐具。

她知道丈夫不舒服的时候,只想安安静静吃个饭,她为他点了一碗白粥。

大舅连番来请,丈夫无可奈何站起来:"都是自家人,我坐哪里不重要,大家开吃吧。"

未几,周桌的人又纷纷过来敬酒。

"秦总,太不给面子了吧,以茶代酒算什么?"众人不折不挠。

"我代秦总喝了吧。"坐在旁边的安莉拿着酒杯,站起来一饮而尽。

"这位是?"安莉刚回国,许多人不知道她的身份。

"这位是安泰集团的安总。"有人提醒。

"哦,安总果然巾帼不让须眉啊。"来人说。

敬酒客得逞,又是一轮狂饮,桃子被挤到一边,听见丈夫对安莉说:"少喝一点。"

"都怪你,把他们引过来。"安莉嗔怪。

"你看人家安莉多识大体,你话都不会帮着说一句。"婆婆对着桃子直叹气。

众人散去,终于可以安生吃个饭了。

由于都是相熟的亲友,总是有一句没一句地聊着,婆婆正和安莉说着要喝解酒茶,芙丽很关心下月去日本的旅行安排,菲力也谈起他新近去格鲁尼亚的旅行经历。

"桃子,你们怎么不多要一个孩子?"三姑突然一句。

满桌的人忽然都安静了,不约而同地看向桃子。

这问题三姑从前也问过,桃子那会儿还年轻,总觉得不好意思,垂着头低声说:"妞妞还小,忙不过来。"

现在桃子瞥一眼旁边的丈夫,笑了笑:"妞妞大了,不想要了。"

"那怎么行?秦家家大业大,你应该再添个男丁才行。"三姑说。

丈夫依旧不作声,一口一口喝着粥。

桃子又垂下头:"一个孩子也挺好的。"

"你这样不行啊,留不住男人。"三姑叹气。

"三妹别问了,生不生也不是她一个人说了算,留不住的生十个还是留不住。"婆婆不满地说。

有时,我也会想自己为什么没有兄弟姐妹这个问题。

妈妈的梦想 MOM'S DREAM

毕竟在这样财富级别的家庭,只有一个孩子是罕见,更何况我妈妈还是全职太太。

从小到大,旁人似乎比我父母更热衷于这个话题,他们会经常逗我:"妞妞,你想要弟弟还是妹妹啊?"

而我父母却从不接话,一次也没有。我也曾想过,我爸经常出差,该不会在外面有三五个红颜知己吧?该不会有一天告诉我,我在外面有一个足球队的兄弟姐妹吧?

私人律师会定期向我爸爸汇报家庭资产情况,我爸爸从不忌讳在我面前展现家庭的财富,我在必让我旁听。

我对金钱没有概念,爸爸和我说过:"其实钱多了也就是个数字。你要学会掌控它,不要让它掌控你。"

但是我想,即使这些钱我十辈子都花不完,我也是不愿意和其他人分享的。

宴会结束后,奶奶一边握着安莉阿姨的手说了半天,一边指挥我妈忙前忙后收拾现场,直到我爸和大舅公从贵宾室出来,不耐烦地问了一句:"你还要多久?"

"我还要一会儿,让老陈先送你和妞妞回家就好,我开车来的。"妈妈将剩下的礼品装箱归整。

"我已经让老陈回去了。"爸爸说。

妈妈才后知后觉反应过来,跑过去跟奶奶请示。

唉,我妈就跟个无头苍蝇一样,奶奶让她干什么就干什么,一点主见都没有,多干一点少干一点都不敢,而且从来抓不住重点。

我爸从小教育我,要学会思考,做事要有自己的主见。

也不知道我爸看着我妈这样会有何感想,最后奶奶当然是同意放她走了。

我们坐上妈妈的车回家，是爸爸开的车，我坐在副驾驶位置，妈妈坐后排。

从一上车，我妈就开始念叨："妞妞，你把安全带系上。"

其实，我就只有一次坐在前排忘了系安全带。

印象中，除了到国外度假，我们是极少一家三口坐同一辆车的。

我坐在爸爸旁边想与他聊天，但他今晚的状态不好，除了宴会上应酬客人，私下极少开口说话。

这时，他的手机响了，他打开了车载免提把电话接进来。

"在法国的时候，你的外套落在我这儿了，我洗好了想今天给你，又好像不太方便，还是过两天再给你送过去吧。"是安莉阿姨的声音。

爸爸和安莉阿姨一起去欧洲的？爸爸的外套怎么会在阿姨那儿？阿姨把外套还给爸爸为什么要觉得不方便？我心中无数个疑问。

过了半晌，爸爸说了一句："我这次出差在法国碰见安莉了。"

我从后视镜看一眼妈妈，她正出神地看着窗外，仿佛爸爸的话是对着空气说的。

这晚，秦野累极了，宴会结束后，还被大舅抓去谈提高红酒供应价格的事。

"你看，这酒真是好酒啊。"大舅一直说。

大舅给枫林供应红酒的价格是外面市场的两倍，枫林卖红酒基本是一分不挣的，居然还跟他说提价百分之二十，他讨厌被当成傻子的感觉。

"你爸妈都答应了,你看提价什么时候开始?"

秦野在商场混迹多年,和形形色色的人打过交道,对于大舅这种贪得无厌,他又无法摆脱的人,真的厌恶至极。

"大舅,我还要看一下目前红酒的销售情况,这里面的事情很多,让我再考虑一下吧。"秦野说。

"哎,这不是你一句话的事吗?"大舅说。

"大舅,这哪有这么简单,即使是我做的决策,也有人质疑的。"秦野推门离开。

载着妻子和女儿到家后,他就想回房休息了,但女儿还希望能单独和他聊会儿。

在他的书房里,女儿郑重其事地宣布自己的梦想是考上耶鲁大学,要和他成为校友。

"那就要加油哦。"这应该是他这两天听到最开心的事。

"学长,请多多指教。"女儿深深地鞠了一躬。

他笑着看着眼前的女儿,这个年幼时,他每次伸手去抱,她都别过肉嘟嘟的脸,埋在她妈妈肩头的孩子,终于长大了。

二十年前,他刚读大学的那会儿,也曾想象过自己在二十年后无限种可能的生活,唯一没有想过的是,他会是一个十四岁孩子的父亲。

结婚前,妈妈还经常念叨:"你是不是被套路了?你和她在一起才多久?睡过几次就有了孩子?我真怕你给别人当了便宜爸爸。"

就桃子当时对他那冷淡的态度,他也曾怀疑过。

不过,当他第一眼看见妞妞,一切都改变了。

"这孩子实在太像你了。"妈妈抱在怀里眉开眼笑,"你看连手指甲的形状都和你一模一样。"

他看了一眼躺在床上刚经历难产的虚弱的桃子，内心的愧疚感油然而生……

听见丈夫和女儿的笑声，桃子捧着两杯热牛奶，没有敲门就进了书房。

可她一进去，笑声就戛然而止，女儿像天外来客一样看着她，仿佛她是这欢乐气氛的破坏者。

桃子站在橱柜前，洗洗切切，准备第二天早餐的食材。

妞妞还小的时候，丈夫很忙，她带着妞妞去公园游玩，上饭店吃饭，见到其他的一家三口，爸爸、妈妈和孩子有说有笑，温馨和谐的场面，总会心生羡慕。想着等妞妞大一些，丈夫没那么忙，也能像他们那样。

可现在妞妞长大了，丈夫也没那么忙了，却也没有像他们那样。丈夫和女儿说的，桃子听不懂，桃子说的，丈夫和女儿不感兴趣。

今晚比起那件大衣，让桃子感到更为刺痛的是在宴会上丈夫和安莉站在一起那般配的画面。

难道这就是婆婆说的，阶层的区别？

这么多年来，桃子学礼仪，学插花，学茶道，一直在拼尽全力去融入这个阶层。只是她知道，有些流淌在骨子里的东西是很难改变的。

就像妞妞不理解她为什么那么喜欢上菜市场一样，因为她就是在菜市场里长大的呀。

小时候，爸爸一边卖牛肉，她和弟弟闻着市场的肉腥味在一边玩要；再大一些，爸爸一边卖牛肉，她和弟弟听着市场讨价还价的声音在一边做作业；再后来上了大学，爸爸一边卖牛肉，她放假回来就在一边帮忙收钱。

就像妞妞从小出入上流宴会，在宴会上谈笑风生，翩翩起舞一样呀，为什么她就不能理解呢？

桃子从浴室出来时，丈夫已经熄灯躺下了。

她收拾了一下，刚躺下来，丈夫就转过来眼睁睁地看着她。

"还疼啊？"

丈夫"嗯"了一声。

"吃了药还疼？要不要上医院看看？"

"不用，老毛病。你帮我涂点香砂油，揉一下。"

丈夫是个事不得已，绝对不上医院的人。桃子说不动他。

早年间，每每见到丈夫因为工作压力过大，和公公闹得不可开交，应酬被灌得昏天黑地，致使胃病反复发作，夜不能寐的样子，桃子也是心疼不已。

有一次，桃子妈妈说菜市场里开药铺的金婆子有一秘制的香砂油，专治胃病的。

"这是祖传的秘方，还要顺时针揉一下，配合按摩手法，效果更好。"金婆子摇着扇子，夹杂着湘西的口音说。

"这管用吗？"桃子盯着这棕色的小油瓶，没有药品成分，没有使用说明，没有有效期，她不敢给丈夫乱用药，万一有什么事，婆婆会骂死她的。

"金婆子很厉害的，你小时候哪次大病不是找金婆子把你给看好的。而且这是外用的，涂一下也没事。"桃子妈妈劝她。

桃子买了回去，一开始也不敢给丈夫用，直到有一次见他痛得不行,才拿出来给他试了一下。

记得第一次涂完后,桃子认认真真地给丈夫按摩了一个小时的胃,以至于丈夫都舒服得睡着了。

丈夫醒来后说确实管用,桃子信以为真,直到多年以后才发现他是自欺欺人的,想来也是好气。

给丈夫涂完油,桃子盘腿坐起来,摸黑将手放在丈夫的胃部打转。半小时后,桃子听到了丈夫均匀的呼吸声,她也打了一个大哈欠,心里埋汰着,真是个麻烦的人呢,在人前人模人样,在她面前事儿多得不行。

第五章

"我说了不许开就不许开。那可是你林叔叔的孩子,林叔叔知道吗?想当年我筹建枫林时,给我借过钱的林叔叔。"

秦野冷眼看着眼前朝他嚷嚷的父亲,因为枫林碧海山庄食物中毒事件,他下令严惩相关负责人,轻则降职降薪,重则开除。秦野父亲知道负责人林刚被辞退后,直接找上秦野办公室。

"这是多大点事啊?不都解决了吗?说白了,海鲜有问题又不是他的错,他要早知道这批海鲜有问题肯定就不进货了。"

"爸,海鲜有问题虽不是他的错,但是瞒上欺下,知情不报是大错特错。枫林现在是上万人的大企业,要是都这么擅作主张,各自为政,回头我这个法人被抓去坐牢都不知道怎么回事。"秦野试图与父亲讲道理。

"哪有这么严重,总之我说不能开就不能开。"

"爸,这个事情已经定了,我就是要杀一儆百。"秦野说,"小杨,你把这个公告发出去。"

虽然小杨也见过这两父子剑拔弩张的场面,可他拿着签署的人事公告还是感到左右为难。

秦父气得喘不过气来:"你这臭小子,你现在是翅膀硬了,连老子的话都不听了……"

秦野见到父亲这样,连忙去扶:"爸,你怎么样?"

近两年,秦父总是拿身体来和他吆喝,动不动就头晕眼花,秦野难辨真假:"小杨,先把老先生送去医院,回来再把公告发了。"

"你别管我,我没你这儿子……"秦父推开他,拄着拐杖倔强往外走,砰地关上办公室门。

裙带关系一直是枫林发展的障碍,这些年来,他好不容易通过重组枫林,花了大价钱才把这些所谓的曾经相助过枫林的大叔大妈给请走,现在还来解决这些大叔大妈下一代的问题,简直就是没完没了。

他一想到这儿,胃部一阵痉挛,摸了摸口袋,翻出妻子给他随身准备的胃药,仰头一口吞了。

"秦总……"

秦野不知不觉靠在椅子上睡着了,隐约听到有人叫唤他。

叫他的是张利,小心翼翼地说着:"秦总,西部湾23号地块竞价的结果出来了,安泰集团出资12.93亿夺标。"

"哦,那就发布消息吧。"秦野揉了一下眉心。

"好的,秦总。"张利退下去了。

没多久,秦野就接到秘书的电话:"秦总,安总来了。"

安莉一身套装，拎着一个袋子："我是来还衣服的。今晚有空吃个饭吗？"

秦野胃不舒服，脑子里只有山药小米粥配腌脆瓜："我今晚不方便。"

"哦，我收到了安泰中标的信息，还想感谢你。"

"其实不用感谢我，我也没做什么。"

"我就是要感谢你什么都没做。"安莉又说，"这周日有个耶鲁大学交流会在S大举行，你有空去吗？"

"我周末要去上海出差。"秦野顿了顿，"不过你可以带上妞妞，她的梦想是上耶鲁。"

"好呀，她要是上了耶鲁，你们就是校友了。"

秦野晚上到家，妻子见他，问道："怎么这么早？今天妞妞学校有活动了，我晚点再去接她。"

"你先吃吧。"妻子果然给他端上一碗山药小米粥和一碟腌脆瓜。

也不知道妻子哪里听来的，说山药小米粥对胃好，执拗得只要他一胃疼就给他做这个，他嫌没味道，又给他加了腌脆瓜。

有一次，连吃了三天，吃得他快要吐了。他和妻子提意见，没用。

"你胃疼还想吃香喝辣，好好养着吧。"妻子说。

以至于他形成了一个观念，只要他一胃疼就只能吃山药小米粥和腌脆瓜，只要他一胃疼就只配吃山药小米粥和腌脆瓜。

"这个是什么？"他看到餐桌上放着的宣传页。

"这个是留学简介，今早见到罗校监，他说孩子出国留学得早准备。我想妞妞要去美国读预科，我肯定要跟过去的。所以，先研究一下大学，还有学校附近的房子。"

"唉，我英文不好，去那边可怎么办？"妻子自顾自地说着。

秦野将宣传页推到一边，一口一口吃起粥来。

周末阳光暖和，我坐在庭院里看书，接到了安莉阿姨的电话。

"妞妞，听你爸爸说你以后想考耶鲁大学，今天有个耶鲁大学交流会，你和我一起去吗？"安莉阿姨问。

"好呀。"我应道。

挂完电话，我觉得有点不对劲，我爸爸居然连我想考耶鲁的事都和安莉阿姨说了，看来他们关系真不一般。

"妞妞，你看我把这个大星星放在最上面好看吗？"我妈此刻正站在梯子上给圣诞树挂装饰品。

"好看。"我抬起头，逆着光，看着我那毫无危机感的妈妈。

是的，今年圣诞节我妈又买了一棵圣诞树放在家门口，每逢大型节日，我妈都会把家里家外装饰一番，挂满各样的饰品，张灯结彩，美其名曰是要注重仪式感，在我看来就是没事干。

"妞妞，你把那个白色的礼品盒递给我好吗？"妈妈接着说。

我合上书本，不耐烦地站起来，走到树下把礼品盒递给她，然后头也不回地进屋了。

我知道妈妈肯定是想让我和她一起装饰圣诞树，这是我小时候经常和她一起完成的事，可是我长大了，只有她还没有。

有时我也会想，我妈也就只能干这点事了。

妈妈敲门进来了，捧着精致的玫瑰形状餐盘，上面放着樱花水信玄饼："你都穿好衣服了？我也去换一下。"

我才想起来，今天是外婆生日，爸爸出差了，我答应和妈妈一起回外婆家吃饭。

"妈妈，我今天去不了外婆家了，我要去参加一个耶鲁大学的交流会。"

"妞妞，今天是外婆的生日，外婆正等着你回去呢。"

"那又怎样？考耶鲁大学是我的梦想，没有什么比这个更重要了。"

"妈妈知道梦想很重要，可是家庭也很重要啊，你从小到大，外婆都很疼爱你……"妈妈说。

我实在忍受不了，我妈每回都要拿爱来绑架我："妈妈，你知道吗？我真的不想和你一样……"

"什么？"妈妈霍然抬头。

"我真的不想以后和你一样，每天出没菜市场，嘴上说的都是家长里短，脑子存的都是八点档，成天琢磨的都是吃吃喝喝，口口声声是以家庭为重，根本不知道离了丈夫和孩子，自己什么都不是。你就不担心我和爸爸有一天会离开你的吗？"

"妞妞，不是这样的，妈妈一直想和你说，你之前不是有篇作文叫《妈妈的梦想》吗？"妈妈说，"妈妈也是有梦想的……"

"妈妈，你知道吗，你的梦想，我连知道的兴趣都没有……"

桃子迷茫地走在大街上，她活了这么多年，第一次觉得自己是失败的。

妈妈的梦想 MOM'S DREAM

嫁入秦家这么多年,她什么冷言冷语没听过,有时委屈得厉害,她会想还好她有一个女儿,至少她还有一个女儿,为了女儿什么都是值得的,女儿才是她坚持下去的动力。

可是女儿居然说不愿成为她这样的人,她这样的人?有时候她连自己是怎样的人都忘记了。

大家都叫她秦太太、妞妞妈妈,她的名字已经很少被人叫起,以至于有一次体检护士叫她的全名,她许久才反应过来是叫自己。

妞妞刚上幼儿园的时候,桃子也曾提过出去工作。

"你忙得过来吗?"丈夫如是问她。

是呵,那会儿还住在老宅,公公不舒服去看病找她,婆婆要办个茶歇找她,小叔子养的小狗丢了找她,王妈做什么菜找她,家里停电了找她,马桶漏水了找她,连豆腐缺了一角都要找她……

每天照顾一大家子的起居,她哪来的时间去工作?

她围着这个家转了十几年,自以为是地付出十几年,到头来女儿居然连知道她梦想的兴趣都没有。是她的梦想不重要,还是连她本身都不重要?

寒风狂吹,大雨滂沱,她一点要躲避的意思都没有,仰起头看着天空,任由雨点洒在她的脸、发髻、衣裳……

女儿说得对,她就是一个家庭妇女,一点本事都没有,离了丈夫和女儿,连要去哪里、靠什么谋生、怎么活下去都不知道。

如果人生可以重来,她会不会不一样?

忽然,她脚一滑掉进了人行道上施工的泥坑里。

过了几分钟,她才挣扎着爬了起来,很失望没有出现八点档电视剧中回到过去的穿越情节。

头刚伸出坑,一张宣传单被风吹过来打她的脸上,她把贴在脸上的传单揭了下来，上面写着"梦想力量招募主唱"。

她蓬头垢面地照着上面的地址来到一个已有年代的厂房，用力地敲了敲铁门，有个十六七岁的男生探出头："你好。"

厂房里面十分空旷，放着几个切割用的旧机床，还有架子鼓、贝斯、吉他等乐器。

"你们在组乐队参加比赛？"桃子试着问。

小男生见她满身泥泞，胆怯地点点头。

"谁呀？"一个年长一些，仿佛主事的男子应声出来了，还有一个头戴发圈，胖乎乎的男子。

男子随手抽了几张纸递给桃子，让她擦一下脸上的雨水，再示意她坐到对面的，用轮胎做的沙发上。

"我叫皮卡，正在读大三，"男子指了指胖乎男子，"阿宝是我同学，"又指了指小男生，"小天还在读高一。"

"我们正在组建一个乐队，参加全国歌唱竞技比赛——《超越梦想》的海选。我是键盘手，小天是鼓手，阿宝是贝斯手，现在就差钱和主唱了。"

"还差多少钱？"

"二十万。"

"好，我可以支持你们。"

"真的？"三人异口同声，难以置信。

"但是我有个条件。"

"什么条件？"

"我要当你们的主唱。"

"大姐，我们是青春组合，你今年贵庚啊？"胖胖的阿宝脱口而出。

虽然桃子一直保养得宜，三十多岁仍看起来像二十多岁，可二十多岁和十多岁的小姑娘还是有区别的，在这个成名要趁早的年代，已经是显老了。而且她脏兮兮的样子，令人望而吃不下饭。

"那就算了。"桃子说完要往回走。

"等等，你能先唱一个吗？"皮卡抢着说。

"好。"虽然桃子在家寂寞时，也会对着空气唱，可拿着麦唱已经很久没试过了。

她先清了清嗓子，唱了一段《当爱已成往事》，完后在场的人都愣住了。

皮卡当场决定："好吧，就你了。"还怕她反悔，当场就让她把钱交了。

这个转折有点快，桃子始料未及，该不会是骗人的吧？想了想还是将信将疑地把钱交了。

网银支付十秒到账，皮卡看到收款通知眉开眼笑，伸出手掌："欢迎加入梦想力量，合作愉快。"

坐在安莉阿姨的车上，我心情还是有点忐忑，刚刚这么对妈妈说话是不是不太好？

其实我也只是说出自己真实的想法而已，我见过我奶奶说过更过分的，我妈应该不会往心里去吧。

"妞妞，你一般周末会怎么过？"安莉阿姨问。

"我周六上午和下午都有补习课，周日一般会休息。"我回答。

"那休息一般干什么？"

我想起了，以前周日我妈经常会带着我在菜市场中穿梭，踩在脏水横流的地板上，吸着空气中的鱼腥味，扯着嗓门和那些小商小贩攀谈。不过，我上小学后已经严词拒绝和她再上菜市场。

"在家休息。"我说，"爸爸在的话，会回奶奶家吃饭。"

"你爸爸在家的时间多吗？"

"不多。"我如实说。

耶鲁大学交流会在S大举行，礼堂里挤满了本校和外校的学生。

安莉阿姨是S大的优秀毕业生，校方为她预留到了极佳的位置。

交流会完毕后，安莉阿姨还带着我参加校方接待耶鲁访问学者的欢迎晚宴，她的英语说得真好，纯正的美式腔调，她举止得体，谈吐大方，领着我穿梭在人群中交流。

她牵起我的手时，我突然又冒出了奇怪的想法，要是爸爸和安莉阿姨在一起，我该怎么办？只要爸爸能获得幸福，我是不是也应该支持？只是妈妈该怎么办？要离开了我和爸爸，她真会活不下去的。要是妈妈能有安莉阿姨一半的聪明和优雅就好了。

自从上次和我妈吵了一架以后，我妈最近也不怎么烦我了。虽然仍旧每天接送我上下课，还有去补习班，但是明显感觉她话少了很多很多。

"到了。"妈妈对着后视镜和我说，"对了，我下午有事接不了你，老陈会来接你下课去补习班和回家。"

"哦。"我头也不回地下车了。

我妈话少，我比她话更少，反正我和她也没什么共同话题。

晚上我到家已经七点多了，发现出差回来的爸爸坐在客厅看手机："你妈妈呢？"

妈妈的梦想 MOM'S DREAM

我摇摇头表示不清楚。

过了一会儿,妈妈匆匆忙忙地回来了,拿着大袋小袋的食品盒。

"过来吃饭吧,我点了好多好吃的。有鸿禧楼的沙虫粥,雍记的烧鹅,竹塘里的串烧鱼……"

我和爸爸坐到餐桌前,看着妈妈一样一样打开外卖的饭盒,摆在我们面前:"你们都饿了吧,赶紧吃吧。"

然后收拾起外卖的袋子,上楼去了。一直到我们吃完,她都还没下来。

"你和妈妈是怎么啦?"爸爸问了一句。

"没什么啊。"

第六章

最近一段时间，丈夫在上海出差，桃子每天送完妞妞买完菜回来，就会去工厂参加乐队练习，下午两点才匆匆回家做饭，再接妞妞放学。晚上待家务做完后，桃子也会在房间听歌练音。

比赛海选在一月底，现在准备时间已经很紧张了。

桃子和皮卡他们约定每天至少练习三小时，定期寻找机会上台表演。

今天是乐队第一次公开演出，皮卡的大学举办校庆，他们去表演唱歌了，所以赶不回来接妞妞和做饭，幸好她早有准备事先点好了外卖。

对于今天的演出，桃子还是很满意的，毕竟他们才磨合十天时间。不过桃子许久没有上台了,还是有点紧张,这得多演出几次才能克服。而且真是年纪大了,唱高音有时候提不上来气。她对着镜子,想喊两嗓子,没想到丈夫推门进来了。

"你在喊什么?"

"我喉咙好像有鱼刺,我看能不能喊出来。"桃子合上嘴巴,赶紧过来为丈夫解衬衣,"你们都吃完了?"

"嗯,我准备洗澡了。"丈夫说。

"好,我一会儿给你拿浴袍和内衣进来。"

"对了,妈刚刚改了去日本的时间,你看一下家属群里的消息,之前安排的行程也需要改了。"

"改了?"桃子等丈夫进浴室后,拿起手机看了一下。

因为安莉临时有工作安排,婆婆为了迁就安莉,将整个去日本的时间提前了两天,即1月28日出发。天呀,他们乐队参加海选的时间就是1月28日。

桃子都要抑郁了,婆婆已经在群里通知她好几次,让她修改所有的行程。

丈夫从浴室出来了,见桃子一筹莫展,以为她是为改行程的事烦恼:"明天让小杨帮你修改一下吧,我准备睡觉了。"

"哦,这么早就睡了?"桃子看了一下时间,其实十点也不早了。

"啊?怎么办?"桃子脑门都要炸掉了,难道海选让皮卡替她唱?可他们平常不是这么排练的,临时修改那不乱套了?

她收拾完丈夫的行李,洗完澡,躺到床上都没有想到好的办法,又坐起来,下楼半夜三更到庭园里踱步。

忽然,她灵光一闪,她不去度假不就行了吗?反正她又不想去。

她想起了之前家庭旅行的经历,那次在马尔代夫出海游,只安排了一艘快艇，他们的人数超过了限载人数一位。

"桃子，你下来。"婆婆是这么对她说的。

还有那次在加拿大看枫叶，桃子忙前忙后张罗他们一边欣赏尼亚加拉瀑布，一边用餐，结果桃子饿极了，刚坐下想吃口饭。

"桃子，你去埋单吧，我们都吃好了。"婆婆是这么对她说的。

桃子主意已决后释然了，回到房间躺下安睡。

凌晨时分，桃子睡意正浓，却被丈夫吵醒了。

丈夫如果睡得早，就会有扰人清梦的习惯。她实在太累，不愿响应，可是她越不去理他，丈夫就越起劲。

终于她被撩拨得不行，发出娇嗔的低吟，丈夫才心满意足地从她身上下来了。

可这边闹铃又响了，她该起来做早餐了。

桃子对着浴室镜刷牙的时候发现自己的脖子和胸口都是吻痕，丈夫也太狠了吧，这不是胡闹吗？

这么穿着睡衣出去，妞妞肯定能看得到，不过妞妞看到也不一定知道是什么。算了，现在的孩子都早熟，还是不要挑战他们对两性关系的认知，桃子换了一件高领毛衣下去做早餐。

这天在送完女儿上学，恭送完丈夫出门后，桃子让张姨去买菜，自己直接去了工厂练习。

桃子一般早上九点半到下午两点在工厂，皮卡和阿宝已经读大三了，时间比较弹性，只要没有课都会在。

小天要上课，每天午休会过来练两个小时，下午放学到晚自习之间会过来两个小时，有时晚上下了自习也会过来练一小时。

他们午餐都是叫外卖，聚在一起，边吃饭边讨论要改进的地方。

"桃子姐，你这脖子上是什么？是过敏了吗？"小天在吃饭的时候问。

桃子十分尴尬，拉高了衣领。

"嗯？"皮卡干咳一声，"你有男朋友了？"

皮卡第一次见桃子时，桃子蓬头垢面，满身泥泞，当第二次桃子满身整洁地站在他面前时，惊觉她是个美人坯子。皮卡也暗自琢磨过桃子的年龄，顶多比他大五六岁吧，也还算他能接受的范围。

"我都结婚了。"桃子说。

"啊？你都结婚了？"阿宝难以置信。

"嗯，按理说，小天都不该叫我姐，应该叫我阿姨了。我的女儿只比小天小两岁。"

"天啊……"他们都惊得嘴巴都合不拢。

"那你为什么要来唱歌？"阿宝问。

"我喜欢唱歌，孩子大了没事干，就找点事情做呗。"

皮卡显得十分失落，阿宝掩着嘴巴笑："那你老公和孩子知道吗？"

"我还没和他们说呢。"

"那也是，现在八字还没一撇，怎么也得过了海选才能说吧。"阿宝自言自语，"万一说了连海选都过不了，就该闹笑话了。"

"呸，你这乌鸦嘴，我们一定能进初赛的。昨天我们演出完，都有学弟学妹找我要签名了。"皮卡拿出乐队的宣传海报，"来，我们都给签上吧。"

"真的吗？"小天激动地站起来。

"对了，你觉得我们叫'梦想力量'会不会有点土？要不改一个名字？你们觉得叫'纳米'怎么样？会不会显得我们很有深度？别人还叫'矢量'呢。"

"有病。"皮卡说。

"我觉得梦想力量就很好啊,梦想赋予我们力量。"桃子说。

"好吧,那就不改了。"小天迫不及待地在海报上签上了自己的名字。

"小子签名还不错啊。"阿宝说。

"我等这一天已经很久了,练签名也练了好久了。"小天放出一只手,"梦想力量必胜。"

"必胜。"桃子、皮卡、阿宝纷纷伸出手叠上去。

今天是这学期的最后一天,上午考完最后一科期末考试,下午参加完期末总结大会就放假了。

这天中午,我一而再地接到让人沮丧的消息。

Jackson要回英国了,因为他妹妹不适应国内的教育,所以她妈妈决定带他们回英国念书。

午饭时,他过来和我们道别,我们与他一一拥抱。

我尝到了青涩的滋味,真让人难过呢,再也见不到这个帅气、绅士、幽默的男生了。

然后,我被田老师叫去办公室了。

"秦筝同学,这次作文竞赛你获得了第二名。本来你评选得分是最高的,考虑到这次竞赛题目是《妈妈的梦想》,而你写的是《爸爸的梦想》,和题目有偏差,所以只能屈居第二名了。"

下午,我坐在了礼堂里,一边遥望Jackson,一边听着作文竞赛的第一名获奖者念着:"我的妈妈是一名物理学的教授,她求实、创新、自律的科研精神,是照亮了我学习前进的明灯……"

Jackson突然回头了,转右后方十五度角,与隔壁班的桐玲相视一笑。桐玲是我们辩论赛的对手,她爸爸张利也在枫林集团工作,是负责地产业务的一个高管。

我火气一下子冒了上来,哼,这次作文竞赛,我根本不是输在写作水平上。

出到学校门口,我看到妈妈正在和罗校监、桐玲妈妈交谈。

"秦筝同学,听说你这次年级作文竞赛获得了第二名,真优秀啊。"罗校监一见我就说。

"秦太太,这让人羡慕呢,我家桐玲要能有秦筝一半,我就省心了。"桐玲妈妈附和说。

这样浮夸的吹捧场景真让人恶心呢,我点点头,转身就走。

"妞妞,刚刚校监话还没说完呢,你就走了。"妈妈追上我说,"还有桐玲妈妈和你打招呼,你也没理,你这样不好。"

校监又怎样?每年我爸爸都会给学校捐助一笔钱奖励优秀教师和更新教育设施,校办那些人见到我就一副恭维的样子。还有桐玲妈妈每次见到我妈都是一副谄媚的嘴脸,就像我妈也是她的领导一样。

我妈和我一起上了车后排,我佯装没看见她右手缠着的绷带,迅速戴上了耳机。

"妞妞,你作文竞赛能获得第二名,真厉害呢。"

"第二名有什么厉害的?"我已经为了这事气得半死,我妈妈还要提。

"作文不是你的强项,得第二名也很不错了。"

我戴上耳机,不再理会我妈。

过了一会儿,我妈拍了拍我,我取下耳机。

"妞妞,妈妈的手扭到了,去不了日本度假了。"妈妈将她缠着绷带的右手递到我面前。

我妈不去实在太好了,想起每次去度假我妈就跟苍蝇一样,成天围着我转,一直在耳边嗡嗡响。

一般在飞机上,我爸和我会下一盘围棋,而我妈会在旁边一阵一阵的。

"妞妞,你喝多点橙汁补充VC吧?"

"我给你梳个麻花辫子好不好?"

"你指甲有点长了,妈妈给你剪一下吧。"

我给了她一个眼神,她终于去找我爸了,握起我爸的手,边给我爸剪指甲边叨叨:"妞妞的指甲真像你呢,有棱有角的方形。"

于是,我"哦"了一声,又戴上了耳机,这回我妈终于没再烦我了。

在出发前五天,桃子终于想到了一个绝世借口,可以不去度假了。

为求效果逼真,桃子还专门去了医院一趟。

"医生,我手不舒服,没有力气。"桃子举起右手,手腕耷拉下来。

医生检查了一下:"我看没事啊,没红没肿,无痛感,不像得腱鞘炎。"

"不是啊,真的很不舒服,你看,都竖不起来了。"桃子装着手动不了。

"那去拍个片子吧。"

医生拿到了片子，仔细看了："我看也还是没事啊，没有脱臼，没有骨折，没有阴影。"

"不是啊，医生，我真的很不舒服，全身都没有力气。"桃子急了，口不择言。

来这个医院看病的人非富则贵，医生也不敢怠慢，"那可能是挺严重的，可能是由其他疾病引发的，要不住院做个全身检查吧。"

"那倒不用，可能是我做家务累着了。要不你给我包扎一下，我回头再来检查，没准过两天就好了。"桃子说。

医生看着她，目瞪口呆，认真地在病历上写下：病人口述手痛，病因不明，应病人要求包扎。

桃子举着被包扎的手腕，犹如手持一块免死金牌，一路奔走相告。她先去了婆婆家："您看，真的使不上劲。"

"这个……"婆婆也看不出什么端倪，"这是怎么弄的？"

"年底大扫除，可能是用力过猛了，造成劳损，医生说养一段时间就好，这期间不能提重物，也不适宜奔波操劳。"

婆婆瞟了她一眼："那度假的事情……"

"要不我请小杨去吧？他也比较熟悉行程和家里。"桃子说。

小杨跟随丈夫十多年了，对于他们的家庭情况也很了解。

"也行，不过这次安莉也去，我倒也不担心。"婆婆眼眸一转，仿佛算起另外一盘账，"行了，你回去休息吧。"

桃子如获大赦，赶紧道谢离开。然后又让老陈送她去接女儿，老陈从后视镜里看着桃子笑眯眯地欣赏着她的手腕，觉得很诡异。

桃子见到罗校监在校门口欢送学生，特意下车打了个招呼。后来又碰到了桐玲妈妈，对方过来问候她的手腕。

"呀，秦太太，您的手怎么啦？"桐玲妈妈问。

"做家务劳损了。"桃子说。

"那可得注意了，"桐玲妈妈说，"我家里有一贴中药膏对于治疗肌肉损伤特别管用，回头我让桐玲她爸给您家送过去。"

"不用不用，我看过大夫了，说没什么事，休息一下就好。"桃子连忙说。

"您不用客气，得了腱鞘炎可大可小。"桐玲妈妈热情难却。

"真不用了，谢谢您的好意。"桃子婉拒。

最后罗校监看不下去了："今天天气真好呢，听天气预报说明天会下雨。"

正说着，女儿就出来了，可一出来就没好脸色，见着罗校监和桐玲妈妈也不理会。虽然丈夫每年都捐助学校，虽然桐玲爸爸是丈夫的下属，但也不代表女儿可以傲慢无礼。

桃子想说一下女儿，可一想到自己不能陪女儿去度假就开始内疚了，她先说了几句软话，当她说到自己手伤了，不能去日本度假时，女儿只是"哦"了一声，根本没有担心的样子。

桃子手伤是假的，心伤却是真的。

丈夫应该是家里最后一个知道桃子不能去度假的人。

夜里，丈夫十二点才到家，桃子已经睡下了，又十分乖巧地坐起来伸出那未包扎的左手为丈夫解衬衫纽扣，解了半天都没解开一个。

丈夫在她面前站了半天，也没有发现，她知道他又在想事。

桃子想起一次，她换窗帘不小心磕到了额头，缝了好几针，脸上贴胶布贴了快半个月，愣是都快好了，丈夫才注意到她额头贴了块胶布，问她怎么啦。

丈夫总是对她的事那么地不上心。她知道他忙，他累，那么多年来，她有什么事也习惯了自己解决，不去麻烦他，可有时候她也需要一点温暖的，不是吗？

"你能不能自己解一下扣子？"桃子负气地坐回床上，揉了揉缠着绷带的右手。

"哦，你的右手怎么啦？"丈夫终于反应过来。

"大扫除，劳损过度了。"

"严重吗？"

"不严重，就是医生说要养一段时间，我去不了日本了。你们去度假要不让小杨跟着去吧？"

丈夫迟疑了一下："好，我明天和他说。"

皮卡找了一个摄影工作室给乐队录视频做宣传，拍拍他们平常的练习场景，介绍一下自己，回答个人问题。

这天中午，他们清一色换上白衬衫和牛仔裤，对着镜头录视频。

桃子一本正经站在镜头前挥挥手："嗨，大家好，我是姚小桃。"

"笑容太僵硬了，放松一点。"摄影师说。

桃子的自我介绍拍了五条才过，到了问答环节，为了缓解紧张气氛，摄影师第一个问题是："除了音乐，你还有什么兴趣爱好？"

"买菜做饭。"桃子没过脑子就回了。

皮卡、阿宝、小天，连同旁边的工作人员都笑了。

这个问题的教科书式答案，是读书、画画、看电影、旅行等。

桃子没明白大家笑什么，但是气氛欢快起来，桃子开始表现得自然流畅了。

摄影队离开后，阿宝感叹："感觉好专业啊，你花了多少钱请他们的？"

皮卡伸出了五个指头，阿宝惊呼："你也太舍得了吧。"

"这年头想要有人气都得花钱你懂吗？"

一开始桃子也不明白为什么参加个比赛，还得要几十万赞助费，现在倒是明白一些了。

"你来看看这个，终于送到了。"皮卡拿了钱，还给桃子买了一个新的麦克风。

"你偏心，我让你给我换个新的贝斯都不肯。"阿宝说。

"你这个不是前年才换的吗？"皮卡拿着礼盒对桃子说，"这是我让同学海外代购的。"

"我看一下。"阿宝一把抢了过去拆开，"哇，你疯了吧？这起码得上万吧？"

"主唱是乐队的灵魂，灵魂你知道吗？给灵魂花点钱很应该。"皮卡连忙要过来递给桃子，"你看一下，我看过评论说这款很不错。"

桃子其实也不太挑装备，几百块的麦克清晰无杂音也很好，没想到皮卡那么细心，"要不这话筒我单掏钱吧，算我自己买的。"

"别，你不用管他，你就拿着吧，反正也是为了比赛买的。"皮卡用凌厉的眼神示意阿宝走开。

"偏心，平常叫肯德基外卖，让给我多加一鸡腿都不行。"阿宝不服气。

"阿宝哥，我把我的鸡腿给你就好了。"小天乖巧地说。

"小天，你别管他，他这人就小肚鸡肠……"皮卡说，"平常对我们抠抠搜搜的,把钱存下来都给女朋友了。"

他们都知道阿宝有个女朋友,宝贝得要命,照片都不舍得给他们看。

"你说谁小肚鸡肠呢,你明明就是偏心……"阿宝还嘴。

"好啦好啦,你们别吵啦。"小天劝架。

虽然桃子早就对他们的嘻哈打闹习以为常,还是忍不住说:"好啦,今天中午我请吃凤香楼的外卖。"

正在打闹的三人忽然停止了,阿宝说:"桃子姐,这事我不是针对你。"

"你还是擦干你的口水再说吧。"皮卡不屑。

阿宝听说凤香楼口水都要流出来了:"桃子姐,我真不是这意思,不过听说凤香楼的隔水蒸鸡真不错……"

桃子扑哧一笑,年轻人的脾气总是来得快去得也快。

那天,桃子抬头看着天空,总觉得天空格外地蓝。

和他们在一起,桃子感觉变得年轻了。甚至有一种错觉,仿佛自己是一毕业就来到了这里,和他们组建乐队,参加音乐比赛,开启自己的歌唱生涯。她还是那个追逐梦想的女孩,结婚生子的那十几年仿佛从未发生。

桃子许久没回娘家了,接到妈妈的电话:"桃子,你最近忙什么呢?"

每当妈妈这么问的时候,桃子就知道自己该回娘家了,确切地来说该带妞妞回娘家了。上次妈妈的生日,她和妞妞吵架,桃子也找了一个借口没回去。

桃子找了一个时间回娘家一趟,妈妈开门见她十分高兴,她进来以后,妈妈还站在门口四处张望。

"妈,别看了,妞妞今天要上钢琴课,我没带她过来。"桃子脱下外套挂起来。

"我说你呀,把孩子的时间排这么满,放寒假也不让孩子休息一下。"

桃子不想回答,这是妞妞主动要求的,又不是她安排的。妞妞作为这个家庭第三代的第一个孩子,从小就受尽桃子父母万般宠爱,要什么给什么,是毫无原则的爱,隔段时间不见妞妞父母就心里痒痒。

"爸爸呢?"桃子岔开话题。

"去便利店了,刚还让我问妞妞想吃什么零食,他带些回来。"

桃子没接这茬:"弟弟没在吗?"

"还在睡觉呢。"妈妈叫了一声,"小龙,你姐来了。"

桃子放下挂包,去厨房倒了一杯水,喝了一半,回到客厅坐下,这才看见顶了一头乱发的弟弟出来。

"又喝多了?"桃子嗔怪。

"没办法,要陪那些大客户。"桃子弟弟打了一个大哈欠。

"少喝点,多注意身体。"桃子站起来,又进厨房给弟弟倒了一杯水出来,"最近怎样?"

"没怎样,年底很忙。"弟弟接过水一喝到底,放下杯子,"对了,那块地,安泰集团中标了。"

"哦。"桃子不由得想起那件外套。

她也想过和丈夫说弟弟的事,好几次到嘴边都没说出来。因为她不想让丈夫为难,这些年来无论自己的事,还是娘家的事,她都不想让丈夫为难。当然,她也曾奢望过丈夫会主动帮忙,但是显然是她想多了,毕竟对手是安莉啊。

"对不起啊,没能帮到你。"桃子愧疚地低下头说。

妈妈的梦想 MOM'S DREAM

"没关系的,我也没拍胸脯说一定能拿下。"弟弟佯作轻松地说。

从父母家出来,桃子给小杨打了电话:"小杨,要不我们找个地方见面,过一下你们去日本的行程。"

他们还有三天就出发了,自从桃子决定不去旅行后就没有过问后面的进展,她觉得全部推到小杨身上也不好,自己还是要发挥积极主动性帮帮小杨。

"不用了,太太。安总已经接手这事了,她都安排好了。她还建了一个微信群专门说旅行事项的。不过你没去,没有把你拉进来。"

"安总让我放心,我只跟着去就好了,什么都不用管。"

"哦,我知道了。"桃子挂了电话,她居然忘了还有安莉这一茬,安莉是个聪明干练的职业女性,干这些简直是小菜一碟。她忽然心里有点硌硬起来。

现在,秦野在枫林酒店的时间已经越来越少了。

经历了十多年的发展,枫林已经成为一个集团公司,除了酒店、度假村,还涉及主题乐园、房地产、航空租赁等业务,总部也搬到了商务区的枫林国际中心。

不过,秦野有个习惯,只要回到枫林酒店都会四处走走。

这天秦野回枫林酒店开年会,会后避开所有人绕着花园转了一圈。秦野走到一棵高大的棕榈树下,仰头向上,阳光透过针间的树叶,洒在了他的脸上。这棵树是他六岁那年,他父亲领着他种下的,现在都已经这么高了。

"秦总,好久不见。"一个头发花白的男人拎着一个饭盒远远地和他打招呼,是酒店工程部的工程师唐元。

唐元是枫林酒店的第一批员工,已为酒店服务超过三十年,曾经跟随秦野在长留山待过很长时间,印象中是个爽朗的人。

在这个信息万变的时代,见到不变的人还是很高兴的。

秦野笑着回应:"唐工,你好。"

"秦总,今天是我在枫林的最后一天了,能见到您很高兴。"唐元拍了拍脑袋说。

"怎么回事?"秦野皱眉。

"我今年六十了,要光荣退休了。"唐元笑道。

"啊,时间过得真快,很感谢你这么多年为枫林的付出。"秦野恍然大悟。

"秦总,是我感谢您才是。"唐元握住秦野的手,"感谢您对老员工的照顾,让我在退休以后实现了财务自由。"

秦野曾制定员工股权激励方案,除了高管人员,所有在职超过二十年的员工,无论岗位和级别,都获得相应的股权。

想起枫林刚上市那会儿,那些开发商恨不得在酒店门口搞起售楼展览。

"对了,秦总,您吃饭没有?我请您吃个饭。"唐元扬起手里的饭盒。

"唐工,不用客气了。"

"不,是我从家里带来的。"唐工盛情地说,"昨天我老婆问我,今天是我上班最后一天,有什么愿望。我说平常酒店都包餐,我上班从来没带过饭。明天你就给我做个饭带到酒店吃吧。结果,她做了很多,我估计吃不完。"

秦野站在酒店西北角消防通道的露台,他从不知道在这个角度看出去,居然能看到月亮湖公园的瞭望塔。

"来,坐。"唐工拿了几张报纸在露台铺开,饭盒展开,有三菜一汤。秦野也不拘小节坐在地上,不过自吃入第一口就慢了下来。

"不好吃是吧?"唐元憨笑,"我老婆工作也忙,结婚这么多年,也没给我做过几顿饭。"

"还好。"秦野礼貌地回道。

"您还记得那会儿吗,在长留山那会我们也是这么吃饭的。"唐元说,"真让人怀念呢。"

那时,他们为赶工期没日没夜,经常在工地席地而坐吃饭,吃完再站起来拍拍屁股继续干活。

"好像还是昨天的事,没想到都过了这么久。"秦野感慨。

"那时候,让我们印象深刻的有两个,一是没想到你这小子还真能吃苦……"说完,唐元自觉出言不逊停住了。

"没事,你说吧。我知道你们那会儿都恨死我了,天天逼着你们赶工。"秦野笑着说。

"二是羡慕你有个贤惠的妻子,天天给你做好吃的。那会儿真把我们馋得不行,厚着脸皮去你那蹭饭。"唐元说,"对了,你妻子和孩子都还好吗?"

秦野作风低调,很少在公众场合曝光家人。

"都还好。"秦野放下饭盒,拿起手机,翻出妻子发给他的,女儿在运动会上的照片。

"哇,你女儿都这么大了,当年就这么一小点。"

"嗯,现在比她妈妈都要高了。"秦野翻到下一张,是女儿和妻子在运动会上的合影。

"这个是桃子？怎么比记忆中的还要漂亮？"唐元不敢相信，"她现在还天天给你做饭吗？"

"做呀。"秦野嘴角上扬。

桃子揭开锅盖，闻到了阵阵香味，她舀了一小勺汤汁试了一下味道，酸酸甜甜的味道正好。

明天丈夫和女儿就要出发到北海道了，她想给他们做些好吃的，一听到开门声音，警惕的桃子马上踢了一下坐在椅子上打瞌睡的张姨，示意她站到灶台前。

"张姨，这个汤味道还不够，再放点盐。"桃子佯装说。

丈夫难得早下班，接女儿下课一起回家。两人说着话，一起进了门。

"你们先洗手，很快就开饭了。"桃子说。

她做了豉汁蟠龙鳝，蒜蓉粉丝蒸带子，清炒菜心和海鲜豆腐汤。

年底丈夫很忙，在家的时间不多，一家三口已经许久没一起吃饭了。在餐桌前，桃子说起卖鱼的仁叔是怎么教她做这道豉汁蟠龙鳝，而她又是怎么与张姨配合完成这道菜的。

"为什么要张姨帮你做饭？"女儿问道。

"妈妈的手受伤了呀。"桃子抬起缠着绷带的手，估计女儿连她手受伤的事都忘了。

"仁叔说蒸好鳝以后一定要过冷河，不然皮不脆了。"桃子收起失落。

"是吗？"丈夫的心情似乎很好，应了她一句，女儿则一声不吭地翻着手机。

"咦，安莉阿姨做的这个旅游攻略真不错。"女儿把手机递给丈夫，"爸爸，你看。"

桃子知道他们去北海道专门建了一个微信群："妞妞，吃饭的时候别老看手机，吃完再看吧，菜都凉了。"

女儿一脸不悦地看着桃子，扔下一句"我吃完了"，就上楼了。

最近也不知道是怎么回事，女儿对她越发不耐烦了，自己也是忙于准备比赛，忽略了这一点。

桃子一直陪伴丈夫吃完甜点，才上去找女儿聊聊。

"妞妞，你怎么把妈妈给你准备的行李都翻出来了？"桃子推门见到都惊住了，地上一片狼藉。

"你准备的行李太多了，根本用不上。"女儿嫌弃地将一块擦脚布扔在地上。

"怎么会多呢？你想用的时候，没的用就麻烦了。"桃子捡起擦脚布就要塞回行李箱。

"妈，这是安莉阿姨列的出游清单，只要有这些就够了。"女儿递给桃子手机，上面只列了十几样必备品。

"什么？你连抗过敏药都不带？"桃子见到扔在一边的过敏药。

"安莉阿姨说，那边不是有川崎医生吗？"川崎是他们在日本的家庭医生。

"川崎医生又不会跟着你，万一你吃了过敏食品，不及时用药会全身起皮疹的。"

"妈，我的过敏症状会随着长大好转的，我现在对芝麻已经不敏感了。"女儿把她推到门外，"你快出去吧，我要收拾行李了。"

桃子想起女儿小时候第一次吃芝麻糊全身起皮疹的恐怖情景，不行，她要和安莉说一下，让女儿把过敏药带上。

可她没有安莉的联系方式，她想到丈夫应该有，她回到房间时丈夫在洗澡，手机放在五斗柜上，丈夫手机的锁屏密码，她并不知道。

她试了几串数字，女儿的生日，丈夫的生日，身份证后六位……果然是枫林国际在A股上市的日子。

她解锁后进入手机通讯录搜索安莉没有记录，丈夫的通讯录里很多人名是英文名的，她忘了安莉英文名叫什么。她又进入微信搜索安莉，安莉的头像是她本人照片，身穿职业装，笑容迷人自信。

她点开自己的对话框想把安莉的名片推送给自己，突然冒出了一条新信息。

"那时候，如果我没有听爸爸的话，和你在一起就好了。"

桃子的心腾然地跳了一下，犹豫着点开了对话框看了上下文。

"今晚阿姨请我吃饭，说起当年你是为了气我，随便找个人结婚的。"正是安莉发来的。

"上次在巴黎，我的话没说完。那篇文章说一般二十二到二十五岁能遇到可以彻夜聊天不觉乏味的异性，很有可能是你这一生最相匹配的结婚对象，一旦错过基本不会有第二次。"

"你知道吗，这些年来，每当我回忆起那个和你彻夜畅聊的夜晚，我就后悔，年纪越大越后悔。"

"那时候，如果我没有听爸爸的话，和你在一起就好了。"

"都怪我不懂事，信心不坚定，不能体谅你。"

"那场游戏改变了我的一生，也改变了你的一生。"

"这些年我漂泊异乡，独立工作生活，遇见过很多困难，促使我走向成长成熟，而我的思想越成熟，就越发感觉到你当年肩负家族命运的不容易。"

"相信你这些年也很不容易,要扭转事业上的危机,还要和不爱的人一起生活。"

"你曾亲口对我说过,你不爱桃子的。"安莉说。

桃子看到这句话,心跳漏了一拍,迅速将手机归位逃离。

自己是不被爱的,桃子一直都知道。

桃子坐在门前的台阶上,看着冬天的院落,近来疏于打理,落叶遍地。她在想,如果不是那场游戏,她现在会是怎样。也许是一个混场子的过气歌手,或者是一个平平无奇的上班族,至少不会是一个唠唠叨叨的家庭主妇吧。

她并不是一开始就这么唠叨的,婚后操心的事太多,日积月累她又无处可说,才一样一样摊开对他说。

他从来都是"嗯""哦"的,有时甚至说半天也没有回应,交代她办事也是一句起两句止。

久而久之,她觉得他就是那样冷漠的人,也就习惯了。

与那样冷漠的人,彻夜畅聊是什么样的感觉?

一定是很幸福的吧。

桃子仰望星空,悄悄哭了,为了爱情,也为了自己。

一场荒诞游戏背后原来是一场青春爱情遗憾的结尾,她只是在别人的爱情里跑了龙套,可有人曾心疼过她?

重新整理完行李,我的行李箱腾空了一半,给安莉阿姨拍了一个

照发过去:"我要不要换一个小的箱子?"

我洗完澡出来,看到安莉阿姨回消息:"不用,我们可以大购物,把另外一半装满了回来。"

想起以往去北海道,我父母也会和我去逛商场,遇见单价超过一百万日元的奢侈品,我妈就会不同意买,每次都要求助我爸才能买下来。这次我妈不去实在太好了。

我站到窗前擦头发,看见我妈坐在下面的石阶上低头揉眼睛。她是怎么啦?该不会是我今晚说她两句就哭了吧?

我真讨厌只要我不听她的话,她就哭哭啼啼的样子,真个是啰唆又脆弱的中年妇女,我关上窗户。

因为是八点的飞机,我早早就醒来洗漱完毕下楼了。

没想到我妈比我起得还早,她已经站在橱柜前忙碌了,我抬头看了一眼挂钟才五点多。

"妞妞,你起来了?"妈妈有些慌张地将缠着绷带的右手藏在身后,"妈妈的手好一点了,想给你做点好吃的……"

她有点语无伦次,样子也很憔悴。

"昨晚安莉阿姨在群里说会给我们亲自准备早餐,爸爸也没和你说吗?"

妈妈没接话:"哦,那就带去路上吃吧。"

"我不带,安莉阿姨说了会给我们带吃的。"

"带去吧,这是妈妈半夜起来做的,你看这个猪排是爱心形状的,还有这个饭团像不像龙猫?"

我妈为什么老要强迫我做事,她成天将自己的意愿强加到别人的身上真让人讨厌,我忽然心生恶念:"妈妈,你知道我作文赛为什么会只获得第二名吗?"

我妈似乎愣住了，并没抓住我的点。

"就是因为你做的这些根本就不重要。

"别人妈妈的梦想都是物理学家、企业家、舞蹈家，我总不能写我妈是个买菜做饭洗衣服的吧。"

"妞妞，妈妈是有梦想的，妈妈的梦想是唱歌。"妈妈眼眶红了。

"妈，你别逗了，你一中年妇女唱歌有谁听？"我都无语了，"你这不是梦想，简直是妄想。"

"不是，妈妈现在也在努力……"

"好了，你不用再编故事了。妈妈，I am shame on you！"

她吃惊地看着我，以至于我怀疑她听懂了这句话，因为她终于安静得一边待着去了。

随后我爸爸也下楼了，我们出发去机场。

这次我妈破天荒地没有站在大门，目送我们远行，甚至连再见都没说。

"你和妈妈怎么啦？"上车后，爸爸问了我一句。

"没什么呀。"我佯作轻松地应道。

昨晚，秦野等到睡去也没见妻子回房。

早上下到客厅，见妻子怔怔地看着挂在墙上的他们一家三口的合照，连他和女儿出门上车，妻子都没有跟出来道别，他就觉得有些奇怪了。

除了刚结婚那会儿，妻子这么多年来一直性情稳定，发挥正常，能令她如此反常的，估计就只有女儿了吧。

他知道她和女儿的相处有问题，这在早两年他已经能预见，妻子总是将太多的精力放在女儿身上，他也提示过她，女儿长大了，也有自己的思想，她却总忽略了这一点。

但他并不担心她会因此而困扰，因为她的耐受能力总是惊人的。早年间，他忙于事业，三天两头不着家。他妈妈一见着他，就与他告状，说她这不好那不好，她却从未在他面前说半句。像他妈妈那样挑剔的人，她竟然能相安无事地处了下来，她真的比他当初的评价要高很多。

在机场的贵宾室，女儿一见安莉就行了贴面礼。

"阿姨给你们准备了早餐，有三明治、沙拉、水果，快过来吃吧。"安莉说。

"安莉阿姨，你今天真漂亮。"女儿说。

"谢谢。"安莉穿了一袭修身的深紫色长裙，异常出众，"早啊，秦野。"

昨晚秦野从浴室出来，看到安莉发来的一连串消息，他一个都没回。他知道定是他妈妈在撺掇安莉了，在他婚姻的问题上，妈妈这么多年来就没有消停过。

"早啊。"秦野见着安莉也不觉尴尬，他久战商场，对很多事早已见惯不怪，练就了一身泰然自若，以不变应万变的本领。

"安莉你穿这么少，到那边不怕冷吗？"芙丽凑过来说了，"妞妞，你妈妈的手怎么样，好点了吗？"

"阿毛说要上厕所了，你带他去一下。"秦母打断芙丽，又连忙拉过秦野说："我看安莉和妞妞相处也挺好的，这回就让安莉照顾你们吧。"

"我和妞妞能照顾自己。"秦野说完，走到沙发上坐下。

妈妈的梦想 MOM'S DREAM

"看来妈这次又要开始折腾了。"坐在一旁玩手机游戏的秦峰笑道。

秦野和秦峰两兄弟性格各异,秦野老成持重,秦峰玩世不恭,这也跟父母的从小培养有关。秦野是老大,一直严格要求,当成接班人培养,秦峰是老二,一直随心所欲,放飞自我成长。

"对不起,我来晚了。"菲力背着滑雪板气喘吁吁地跑过来。

"菲力叔叔,就差你了。"女儿笑着说。

大家都沉浸在旅行出发前的喜悦中,只有秦野感觉到了莫名的不适。

上了私人飞机,菲力号召玩德州扑克,秦峰、芙丽、安莉、妞妞都纷纷加入,秦母正带着阿毛,秦父到休息室睡觉去了,秦野到前排找安静的位置坐下,拿出小杨给他准备的主题乐园的合作计划书。

过了许久,安莉走到秦野旁边的位置坐下:"你平常出来旅行也这样工作吗?"

"爸爸,你看,这是安莉阿姨给我出的题目。"这时女儿也过来了,"是门萨测试数图推理,我没有头绪,能不能帮我看一下?"

秦野接过iPad,花了三分钟做出来了,然后向女儿讲解。

"我和你爸爸都是门萨的会员,在美国读书时加入的。"安莉笑着说。

"我都没听爸爸说过。"女儿一脸崇拜地看着他们。

到达札幌机场已经是下午时分,他们一行计划先去别墅安顿好,秦野上车后打开手机,发现家属群里有一张秦母发的照片,里面是他、女儿和安莉在飞机上一起做题时的情景,安莉含笑看着他们父女俩。

第七章

如果你爱的人不爱你，你爱的人以你为耻，你的人生是否还有意义？

桃子站在他们一家三口的合照前想了很久。这幅合照是她三十岁生日请人来拍下的，她当时唯一的愿望是他们一家三口永远在一起。

英文歌曲也在乐队的选曲范围，皮卡他们会分享觉得好听的英文歌曲，桃子记下来后，会自己找来听，觉得旋律好的，也会学着唱。为了解歌曲的含义，桃子也在有意识地重拾英语。

她最近听的就是来自Skylar Grey的*Shame On You*，也有问过皮卡歌曲的含义，她苦笑着，没想到女儿用在了她身上。

妈妈的梦想 MOM'S DREAM

今天还是乐队参加海选的日子,她昨晚没怎么睡,整个人如同行尸走肉一样,打发完张姨回老家休假,就收拾演出的装备出门了。

"桃子姐,你也这么早到了。"桃子刚进门,小天就远远跑来。

比赛要晚上七点才开始,本来他们约的是下午三点在工厂集合,在赛前再排练一遍再去参赛场地的,可现在还不到一点。

"你也很早呀,你吃过午餐了吗?"桃子问。

小天摇摇头,桃子将手里的便当塞给小天:"给你。"

"哇,好好吃呀。"小天吃得停不下来。

"好吃就多吃点。"桃子苦笑。

"你在哪里买的?这么好吃,食物的造型还这么可爱。"

"这是我给我女儿做的。"

"哇,我妈一年都不会给我做一次饭,我家都是外婆做饭的。"小天是单亲家庭,妈妈工作很忙,很少陪伴他,"你多久会给你女儿做一次饭啊?"

"每一天。"

"每一天?"小天吃惊了,"哇,你女儿也太幸福了吧?那她一定很爱你吧?"

桃子愣住了,耳边一遍又一遍地响起女儿的声音。

"妈妈,你做的这些根本不重要。"

"妈妈,你的梦想,我连知道的兴趣都没有……"

"妈妈,I am shame on you!"

她转回头看着小天,抽动着嘴角:"是的,我女儿,我女儿她……她……很爱我。"

"可桃子姐,你为什么要哭呀……"小天惊慌失措地看着她。

皮卡和阿宝没多久也到了，大家都很重视这场比赛，所以都早早集合了。

"来吧，我们就多排练两遍吧。"皮卡说。

"最……"

"重来。"

桃子一开声就不对劲。

"重来。"

"重来……"

"那个，桃子姐，虽然这是一首很催泪的歌曲，可也不是一开始就伤感的啊……"皮卡忍不住上前说。

"对不起。"桃子吸了吸鼻子，低下头。

小天把皮卡拉开，偷偷把桃子今天哭过的事告诉皮卡和阿宝。

他们围在一起，窃窃私语："啊，这可怎么办？"

"我想换歌。"桃子说。

他们一起转过身，一脸茫然看着桃子。

"我想唱《怒放的生命》。"桃子倔强地说。

参加比赛，临阵易曲是最忌讳的。

这首歌风格粗放豪迈，与原来歌曲是截然不同的风格。他们平常也有练过这首歌曲，可是练得不多，皮卡也拿不准大家配合得怎样，于是抱着试试看的心态，来了一遍。

桃子的歌声激昂高亢，充满力量，唱完，皮卡他们都惊住了。

"好，我和主办方说换歌的事。"皮卡说，"桃子姐，你要保持这个态势。"

他们排练完，调了几个音，就收拾装备到比赛场地。

出发前，桃子打开手机，看到有一条未读消息，点进去，婆婆发的丈夫、女儿和安莉温馨和谐的合影。

妈妈 MOM·S DREAM
的梦想

好不容易平静的心泛起波澜，她当机立断关掉微信，甚至把手机都关掉了。

她不想情绪再受到任何干扰，现在的她不属于自己，而是属于整个乐队，她要对皮卡、阿宝、小天负责。

到了比赛场地，他们分别去更衣室换衣服和化妆，桃子穿着很简单，就是浅蓝色的连衣裙，穿了一双白色帆布鞋，扎了一个麻花辫子。

到后台集合点名，有好多的年轻人，桃子心想自己拉高了比赛队伍的平均年龄。

"姑娘，借过一下。"桃子心下窃喜，居然还有人叫她姑娘。

他们排在第三组第五位出场，这次比赛有五组，每组六支参赛队伍，但是比赛只有三个晋升的名额。

他们在后面表演的，可以先去观众席看前面的演出。

桃子坐在那里，看着这些年轻人自信地站在台上，又唱又跳，为自己的梦想努力，想起了自己柴米油盐这些年，作为妈妈，作为妻子，作为媳妇一直拼了命去付出的这些年……

　　我想要怒放的生命
　　就像飞翔在辽阔天空
　　就像穿行在无边的旷野
　　拥有挣脱一切的力量
　　我想要怒放的生命
　　就像矗立在彩虹之巅
　　就像穿行在璀璨的星河
　　拥有超越平凡的力量

……

桃子站在台上以清远辽阔的歌声唱起她忍耐、顺从、孤独、忧伤、迷茫的这些年。

最后，桃子双手展开，泪流满面。

"我能问一下，你为什么会如此激动吗？"一位评委问。

"我很高兴，自己能回到这个台上，找回自己，追逐梦想。"

四人站在一起鞠躬谢幕，下台后，阿宝说："桃子姐，你真的好棒啊。"

赛果在最后公布，"梦想力量"以第一名晋升初赛。

"我们去喝一杯吧。"皮卡高兴地说。

"好呀。刚紧张得我晚饭都没吃几口，现在都饿了。"阿宝说。

"小天，你可以吗？"

"现在都十二点多了，"小天犹豫着，转而狡黠一笑，"不过，我早就和外婆说今晚去同学家玩不回家了，本来是想在工厂过夜的。"

工厂有休息室，行军床、躺椅都有，有时皮卡和阿宝也会在那边过夜。

"桃子姐，你呢？"

"我当然可以啦。"桃子笑着说。

自我三年级开始，每年冬天我们全家都会到北海道滑雪，至今已经第五个年头了。

妈妈的梦想 MOM'S DREAM

我们住在二世谷附近群山环绕的日式别墅区，离比罗夫滑雪场不远。日式别墅共有三层，一层是客厅、餐厅和休闲室，二层和三层都是房间，每间房的景观别致。此外，庭院还有个私密性极好的露天温泉，由青石筑成，松竹相间，远处是雪山，一片银白，静幽深谧，抬头就能看见漫天星斗。

别墅有个管家叫山下太太，在我们到来之前整理好了房间，迎接我们入住。她年纪和张姨差不多，态度和蔼，说起话来总是笑眯眯的，会说普通话，她爸爸是东北人。

奶奶一到这里，就拉着山下太太到别墅里外转了一圈，然后回去和爷爷禀报："老头子，这房子不错呢。"

我和安莉阿姨一个房间，放下行李，安莉阿姨打开窗户："这里的景色真不错，一步一景。"

"我爸爸说，这房子是著名建筑师贝先生的作品。"

"那边是什么？"安莉阿姨指着屋外问。

我凑过去看，是一处群竹环绕的地方："露天温泉。"

"哦，你喜欢泡温泉吗？"

"喜欢的。"

每次我和我妈妈一起泡温泉，我妈妈都会指着她小腹上的一道疤痕，笑嘻嘻地说："妞妞，想当年你就这么小，就从妈妈这里出来。"

"那你疼吗？"我听我外婆说过，我妈妈生我时几乎难产。

"一点也不疼，妞妞你就是上天给我的礼物。"

晚上，安莉阿姨安排我们到一家传统的日本料理店用餐，餐后还有艺伎表演。

用餐的气氛十分活跃，只有爸爸兴致不高，菲力叔叔说到点上的，他才附和一笑。

从餐馆出来已经八点多了，我们坐上车回别墅："爸爸，这里的菜真好吃呢。"

"没有你妈做得好吃。"我爸说，"对了，你妈给你打电话了吗？"

"没有哦。"

"你给她打个电话吧。"

我是不情愿的，可我爸发话了，拨过去以后，我松了一口气："妈妈关机了。"

"关机了？"

"你给家里打一个。"

"没人接。"

"没人接？张姨也没在？"

"可能妈妈和张姨出去了，手机没电了。"

爸爸皱了一下眉头："那一会儿再打吧。"

小杨叔叔陪着奶奶、二婶和阿毛去逛商场了，菲力叔叔和二叔在客厅玩游戏，爷爷把爸爸叫到房间说事，我和安莉阿姨一起去泡温泉。

日式温泉都是裸泡的，我们进去后，山下太太给我们守门。

我们泡在温泉里远望雪山，轻松惬意。

"你爸爸，他喜欢泡温泉吗？"安莉阿姨问。

"也是喜欢的。"我憋气沉到温泉里去。

想起有一次我们滑雪回来，我太累了倒头就睡了，到夜里又饿醒了，起来找东西吃。

"妈妈，妈妈……"我寻了一路，最后在庭院的回廊见到山下

妈妈的梦想 MOM'S DREAM

太太。

"孩子,怎么啦?"山下太太问。

"我肚子饿了,想找妈妈。"

"我明白了,我给你做好吃的。"山下太太说。

"可是我妈妈呢?"我继续追问。

"你妈妈在里面。"山下太太指了一下庭院深处的温泉入口。

"那我去找她。"见不到妈妈,我心里慌。

"孩子,你爸爸也进去了。"山下太太意味深长地一笑,"随我来吧,我给你做好吃的。"

山下太太拉着我回屋里,我那时候还懵懵懂懂,只来得及回望一眼那幽深的入口。

约莫十点多,奶奶她们回来了,带了LeTao蛋糕做消夜,大家都聚在餐厅吃着。

"你爸怎么半天不下来?"奶奶问我。

"可能在洗澡吧。"我说。

"你给他送一份上去。"安莉阿姨说。

"顺便看看他待在房间干吗呢。"奶奶说,"这孩子。"

爸爸还没洗澡,还是穿着来时的衣服,眼里全是焦躁,见我进来又问起。

"妈妈找你了吗?"

"没有。"

"你给外婆打一个。"

我依言而行:"外婆的电话打通了,可外婆还以为妈妈和我们一起来北海道了。"

"小杨回来了吗?你让他上来一趟。"

那天晚上，小杨叔叔上去以后，好久都没下来。

第二天一大早，我下楼见奶奶在嚷嚷："什么？你说他回去了？"

"是的。很对不起，因为公司有急事，秦总半夜回去了。"小杨叔叔拍着脑袋，一个劲弯腰道歉。

桃子迷迷糊糊睁开眼，小天的脸映入眼帘。

"你醒了，桃子姐。"

后来，他们选了一家烤串店吃夜宵，再回到工厂放好乐器。桃子喝了不少啤酒，坐在躺椅上想歇一会儿的，没想到一放松就睡着了。

"现在几点了？"桃子打了一个哈欠，看天都亮了。

"早上八点十五分。皮卡和阿宝去买早餐了，你先洗脸刷牙吧。"小天递过崭新的毛巾和牙具。

桃子心里暖暖的，拿过毛巾在水龙头底下搓了搓，然后拧干铺在脸上，冰冰凉凉，很醒神。

"还有呀，桃子姐……"

"嗯？"

"一切都会过去的。"小天比了个"赞"的手势，"加油。"

桃子扭动钥匙开了大门，转身将门关上，听见身后传来声音："你去哪里了？为什么手机关机？"

桃子的手机关了后，一直都还没开。

她转身见丈夫从沙发上站了起来，皱着眉头看着她，而她对丈夫的回忆，还停留在那句"你曾亲口对我说过，你不爱桃子的"上，还停留在他和安莉那张和谐的照片上。

"这么多年来，你一定很痛苦吧。"桃子木讷地说，"和不爱的人在一起，你一定很痛苦吧。"

"你在说什么？"丈夫莫名其妙。

"这么多年来，我也时常感到很孤独。"

"你怎么孤独了？你不是每天都在说吗？"

"问题不在于我说了什么，而在于你从来都不说。"她总是仿佛同空气说话一样得不到回应。

他们的婚姻生活是寂静无声的，只她一个人在卖力地表演单簧。

比一个人孤独终老更可怕的是跟那个让自己感到孤独的人终老。

"我们从一开始就是个错误，门不当户不对，没有感情基础。后来为了孩子，为了你的事业，我也将错就错坚持下来了。与其这样勉强下去，还不如……"

桃子深吸一口气："我们分开吧，你我都应该值得更加美好的人生。"

桃子说完，上楼回到房间一边收拾一边流泪，泪水源源不断，怎么都擦不完。

桃子的父母和弟弟正吃着午餐，见桃子一个人拿着行李进来，他们一句话都不敢说，也不敢问。

桃子回到自己的房间，关上门，伏在床上。午间的阳光透过窗帘的缝隙洒在她的脸庞，她眼睛一睁一闭就睡着了。

不知过了多久，手机响了，是皮卡打来的。

"桃子姐，你今天过来练习吗？"

"来呀。"桃子马上坐了起来，轻快地说。

这种被期待着、被重视着的感觉真好。

她迅速洗了一个澡，然后整装打扮准备出门，弟弟靠在房门边说："姐，你没事吧？"

"没事，"桃子摇摇头，笑着说，"我就是想搬回来住一段时间。"

"好，没事就好，你想住多久就住多久。"弟弟笑着回答。

秦野坐立不安了一路，颠簸倦怠了一路，种种分析了一路，终于到家见着妻子了。

她说，与他结合是个错误。

他真觉得可笑，他心急如焚了一夜，不管不顾地回来找她。

她却说，与他结合是个错误。

秦野一肚子火气，都懒得去理，他"嘣"一声关上书房的门，倒在沙发上沉沉睡去了。

直到他听到声响，迷迷糊糊地站起来，走到窗前看着妻子将行李搬上车，关上门发动车，一点点消失在朦胧的烟雨中。

"这真的是错了吗？"这个问题从未如此长久地盘踞在秦野的心间。

"你疯了吧，要娶卖猪肉的女儿。"妈妈冲着他嚷嚷。

那一年，秦野临危受命，放弃攻读沃顿商学院硕士学位，回国拯救枫林。

他率先提出在长留山兴建度假村，董事会却拒绝质押枫林资产为长留山项目银行贷款进行担保的议案,长留山融资陷入了困境。

那时候他得不到任何人的支持,甚至是他的父亲。

"我让你回国是让你振兴枫林的,你去那么一个穷乡僻壤建度假村能给枫林带来什么收益?你还是放弃吧。"作为董事长的父亲高高在上地说。

从小到大,他做任何的决定都得不到父亲的支持。无论是大学读什么样的专业,商业上做什么样的判断,父亲总是在否定他的想法。

在他眼中,枫林内部管理思想陈旧,官僚作风明显,直接革新会撼动许多人的利益,需要巨大的时间成本。

他另辟蹊径,提出新的项目,引入新的行业理念和管理模式,建立一套绝对听任他指挥的队伍,就是为了一点一点去改变被腐蚀掉的枫林。

然而,父亲总是看不到这一点,为此,他不得不寻求外部力量的帮助。他想到了安叔叔,安泰集团的董事长安以杰,也是安莉的爸爸。

"听安莉说,你连沃顿都不读了,就为了回来救枫林。"安以杰低头一边理着桌上的盆栽一边说。

"也不是,我觉得这个时候回来是个机会。"秦野从容地说,"国人消费观念在发生变化,舍得为高品质的生活花费。国内大力兴建基础设施,促进内需,支持旅游业发展。如果能趁早介入市场,想必能分得一杯羹。"

"年轻人有想法是好事,只不过让安泰为你担保一个亿的借款也不是件小事。"安以杰说,"这样吧,我只有安莉这一个女儿,以后这些都是她的,要是你能说服安莉,我就没有意见了。"

他没想到安叔叔会把事情扯到安莉头上,他对安莉有好感,并不想掺杂太多的商业利益。

事到如今,他是骑虎难下了,只希望安莉能够理解他。

那晚安莉生日,他请了几个朋友一起为她庆生,他因为开会迟到了。

"你自己解决吧。"菲力指着他说,"安莉你知道吗?他攒的局,他还迟到了。"

他也不多说话,自罚三杯。这是安莉春假回国,他们第一次见面。

"秦少真豪气呢。"甄妮说,"也就是安莉,秦少那么痛快。"

"怎么一上来就挤对我啊?"他放下酒杯,看了一眼安莉。两人已有半年未见,四目相接,他觉得安莉的眼神有些异样。

"你就活该被挤对,平常安莉不在,你出来和我们见个面都难。"罗杰说。

点完蜡烛,唱完生日歌,切完蛋糕,进入拆礼物环节。

"我忘带礼物了,今天先请人过来给你唱首歌,礼物回头补上。"菲力拍着后脑勺,脸带歉意。

"你这样没诚意啊。"露丝埋汰,又说,"安莉,你快看看秦少送了什么礼物给你?"

"哇,蒂凡尼的限量钻石耳环,这个可以拆开当戒指戴的。"甄妮说,"看来秦少送这个别有用意啊。"

"我还真不知道,这个可以拆开戴。"秦野解释。

大家又是一阵起哄:"解释就是掩饰。安莉,你还是从了他吧。"

"我爸爸是安泰的董事长,是个人都有资格追我的吗?"安莉突然骄傲地说,"不过我们可以玩个游戏,要是我输了,我就和你结婚,要是我赢了,这根转笔转到谁你就和谁结婚。"

"这个好玩，好玩。"大家起哄得越加厉害。

秦野从安莉的眼神里读到了轻蔑，赌气地说："好呀，如你所愿。"

游戏很简单，摇骰子赌大小，没有技术含量，全凭运气。

"开三个一是几个意思？"甄妮说，"秦少，你运气也太差了吧。"

"这就是命运啊，谁也改变不了。"安莉任性地看着他，"我要转了哦。"

转笔停了下来的时候，全场都安静了，那应该是他第一次见桃子吧。

她眼睛大大的，走过来怯生生地问："还要加唱吗？"

"你生气了？"秦野从餐吧出来，安莉一路追着他，"是我爸爸让我不要和你在一起的。

"他说你和我在一起是为了贷款发展长留山项目，他还说他不看好你的长留山项目，这个项目改变不了枫林衰落的命运。"

他转过身来，看着安莉，没想到安叔叔绕了那么一个大圈来拒绝他，真可惜了他和安莉的感情。

"要不你放弃长留山项目吧，证明你不是为了钱和我在一起的。我回去再劝爸爸让我们在一起。"

他站在那里，没想到连安莉都叫他放弃，连那个他以为能懂他、支持他的安莉都让他放弃。

他抬头看天，他和安莉可算是完了。

"不必了。我会娶那个女孩的。"秦野冷冷地说。

"你说什么？"安莉难以置信。

秦野转身前行，没再理会。

"秦野，那只是个游戏，你娶她，你爱她吗？"

"我不爱她，但我愿赌服输。"

"你疯了吧？要娶卖猪肉的女儿。"妈妈冲着他嚷嚷。

"那又怎样？我愿赌服输。"

"你爸说得没错，你真的是疯了，一会儿要搞什么长留山项目，一会儿又要为了一场游戏去结婚。"

"随你们怎么想。"提起长留山，秦野的心一阵刺痛。

"儿子啊，谁真会为一场游戏去结婚，安莉是和你闹着玩的，你难道看不出来吗？你去哄哄她就没事了。"秦母话也软了下来。

"妈，我是认真的。"

"你就算不娶安莉，也不能娶个家里卖猪肉的。你知道什么是木门对木门，竹门对竹门吗？我们家是开酒店的，她们家是卖猪肉的，人和人就是分三六九等的，每个人的命运都是不一样的，你这么做是要逆天的。"

命运，什么是命运？

那时候他才二十多岁，踌躇满志，接手摇摇欲坠的家族企业，四处碰壁，不被看好，立意要做的事，亲疏远近都反对他。

和他说，这就是命啊，他是不接受的。

他要做的事，总有一样是要干成的吧。

即使是豪赌，他也在所不惜。

他下定决心要娶桃子，正如他下定决心对抗命运一样。

可这真的是错了吗？

第八章

桃子回到娘家生活，可以随心所欲地支配自己的时间。

每天和乐队聚在一起讨论改编，然后调音、排练，做着自己喜欢做的事，这一天一天过去，也不觉日子漫长。

有天晚上她回到家，听见父母在房间里唉声叹气。

"你说她成天早出晚归的在干啥。"桃子妈妈说。

"这么大了，我们也管不了。"桃子爸爸说。

"她该不会真的被秦家赶出来了吧？"桃子妈妈说，"难不成我这么多年来担心的事还是发生了？"

"唉，这也不好问。你看亲家母那个样子，估计桃子这些年在那边也不好过。"

妈妈的梦想 MOM'S DREAM

"要不你去找秦野说说?"

"我说什么呀?人家夫妻俩的事,让他们自己解决吧。"

"我是可怜孩子啊,可怜我的妞妞,要是父母离婚了,妞妞肯定会受罪的。"

桃子想起曾给女儿发过一条微信:"妈妈搬回外婆家住了,你要听爸爸的话,自己照顾好自己。"却始终没有收到女儿的回复。

初赛离海选的日子挨得很近,只间隔十天的时间。

因为临近春节学校都放假了,他们约了每天都去工厂练习。

"桃子姐,这个给你。"这天早上,小天给桃子递了一个烤红薯,"小心烫。"

"哇,真好烫啊。"桃子接过来,将红薯左手倒右手。

桃子和小天是每天早上到工厂的前两名,两人先到了会儿搞一下卫生,讨论一下创作思路。

"桃子姐,你看一下这几个音节这么改可以不可以?"

桃子试着哼了几句:"可以啊,这么改挺好的,一会儿和他们说一下。"

"咦,小天,你的脸怎么了?"桃子发现小天的左脸有淤青。

"哦,没什么,昨晚不小心碰到门板了。"小天捂着脸颊。

小天的眼神有点躲闪,桃子还想追问几句,可每个人心里面都有不愿意说的事,她想了半天,只说了一句:"红薯好好吃哦。"

"嗯,这个是在我家附近的天桥底下买的,那老爷爷每年冬天都推车出来,不过每天要赶早才能买得上,下次要还能赶上我还给你买。"

"好呀。"桃子习惯性地摸了摸小天的头,她又想起了自己的女儿妞妞。

皮卡和阿宝是一起来的，差不多十点才到，进工厂大门的时候，突然有个中年妇女随着冲了进来。

"你这个臭小子，居然敢离家出走。"中年妇女一上来就揪着小天耳朵，把桃子他们吓了一跳。

桃子反应过来后，迅速上前劝说："小天妈妈，你先放开他再说。"

"臭小子，我找了你一个晚上，你吃了豹子胆是吧？你翅膀硬了是吧？"小天妈妈十分彪悍就是不放。

皮卡和阿宝也一并上前劝说："阿姨，你先放开他再说。"

几个人扭成一团，最后小天逮着机会逃脱，躲到了皮卡身后。

"阿姨，你先冷静一下。"皮卡护着小天。

最后桃子稳住了小天妈妈，大致了解了事情的经过。

原来，小天期末考试数学没有及格，小天妈妈知道后很生气，痛骂了他一顿，给他报了一个寒假补习班。

"没想到他连补习班都不去了，天天跑这里来。"小天妈妈激动地说，"如果不是昨天补习班老师给我打电话，我还蒙在鼓里。我昨晚说了他几句，他居然离家出走了。"

"真的是说了几句这么简单吗？"桃子想起来小天脸上的淤青。

小天妈妈顿了顿："不管怎样，他都不该离家出走。"

桃子想了一下："小天妈妈，小天的学习情况，我们事先不了解。小天最近在和我们参加一个音乐比赛，可能耽误了学习。从现在起，我们会督促他好好学习。请你允许他继续和我们一起参加比赛可以吗？"

"没门。他以前的成绩还不错的，就是因为和你们这些混混在一起搞音乐，才成绩这么差的。"小天妈妈斩钉截铁。

这时,皮卡安顿好小天也走过来了:"阿姨,我们不是混混,音乐是我们的爱好和梦想。"

"我呸,梦想是什么,梦想是最不值钱的东西。你们都二十多岁了吧,还那么不切实际。拜托你们脚踏实地去找一份工作,挣些钱孝敬父母。"小天妈妈对着皮卡和桃子说。

"小天妈妈,我们真不是混混,皮卡和阿宝是S大法律系的在读生,我是S城师范毕业的,我们是因为共同的梦想聚在一起的。我们也希望小天学习好,我们会督促小天学习的。"桃子争辩。

"你以为你这么说,我就会让小天跟你们一起了吗?没戏。"小天妈妈拿起手机,"我已经报警了,等警察抓了你们,小天就会和我回家了。"

话音刚落,门外就响起了警笛的声音,小天妈妈冲出去打开大门。

"警察同志,你们看看就是这些混混,鼓动我儿子离家出走,不读书来搞这些破音乐。"小天妈妈跟着两名警察进来。

桃子没想到事情进展成这样,她和皮卡对视一下,立在那里不知所措。

"小天,你下来。"随后听见阿宝在三楼天台大喊。

皮卡和桃子马上赶上三楼,只见小天骑在栏杆边上大声朝下喊:"我离家出走不是因为他们,是因为不想见到你!"

"你总是认为你说的是对的,我每次和你说想法,你都会否定我,埋怨我不能多体谅你。你根本不知道我想要什么,也从来没有关心过我。"

"我都是为了你好啊。"小天妈妈在平地往上看,吓得脸色都白了。

"你是为了我好还是为了你自己好,爸爸抛弃了你,所以从小到大,你只会让我努力学习,出人头地,让爸爸后悔。这么多年来,我很痛苦,一直觉得我是为了让爸爸后悔而活着的。我好不容易找到了自己的梦想,你却要生生扼杀它,还要诬蔑我的好朋友。"

"这个世界已经没有让我留恋的了,你知道吗?"小天决绝地回头,"其实,我并不想让爸爸后悔,我希望你和爸爸都能快乐地活下去。"

小天说完直接就要往下跳,桃子看到心都要跳出来了,幸好皮卡冲上前及时地抓住了他的衣服。

小天已经整个人悬在半空,皮卡仅仅是抓住他的衣服,阿宝和桃子冲过去帮忙,桃子探出身子大喊:"小天,你把手给我,你把手给我们。"

小天头往上仰,他的嘴角还留着红薯屑:"桃子姐……"

"小天,我求你了,我求求你把手给我,我们的梦想不能没有你……"

小天被救了下来,阿宝和一名警察陪小天去了医院检查擦伤,皮卡、桃子、小天妈妈被带回了派出所。

皮卡在做笔录,桃子和小天妈妈在走廊上面对面坐着,桃子披头散发,小天妈妈惊魂未定。

"你知道吗,刚刚你差点就永远关上了和小天沟通的大门。"桃子说。

"小天很小的时候,他爸就出轨撒下我们,我拼命工作供他读书,希望他能够有出息,不输给他爸再婚的孩子,不让任何人看不起,难道我这都有错吗?"小天妈妈痛哭。

"你最大的问题就是总觉得自己是对的。孩子想什么,你有了解过吗？你总是把自己的想法加到孩子的头上，让孩子按照你的设想而活，背负着你的使命而活，你不觉得这样很自私吗？"

"我是希望他好啊。"

"你要是为了他好，就要学会尊重他。让他做自己热爱的事，以自己期望的方式成长。"

皮卡和警察一起出来，警察走过去和小天妈妈说："今天差点就铸成大错了，你回去还是要多和孩子沟通沟通……"

三人走到派出所门口，皮卡突然说："阿姨，小天现在情绪不太稳定。我们还有两天就要参加初赛了，这两天就让小天住在工厂，我和阿宝也搬过来陪着他，你看可以吗？"

小天妈妈想了一会儿，又看了桃子一眼，终于点了点头。

桃子说："比赛在G市体育馆举行，你要是有时间可以过来看一下，小天敲架子鼓敲得是真好。"

桃子回到工厂，小天冲过来抱着桃子，哭得稀里哗啦："桃子姐，对不起……"

"好了，没事了，你妈妈答应了。"桃子拍着他肩膀说。平常小天都像个小大人一样，这会倒像个孩子哭鼻子了。

"不过，小天，你刚刚是不对的哦。无论发生什么事情，以自己的生命作为威胁条件都是不对的哦。"

"就是，你这臭小子下次还敢坐那和我说话，我就扒了你的皮。"阿宝刚也是吓得一身汗。

"好了，都没事了。不管发生什么事，我们在一起是最重要的。"皮卡放出手背在中央，"在一起。"

阿宝、小天、桃子的手层层叠上去："在一起。"

我是从北海道回来后，才知道妈妈离家的消息。

妈妈是因为我离开的吗？

我妈妈确实很宠我，从小我要什么给什么，走到哪里都爱抱着我。我看五岁以前的家庭合影，基本都是妈妈抱着我照的。

二叔曾打趣说过："妞妞，你就跟长在你妈妈身上一样。"

"没错，妞妞就是我身体的一部分。"我妈妈笑着说。

我至今还记得，我七岁那年暑假，妈妈带着我和外公外婆去北京旅游爬香山，下山的时候我累了不肯走，又害怕坐缆车，我妈一个人抱着四十多斤的我从山上走到山下。

我自小我妈就非常重视我的身体成长和学习教育，只要我这两样好了，她的脸上永远是晴天。反倒是后来我长大了，对我要求多了起来，尤其是老和我说对人要友善，其实我对人一直很友善。

我只是看不上那些曲意恭维我的人，我真不明白他们为什么对我那么好，就算是我爸爸有钱，我也不能把爸爸的钱给他们啊。

我会因为她的念叨对她说过分的话，她当时也会表现出生气，可最多过了一个晚上，有时甚至不会超过十分钟，她的脑部记忆就像被刷新过一样，什么都不记得了，又会过来偷偷看我，又会过来假装和我说别的事情。

所以，无论平常怎么抱怨妈妈、埋汰妈妈，我是真的没想过有一天她会离开我。

也许是怕我寂寞，安莉阿姨最近经常约我出去，打个网球，看个话剧或者听个音乐会。

"妞妞，你爸爸和妈妈是吵架了吗？"安莉阿姨也问起过。

"我也不清楚。"我如实回答。

"那他们平常在家吵过架吗？"

"没有吧，我印象中我爸连话都很少和我妈说，更谈不上吵架了。"

"哦。"安莉阿姨好像明白了什么，"那现在你和你爸爸过得怎样？"

"还好吧。"

妈妈离开后，我和爸爸过着十分平静的生活。

说实话，妈妈离开，我的耳根倒是清净了不少，做什么事都不会有人烦我。不过最大的影响就是三餐质量严重下降，张姨做的饭菜实在太难吃了，连一个蛋炒饭都做不好的感觉。

现在奶奶交代酒店每天早上送新鲜的点心和水果过来，我只能靠着吃这些冷餐充饥了。

至于我爸，就经常会有这样的事发生。

"我的灰色西服放在哪里了？就是去年冬天在日本定制的那一件。"

"你见到我的那块蓝色的宝珀表了吗？就是那块表带刻有我的名字缩写的表。"

"还有我的剃须刀要没电了，你知道充电线在哪儿吗？"

爸爸在房间走来走去，一脸茫然地发问。

这个时候，张姨总是惴惴不安地站在一边说："先生，我真不知道，你的东西平常都是太太整理收拾的。"

后来，我收到了妈妈发来的微信，让我听爸爸的话，照顾好自己，她该不会以为我离开她过不下去了吧，把我当三岁孩子，我还是先不管她，过几天耳根清净的日子再说。

这次乐队参加初赛的歌曲是朴树的《平凡之路》，这是皮卡最喜欢的歌。

这首歌对于桃子来说不好拿捏，桃子担心自己唱不出那种岁月沧桑的感觉，他们在对后半部分进行改编，皮卡也会加入演唱。

中午的时候，他们一边嗦着螺蛳粉一边讨论改编。

"哇，好辣，这是谁点的变态辣？"阿宝吃了一口大喊。

"这不是你点的吗？我点的是辣变态。"皮卡说。

这时，桃子的手机响了，桃子走过去接起。

"嫂子，听说你离家出走了？"

是芙丽的电话，桃子没想到她离开秦家，第一个联系她的秦家人居然是芙丽。

"我就是回娘家住几天。"桃子心虚地说。

"嫂子，和我就不用掩饰了。"芙丽说，"换我也得走。"

"妈真是过分，明目张胆把哥、安莉的合影发到群里，你生气是应该的。不过那个安莉贴哥贴得紧，你也要防着一些，差不多就得了。"芙丽说，"事非得已，用绝招知道吗？"

"绝招？"

"就是那次阿联酋旅行送你的绝招。"

桃子想起了那次在阿联酋的家庭旅行，他们是先到迪拜玩了两天，再驱车住进了那家著名的沙漠酒店。

入住后第一次用餐，婆婆因为舟车劳顿，又吃不惯当地的中东菜闹脾气，幸好酒店有中国厨师，桃子请厨师做了一个西红柿炒鸡蛋安

125

抚婆婆。餐后的安排是骑骆驼和滑沙,桃子安顿好一行人的住宿和用餐,是哪哪都不想去,只想瘫在床上睡觉。她借口有点晕车,请导游主持后面的行程,就回房了。

她回到房间看着眼前的三大个行李箱,连找睡衣的力气都没有,突然看见行李旁边的精美礼盒,是芙丽昨天在迪拜商场购物回来神秘兮兮塞给她的:"嫂子,这是送你的绝招,不用谢我。"

"绝招?是什么?"桃子带着女儿到水上乐园玩了一天,也是累了。

"睡裙。"那时新婚宴尔的芙丽朝她眨眨眼睛。

桃子在想她换上这件睡裙就上床睡觉好了,于是拆了礼盒到浴室换上,这是一件具有异域风情的睡裙。

"天呀,这穿了和没穿有啥区别?"桃子照着镜子想。

这时,房间有人开门进来,传来丈夫的声音:"我的运动裤在哪里?我回来换下衣服。"

桃子想起行李箱还没打开呢,连忙出去开箱帮忙找:"给你。"

她这时才察觉丈夫眼里的异样,后来丈夫再也没有走,留给她身上的印记遍布全身,以至于她在接下来的旅程不得不包裹得像个阿拉伯传统妇女一样严实。

时至今日,桃子想起那个下午都觉得脸红。

后来,那件睡裙被她束之高阁,她是绝对不会再穿了。

"桃子姐,你脸怎么红了?"小天问道。

"可能是螺蛳粉太辣了。"桃子手捂着脸,喝了一大口冰可乐。

"对了,我们正商量着,明晚我们要是赢了,就不回来S城了,在G市过一夜庆祝,G市有好多好吃的夜宵。"阿宝说,"桃子姐,你可以吗?"

"我可以啊。"桃子回答。

"可是阿宝哥,你不用陪女朋友吗?"小天问,"之前晚上训练完你都是第一个走的。"

"小朋友,你别那么多问题行吗?哥哥带你去吃香喝辣的不好?"阿宝说。

"你看这么改可以吗?"皮卡问道。

桃子拿过曲谱,随口哼了起来……

　　我曾经毁了我的一切 只想永远地离开
　　我曾经堕入无边黑暗 想挣扎无法自拔
　　我曾经像你像他 像那野草野花
　　绝望着 也渴望着 也哭也笑平凡着
　　向前走 就想走 就算你被给过什么
　　向前走 就想走 就算你被夺走什么
　　向前走 就想走 就算你会错过什么
　　向前走 就想走 就算你会
　　我曾经跨过山和大海 也穿过人山人海
　　我曾经拥有着的一切 转眼都飘散如烟
　　……

这天一大早,我就听见奶奶在楼下嚷嚷:"实在是太丢人了,你看看这是什么。"

我披着睡袍走到楼梯边往下看,奶奶站在客厅中央,爸爸倦怠地坐在沙发上翻看着手机上的照片。

"你找人跟踪她了?"爸爸皱眉。

"这是你在派出所门口开餐馆的姑奶奶昨天拍到的。你看看她为了和这男的在一起,跟这个泼妇闹到上警察局。"

"你看到警察案件记录了吗?光凭这几张照片就胡乱猜测。"爸爸明显不耐烦。

"这还用猜吗?我原本还以为她是个安分的人,没想到还能给你戴绿帽。我早就告诉过你,这门不当户不对的女人就不能娶。"

"她好歹也是孩子她妈,这么一声不吭地走了,问你也是什么都不说,这下我总算知道原因了。"

奶奶还在自顾自地说着,爸爸已经不再理会,径直站起来:"我昨晚通宵开会,刚回来,有点累了,你先回吧。"

"秦野,我还没说完呢……"奶奶急了。

"这些照片不要让妞妞看见,也不要在她面前说她妈的不是。"爸爸交代。

"我说秦野,你打算怎么办?你和桃子打算怎么办?安莉那边又打算怎么办?"

"什么怎么办?安莉跟我又有什么关系?我的事情我会处理好,不劳你费心。"爸爸气急,捂着胃部又坐下了。

"你怎么啦?是胃疼吗?"奶奶担心地问,"你这一阵子有正常吃饭吗?"

我冲了下去伏在爸爸旁边:"爸爸,你没事吧?"

爸爸脸色苍白,摆了摆手:"我没事,不用担心。"

"我看你还是上医院看看吧,要不我让方医生过来。"

"不用了,我睡一觉就没事,你先回去吧。"

我扶着爸爸上了楼,爸爸脱了西服随意扔在地上,牵起被子躺上床。

　　我很担心他："爸爸，你要不吃点胃药？"

　　"不用了，爸爸睡会儿就好，你去忙吧。"爸爸说完，转身睡了。

　　我捡起地上的西服放到衣帽间，默默地关上房门。

　　我一直惴惴不安，上完补习班，原本还约了丽兹她们逛街吃饭的，我都取消了，迅速赶回家。

　　回到家的时候，奶奶又来了："我给你爸爸带了汤，你送上去给他喝。"

　　我捧着汤上楼，敲门没有回应，我直接开了："爸爸……"

　　只见爸爸躺在床上满头大汗，脸色更为发白，我慌了神："爸爸，我给你叫医生来。"

　　"不用了，你去斗柜里找一个绿色瓶装的油。"爸爸说，"每次我胃疼，你妈给我涂一下那个就没事了。"

　　我果然找到了一个绿色瓶子，可里面是空的。

　　我是十分不情愿打给妈妈的，可是为了爸爸也没有办法。

　　"喂，爸爸胃疼，家里还有那个绿色瓶子的油吗？在哪里可以找到？"接通后，我一股脑地说。

　　妈妈那边的声音十分嘈杂："喂……喂，妞妞。你说爸爸胃疼是吗？疼得厉害吗？"

　　我妈真是废话，要是不严重我能打给她？"是的。"

　　"你和他说要上医院看一下，那个绿色瓶子的油不管用。"

　　"可是爸爸明明说有用的……"

　　"卖这个油的金婆子前两年都去世了，后来我给他涂的都是我护肤用的橄榄油，根本不会有用。"妈妈说，"你爸爸就是讳疾忌医，拖着不肯上医院。你打个电话给方医生，和他说一下情况，让他安排爸爸上医院。"

"妈妈，你能不能……"我的话还没说完。

奶奶突然就冲进来了："天呀，秦野你都这样了？"

桃子是在初赛现场接到妞妞电话的，她听见电话里传来婆婆的话："喂，喂……"

妞妞的电话中断了，她心情焦灼。

"桃子姐，你再试一下音，还有两个就到我们上场了。"小天过来说。

初赛是在G市举办，G市离S城坐高铁只需半小时。这天一早桃子他们就坐高铁到了，踩点，报到，抽签，坐到观众席等候出场。

初赛是华南赛区的选拔赛，一共有二十位选手，只取前三名进入全国决赛。

桃子本来就紧张，再加上接了妞妞的电话，直接影响到了她赛前状态，她不断深呼吸让自己平静下来。

"桃子姐，你怎么啦？"皮卡察觉到她的异常。

"我有点担心，担心一会儿表现不好。"桃子苦着脸说。

"没关系。我会和你一起唱的。"皮卡说。

在最终演唱版本里面，凭着对这首歌的熟悉，皮卡对许多关键的节点都进行了改编，他也会在桃子第一段独唱后加入演唱。

"可我还是害怕……"

皮卡突然握住了桃子的手，桃子的手是冰冷的，没想到皮卡的手比她更冷。

"桃子姐,其实我也一样害怕。"皮卡说,"如果我们不能摆脱畏惧,就带着畏惧一起前进吧。"

> 徘徊着的 在路上的
> 你要走吗 Via Via
> 易碎的 骄傲着
> 那也曾是我的模样
> ……

唱完后,现场观众的反应很好,可桃子的自我感觉仍然很差。

"对不起,我没唱好。"桃子愧疚地说。

"我觉得还好啊,虽然到不了你的最优水平,可也是中上水平的发挥。"阿宝说。

"对不起,连累你们了。"桃子很担心这次会成为乐队站在台上的最后一次。

"你不要把演出好不好当成一个人的责任,我们是一个乐队,演出好不好是整个乐队的责任。"皮卡说。

桃子努力平复心情,她拿起手机给妞妞拨电话,一直无人接听。她打给了方医生,又打给了张姨,还是无人接听。

也不知道丈夫的情况怎样了。

她的内心无比焦灼,比赛失常发挥的愧疚感和对丈夫病情的焦虑感交替出现,她到洗手间猛地用冷水扑脸,试图冷静下来。

难道梦想就要止步于此了吗?

她靠在冰冷的墙上,慢慢地滑落坐在地上……

"桃子姐,你在哪里啊?要宣布比赛结果了。"桃子接到小天的电话。

桃子站在舞台上，等候结果宣布，她的手还是冰冷的，突然她被一双更冰冷的手紧握。

"加油。"皮卡在她耳边说了一句。

当桃子听到他们以总分第三的成绩晋升决赛后，她激动地和皮卡、阿宝、小天拥抱在一起痛哭流泪。

"我说过我们是可以的，要相信自己。"皮卡说。

下台后，桃子拿出手机，发现收到了方医生的微信。

"秦先生已到医院接受治疗，病情已经稳定下来。请放心。"

就在这短短两个小时里，桃子的心情就像坐过山车，所有危机已经解除了，她瘫坐在后台的长椅上喘口气。

皮卡和阿宝、小天在商量一会儿去庆祝的事："好呀，这边陈记冰室的甜品很有名啊，或者去葡萄居喝夜茶也行。"

"我不和你们去了，我一会儿就回S城。"桃子已经买完高铁票了。

"之前不是说好，要是赢了就明天再回去吗？"皮卡问。

"我家里有点事，要早点回去。"桃子边收拾边说，"你们玩得开心点。"

她发现手机的耳机找不着了，是不是刚刚到观众席看演出的时候落在座位上了？

她背起包到观众席找，这时观众已经陆续离场，在所剩无几的观众中，她看到了一个熟悉的身影。

"小天，我发现你妈妈也来现场了，你要过来打个招呼吗？"桃子打给小天。

"啊？她来干什么？"小天不敢相信。

"看你演出啊,这是关心你吧。"桃子说。

"不可能,她根本不关心我。"小天说,"我一直怀疑我妈妈有没有爱过我。"

"爱的啊,小天。"桃子说,"据我所知,如果你妈妈不爱你,你根本不会来到这个世界上。"

那边没有声音了,桃子挂断了电话。

未几,她看见小天从后台出来,他走到观众席张望,看见了他的妈妈,一步一步走向她,他妈妈也看见了他,慢慢地站起来,一步一步走向他……

第九章

"你又喝酒?"妻子披着睡袍打着手电筒照在他身上。

深夜,司机把他放在老宅的大门,他进门还没走两步吐得倒在地上,躺在后院打电话让妻子下来捡他。

"方医生不是说你最近不能喝酒了吗?"妻子痛心地扶起他,"你怎么老不听话啊?"

"走这边,这边,小心地滑,刚下过雨。"

这次为了枫林夺得全球金融论坛举办酒店的资格,他也是拼了。

那时候枫林刚重新装修过,价格也提上来了,可入住率不高。

毕竟人们印象中枫林又老又旧,不值那个价格的。可是装修成本、人工成本都摆在那儿,要降低价格和服务质量去招揽客人也是不可行的。

他需要把耳目一新的枫林呈现给大家,而全金会正好是一个宣传的契机。主办方的负责人是英国人,酷爱喝酒,应酬不喝上两杯根本谈不了事。

"小心点别发出声音,妈妈要听见出来肯定会说你。"妻子边扶他上楼边说。

回到卧室,他在洗手间里又吐了一会儿,妻子拿热毛巾给他擦去呕吐的污垢,帮他换下衣服,拿盐水给他漱口,扶他上床,喂他吃药。

"怎么样?还很疼啊?"妻子过了一会儿问他,"要上医院吗?"

在黑暗中,他翻了一个身,蜷缩成一团,默不作声。

妻子坐起来,打开台灯,拿来一个绿色瓶子的油:"这是我妈给的偏方药油,说治胃病管用,要不要试一下?"

他胃部痉挛到要失去知觉了,只来得及点点头。

冰凉的油涂在皮肤上,随着妻子手心的温度一点一点变暖,手掌一下一下在他胃部打转,妻子开始说起来:"你总是这样撑着,一点不在意自己的身体,现在胃药都得换着吃了。过两天是初五,我跟妈妈上玲珑寺拜佛,为你求个健康……"

好像女儿上幼儿园后,妻子是越发唠叨了,还年纪轻轻老跟着他妈上寺庙:"你还信这个?"

"你不是也信吗?你当年娶我不也是因为这个……"

手掌旋转的触感和指尖按压的温柔似乎发挥了作用,他的疼痛也似乎得到了缓解,昏昏沉沉睡过去了……

秦野好久没睡过这么安稳的觉了,他迷迷糊糊听到门外有响声。

"你们不是说麻药过后两个小时能醒吗?现在都多久了还没醒?我是你们张院长的同学,我要找你们张院长去。"

他睁开眼,看到了白色的天花板,才意识到自己是在医院。

"爸爸,你醒了?"女儿上前欣喜若狂,高兴地打开门出去说:"奶奶,爸爸醒了。"

他转头看了一下周围,没有见到想见的人,又闭上了眼睛。

"谢天谢地,你终于醒了,我都以为要在这儿过年了。"秦母一进门就说。

医生们鱼贯而入,给他做生命体征检查。

"你要吃点什么吗?"秦母说,"我让王妈做好带过来。"

他摇摇头:"我睡了多久?"

"十九个小时。"方医生说。

"公司那边怎样?"

"公司这边没什么大事,目前已对外封锁了您住院的消息。今天公司的开盘价格是45.67元,很平稳。"秘书小杨说。

不一会儿,安莉也风尘仆仆赶过来了:"你还好吗?"

"这两天都是安莉陪着我照看你,你醒之前,她才刚回去。"秦母说,"真太有心了。"

"阿姨,别这么说,都是应该的。"

秦峰、芙丽也陆续过来了:"哥,你没事吧?"

屋子里一下多了不少人,纷纷扰扰,他刚醒来,有点烦躁。

"你看大家都来了,就是有个没良心的,都没露过脸。"秦母突然愤慨地说。

只有少数几个在场的人知道所指,芙丽应了一句:"没准嫂子还不知道哥住院呢?"

"什么不知道?你们都没和她说吗?"

只见女儿摇摇头,秦峰摇摇头,芙丽摇摇头,小杨摇摇头。

只有方医生应了一句:"我和秦太太说过了。"

"你看,秦野……"秦母正要借题发挥。

"我没什么事了,你们都先回去吧。"秦野厌倦地说。

桃子回到S城,一出高铁站,就往医院一路狂奔。

她内心是有埋怨的,为什么丈夫总不能照顾好自己,总是让别人为他担心呢?

在医院的走廊上,远远见到安莉陪着婆婆和女儿在病房外等候,她一下缩到墙后,看着安莉与方医生交流病情,不时地安慰婆婆和女儿,宛如这个家庭的女主人一样。

她静静地看着这一切,看来自己还是多虑了,这个世界有她没她都照样转。可这不就是自己想要的结果吗?为什么又要觉得难过呢?

她站了一会儿,吸了吸鼻子,转身离开了。

"大后天就是年三十了。"桃子妈妈旁敲侧击。

"哦,妈,我给你点钱过年。"桃子发愣说。

"我不是跟你要钱啊,我想说这大过年的,哪怕你不去他家,他不来我们家,妞妞也得来我们家吧。"桃子妈妈说得很含蓄。

"哦,我忘了和你说,我都安排好了,我们春节去桂林度假吧。"

"去桂林干什么?"桃子妈妈不明所以,"过年不是都在家过的吗?"

"要是你们不愿意去，我就自己去吧，我好久没出去散心了。"桃子想好了，住在父母家过年有亲戚过来看见也不好解释，还不如出去转转，换换心情。

临近过年，皮卡、阿宝、小天他们都回老家过年了，年后回来再训练。桃子坐在窗台上，看着楼下川流不息的行人和车辆，这个时候她才体会到冷清。

"你能不能说说她？三十多岁的人了，老那么不着调？大过年的不回去做饭给丈夫吃，也得回去管管孩子啊。"桃子听见妈妈在叹气。

"别说了，别说了。"桃子爸爸说，"没准桃子心里烦着呢。"

"我见不上外孙女，我心里还烦着呢。"桃子妈妈说，"你去找一下秦野，让他过年带妞妞上家里来。"

"我找秦野干什么？人家不一定理我。"

"你是他岳父，他怎么不会理你？"

"那你找啊，你是他岳母，他肯定理你。"

"爸妈，别吵了，我决定了过年陪姐姐去桂林。"桃子弟弟说。

桃子父母拗不过孩子们，最后也决定来桂林了。

桃子他们是年三十当天乘坐高铁去桂林的，一路上桃子妈妈唉声叹气。

"你说看着这车上的人，都是回家过年的，只有我们是离家过年的。"桃子妈妈说。

"只要和家人在一起，哪里都是家。"桃子爸爸说，"你想想以前家里穷，我们一家四口只能上街心公园玩玩，现在国家发展好了，人民生活富裕了，我们都能去桂林玩了。"

"说得你好像没出去玩过似的。"桃子妈妈笑了，这些年桃子也

妈妈的梦想 MOM·S DREAM

有带父母在国内外玩。

"我就打个比方，无论在哪里过年，只要能一家人在一起，我们都应该高高兴兴的。"

"唉，想当年你年初一也非要到市场开档卖牛肉，劝你也不听。"

"这不是为了谋生活嘛，年初一能卖个好价钱，还挣得多点……"

后面的父母开始想当年系列，桃子和弟弟坐在前面刷着手机。

桃子忽然看到沉寂许久的秦家家属群有新的信息，她点开看，原来是婆婆把安莉拉进了家属群，还发了一张满桌菜肴的照片。

"真的太感谢安莉今天过来给我们帮忙准备年夜饭了，可惜一会儿你要回家陪父母和爷爷奶奶吃年夜饭。"

"等过几天我再请你和你家人一起吃饭。"

"今天辛苦啦。"

桃子关掉手机屏幕，看向窗外，往年这个时候，她都是在秦家老宅忙里忙外地准备年夜饭，晚上还要照顾酒醉的丈夫，整点还要听婆婆安排去放鞭炮和贴春联，一天下来腰都直不起来。

婆婆有个习惯，会提前给每人准备个大红包，让他们装到衣服口袋里压岁，来年好富富贵贵。

而桃子每年贴完春联后，会用温暖的水洗干净手，悄悄地走入已经熟睡的女儿的房间，偷偷将在玲珑寺求的平安符塞到女儿的枕头底下。她会亲吻她心爱的女儿，愿她在新的一年里健康成长。

她摸了一下贴身携带的平安符，这是她昨天去玲珑寺为女儿求得的。

啊，她心爱的女儿啊，她真的好想妞妞。

在我印象中，这是第一个家里没有张灯结彩的节日。

以往每逢过年，我妈会在门口贴上春联，在发财树上挂满红包，还会在庭院挂上彩灯，处处布置得喜气洋洋。

今天下午我和爸爸出门去奶奶家，发现门外贴了一个福的年画。

"可能是张姨今早回家过年前贴上的。"我笑着说。

"哦。"爸爸看着红色的年画应了一声。

爸爸出院后，日子过得和从前一样，却又好像不一样了。

"呦，秦野你们来了，你快来看看安莉过来帮忙准备的年夜饭。"奶奶一见我们就说，"有你爱吃的香葱炒螃蟹，还有妞妞爱吃的糖醋排骨。没想到她在国外待那么多年，中餐还能做得这么好。"

安莉阿姨从厨房出来，见我就笑了："妞妞今天穿得真漂亮。阿姨给你准备了新年礼物，一会儿拿给你。"

"秦野你身体好点了吗？"安莉阿姨又转向我爸。

"好点了。"爸爸和安莉阿姨打过招呼，就走开了。

"你怎么不和安莉多聊几句？"奶奶追着爸爸说，"今天安莉过来真是帮了大忙，不然我都忙不过来了。"

"你为什么要让安莉过来？家里有一个管家，两个工人，你怎么就忙不过来了呢？"我爸说。

二婶正在客厅喂阿毛吃水果，听了捂嘴笑。

"这能一样吗？自己人干活才放心。"奶奶说，"你爸让你来了上去找他。"

幸好安莉阿姨没有和我们一起吃年夜饭就离开了，因为奶奶居然把安莉阿姨拉进了家属群，还发表了一番赞扬。

连二婶看了都和二叔嘀咕："你妈真的没事找事。"

也不知道妈妈看了会有什么感想？

昨天妈妈发信息说她要去桂林过年，过完年回来让我上外婆家一趟，我也没有回她，我觉得我不能背叛爸爸。

爸爸从爷爷的书房出来，脸色更不好看了，整顿年夜饭一言不发。

"那个，哥，你不喝点酒吗？"二叔问。

"不喝了，我一会儿要开车。"

"开什么车？"奶奶说，"你和妞妞今晚不在这儿过夜吗？"

"不了，我们要回家。"

"这不是你们的家吗？你们回去干什么？"奶奶急了。

"妞妞，你吃完了吗？"爸爸冷冷地说，"吃完我们就回家吧。"

以往过年，我们一家和二叔一家都会留在老宅过夜的，今年又是个例外。

"爸爸，你回家是还要工作吗？"回家的路上爸爸依旧一言不发，我问道。

"不工作。"爸爸眼看着前方，"妞妞，我们去买春联和彩灯吧。"

年三十的晚上，许多商场都关门了，我和爸爸在一个不起眼的小杂货店找到了过节的装饰品。

店主一家三口正吃着热腾腾的火锅看春晚，老板正从锅里夹出一块肉放到孩子碗里，见我们要结账，放下碗筷走到结账台。

"一共二百三十八块。"老板一边算钱一边装袋。

"我用微信付了，你查一下。"爸爸拿起东西就走。

我跟在爸爸身后，听见店主在后面喊："一千块？你是不是付多了？"

"嘿，我喊你呢。"店主一路追到车跟前，"你付错了，我转回给你。"

"我没付错，你收着吧。新年快乐！"爸爸说完就按上了车窗。

我们回到家，在门前贴完春联，给发财树系上红包，在栅栏上挂好灯饰。我们站在屋外，欣赏彩灯环绕整个庭院一闪一闪，那喜庆的感觉一如从前。

踏正十二点，远近的鞭炮声不断响起，忽然数束烟花升至头顶绚烂盛放，照亮了爸爸落寞的神情。

"爸爸，你在医院的时候，妈妈来过，我看见她了……"

桃子一家到达桂林后，住进酒店，吃过年夜饭。安顿好父母，桃子和弟弟深夜出来压马路。看到街的另一侧有许多人站在一座钟楼底下倒数，他们也过去凑热闹。

踏正十二点，身边的人互告祝福："新年快乐。"

桃子置身喜悦的气氛，心情也极为舒畅。

此时，她的手机响了，是丈夫打来的。

"喂……"那边是一片沉寂，桃子以为信号不好，离开人群走到安静处。

"喂，"丈夫的声音，"我的剃须刀充电线放哪里了？"

"就在浴室柜右边抽屉里。"那边又是一片沉寂,桃子过了一会儿问,"找到了吗?"

"找到了。"

"哦,那我挂了。"桃子还以为丈夫半夜找她要说什么呢。

"姐,谁给你打电话?"桃子弟弟也走过来了。

"你姐夫。"桃子把手机放兜里。

弟弟眼前一亮:"他说什么啊?"

"问我剃须刀充电线放哪儿了。"

"完了?"

"完了。"

弟弟哈哈大笑:"你也不和他多说两句?"

"有什么好说的。"桃子倒是想问问他,安莉做的饭菜好不好吃。

弟弟搂着桃子的肩膀:"姐,你有没想过,当年你要不嫁给姐夫,会嫁给什么人?"

"没想过,也许会嫁个医生或者律师吧。"桃子脑中浮现了经典的旋律,嘴上悠悠唱起。

> 如果没有遇见你
> 我将会是在哪里
> 日子过得怎么样
> 人生是否要珍惜
> ……

桂林山水美如画,泛舟漓江,漫步十里画廊,行走龙脊梯田。

桃子父母玩得不亦乐乎:"快,过来给我们拍个照。"

桃子弟弟调侃:"一开始不愿来的也是你们。"

桃子坐在漓江边刷手机,在乐队群里发红包。

"谢谢桃子姐,祝桃子姐在新的一年里更加美丽动人。"阿宝说。

"谢谢桃子姐,祝桃子姐在新的一年里每天都陪伴着我。"小天说。

"小天你这是啥祝语,要桃子姐每天陪着你,这简直是诅咒好吧。撤回重发。"阿宝发出一个鄙视的表情。

"我喜欢桃子姐陪着我,不可以?"小天说。

皮卡转发了一个消息,是《超越梦想》决赛规则,进入决赛的一共有十二名选手(乐队),第一轮表演是淘汰赛,十二进四,第二轮表演是决战冠亚季军。

第一轮表演里,选手的歌唱需结合一段舞蹈表演?

"这是啥规则?歌唱比赛咋还要跳舞呢?"阿宝说。

"桃子姐,跳舞,你可以吗?"皮卡单独提问桃子。

桃子一看,头都大了,她肢体不协调,平常蹦两下,挥个手,还行,让她载歌载舞是不可能。

"我跳舞不行。"

"要不我们找个人指导一下?"皮卡说。

桃子嚼着桂林米粉,苦思冥想,忽然她想到一个人,东泽。

东泽现在已是国内知名的经纪人,桃子偶尔也能从一些综艺节目里见到他的身影。

东泽去北京后给她发过一个新的手机号,桃子还一直存着,她搜了一下电话号码,拨了过去。没人接,她把手机号码贴到微信上查找,果然出来了昵称是东泽的个人名片,她加上了。

对方是晚上才验证通过的,桃子很高兴,发过去信息说:"东泽,是我啊,桃子。"

"哪个桃子?"

"姚小桃,S城的师范学校的,咱们十多年前在校园歌唱比赛的时候认识的。"

"啊?是桃子啊?好久没联系。"

"是呀,东泽你现在都是娱乐圈的大人物了。"

"哪有哪有,我就混口饭吃的。"

"你最近有空吗?我想和你见个面。"

"有呀,我回来S城过年了,我们可以约个时间。"

桃子心中豁然开朗,如果东泽能帮忙,他们还是很有希望的。

秦野站在浴室柜前,挂完电话就懊恼了,他也不知道自己是怎么想的,憋了半天就问了一句剃须刀充电线在哪儿就挂了。

秦野至今未明白这次触发妻子离家的真正原因,突然说起什么门当户对,爱与不爱,简直是莫名其妙。

这十多年都这么过来了,这日子怎么突然就过不下去了?

他随手刷了一下手机,才发现今天他妈居然把安莉拉进了家属群,还说些可有可无的话,真的不可理喻。

难道妻子离开是因为他妈上次在群里发了他和安莉的照片?

他知道他妈是难缠一些,可他这些年在其他方面也补偿她了。

他忘了是婚后第三还是第四年,年初二回她娘家吃饭。

那晚吃饭吃到一半，家里突然停电了，岳父摸黑出去看个究竟，折回来说是单元的电表烧了。

这房子是二十世纪八十年代的建筑，妻子一家住这里也是有年头了。妻子提过房东是以前岳父卖牛肉时的主顾，以很便宜的价格租给她家的。

后来一家人是点着蜡烛把饭吃完的，岳父一边给他倒酒一边窘迫地说："真是委屈你们了，好不容易回来吃顿饭，还赶上了停电。"

吃完饭，岳父岳母打着手电筒送他们下楼，站在黑乎乎的楼道前，目送他们上车，挥手向他们道别。

他想起年前因为枫林酒店业绩高于预期，他拿到了一笔高管激励报酬，手里终于有些闲钱了，脱口而出："给你父母买个房子吧。"

"你说什么？"妻子正在安抚被拴在安全座椅上的女儿。

"我说给你父母买个房子。"他还记得妻子看向他时，眼里是带着光芒的。

再到后来，供她弟弟读书，帮她爸爸开便利店，为她父母再买房，给她钱让她随意支配，都成了自然而然的事，他能做的都做了，这还不够吗？

欲速则不达。

妻子的倔劲，他在结婚之初也见识过。

他总觉得妻子的脑回路和别人不一样，所以他也不急于马上着手去解决妻子这个问题。

他权当她是在这漫长的婚姻中开了个小差，等哪天她能自己想明白回来就好，就像从前一样。

年初五，秦母以接财神为由，让他回老宅吃饭。

他想起年三十那天,父亲把他叫到书房,说安莉父亲有一个医疗项目想和枫林谈合作。

"隔行如隔山,医疗的行业壁垒这么高,也不是随便就能进入的,而且和枫林的现有业务也没有相关性,我并不赞成。"

"你眼光怎么这么狭隘,我们做企业的就是要有前瞻性……"父亲训斥。

父亲这种退而不休,当了太上皇还要在大方向上对他指手画脚的习惯,真让他不胜其烦,结果两人不欢而散。

秦野是等到开餐时间,才带女儿出现的。

秦母一边给他夹菜一边说:"明天中午我们请安莉一家吃个饭,我都安排好了。"

"要去你们去就好了。"秦野说。

"你这孩子,安莉爷爷和奶奶回国,你作为晚辈去打个照面也是应该的。"

"对了,安莉父亲想和我们合作的那个医疗项目,你到时也去听一下。"秦父也说道。

"爸,那天我已经说过,我对医疗的领域不熟悉,给不了什么意见。"秦野应道。

"我说秦野,安莉父亲和我们在同一个城市,平常做生意也要打交道,这抬头不见低头见的,坐下来吃顿便饭对你来说就有这么难?"

"是呀,秦野。我们都去,秦峰一家也去。"秦母说。

"妈,明天我和秦峰要带阿毛去看望我外婆,去不了。"芙丽说。

"奶奶,我明天也约好朋友了,去不了。"妞妞顿了顿说。

"什么，你们都不去啊？"秦母气急，"难道真让我们俩去吗？"

桃子旅游回来，前脚到家收拾一番，后脚又风风火火出门了。

桃子约了东泽在曦玥餐厅见面，曦玥是一家S城老牌的粤式餐厅，连续三年评为黑珍珠三钻餐厅。价格虽贵，可食材新鲜，味道可口，秦家人喜欢在那聚餐，桃子每年都会去好几次。

桃子一早就预订好包间，早早地过去了。

"秦太太，您来了。"领班一见到她就热情地打招呼，"这边请。"

桃子一听称呼有点不习惯，也只能微笑点点头。

服务员引她到一包间门口："秦太太，请进。"

门一推开，只见丈夫、公公婆婆、安莉，还有几个长辈都在里面。

所有人都转脸看着她，服务员还在说："秦太太，我给您加个餐位。"

"不用了，我走错了。"

桃子跟看了一部惊悚片一样，一路小跑出来，恰好见到刚进来的东泽，桃子拽着他直往外走："我们换个地方吃饭。"

最后两人跑到了路边的一个猪脚面店坐下来。

"不好意思，我本来想请你吃点好的，没想最后来这儿了。"桃子愧疚地说，她注意到东泽也刻意打扮了，穿了西服，还梳了背头。

现在衣着光鲜的两人坐在路边的苍蝇小店，看着人来人往吃饭。

见东泽没反应，她手在他眼前晃了晃："你怎么这样看着我？"

东泽感叹："桃子，你真的一点都没变呢，还是那么漂亮。"

桃子尴尬一笑："哪有，我都老了，白头发都出来了。"

"从外表看你顶多就是二十几岁。"东泽边倒茶边说，"你当年没跟我去北京真是对的，出去打拼实在太累了。你嫁入豪门，养尊处优，多幸福呀。"

桃子愣了一下，低头说："你又知道我很幸福？"

"我当然知道，你老公年年都上福布斯前十，你还能不幸福？"东泽揶揄。

"钱和幸福能成正比吗？"桃子自言自语。

"虽然不是绝对的，但是有钱人获得幸福的概率会高很多。"东泽以为是问他，"人和人没法比啊。"

桃子回过神来："本来人和人就不能比，我倒是羡慕你可以靠自己闯出一番天地。"

"那是，有些人天生就是赢家，我就一普通家庭出来的孩子，能混到今天这样的成绩也很知足了。"

"知足者常乐。对了，我有事想请你帮忙。"桃子向东泽说明来意，请他帮忙介绍一个编舞老师，还有给参赛的他们一些指导意见。

"我知道那个《超越梦想》音乐比赛，这比赛宣传做得可厉害了。"东泽惊奇，"你真的参加了这比赛？"

"嗯。"桃子点点头。

"你是认真的还是玩票性质的？"

"我当然是认真的。我们是华南区的前三，已经晋升决赛了。"

"那你家里人知道你参加比赛吗？"

"他们还不知道。"桃子摇摇头。

"要他们知道，他们会同意你参加比赛吗？"

"我也不知道。"桃子还没有考虑过这个问题，抿一下嘴低声说，"不过，这事我自己做主。"

见她眼神坚定，东泽说："好，这个忙，我一定帮。"

"谢谢你，东泽。"

第十章

秦野是不情愿来吃饭的,就是经不住父母的劝说。

他本是抱着交差的心态,出个人坐在儿就行了的,可见桃子逃一样离开,就开始心神不定了。

"啊?你在说什么?"秦野回过神问。

"我说安叔叔也有走眼的时候,以前有什么对不住的,这杯酒就当是赔罪了,我先干为敬。"安以杰说。

"安叔叔,言重了。"秦野也一饮而尽,放下酒杯,起来就往外走。

"你上哪里?"秦母喊道。

"我上洗手间。"

"那个，秦先生，包间里有洗手间。"服务员跟在后面说，可秦野已走到门外了。

他出到大厅张望，没见到桃子，又问了刚领桃子进来的服务员。

"哦，秦太太刚刚已经走了。"服务员说。

秦野回来后，安以杰就开始拼命推这个研发流感疫苗的医疗项目："我说这个疫苗研发的项目真的很不错，在国外光是提出同类概念的医疗企业市值都翻倍了。"

"安叔叔，我是做实业的，真的看不懂这个。我只知道，要是玩资本的不熟悉规则就下场，分分钟被人当韭菜割。"秦野听安以杰吹了半天，忍不住反驳一句。现在拿着一份PPT就来融资的大有人在，许多都是纸上谈兵，经不起实际考量的。

"爸，秦野说得也对，你查过这个项目的发起人黄博士的背景了吗？"安莉说了一句。

安以杰一时答不上来，场面一度陷入尴尬。

秦母连忙转移话题："这次爷爷奶奶国内准备待多久？"

"一个月左右。"安莉爷爷说。

"那有时间让秦野带你们去上海转转，月底枫林在上海有家新店开业。"

"哦，那家店我也早有听说了。"安莉妈妈笑着说，"这会不会麻烦到秦野？"

"当然不会，反正他也要去剪彩。"秦母说，"到时你们和安莉也一起去吧。"

后来秦野沉着脸，言语也不多，安莉父母问一句，他才答一句。安莉倒是全程表现十分活跃，主导整个饭局的气氛。

道别后，秦野与秦母同车离开。

"你为什么不高兴？是因为我邀请安莉他们出席上海枫林的开业吗？"秦母一上车就问。

"那天会有很多的媒体在场，我不想被当成释放什么信号。"

"什么被当成？你现在就是要和安莉在一起。"秦母说。

"你为什么非要撮合我和安莉？"秦野不解。

"你和安莉在一起才是门当户对，枫林和安泰可以强强联合。"

"为什么要联合？我这十几年不是都这么过来的吗？我靠过谁了？"

"先不说安莉的事，"秦母说不过秦野，转而说，"你看今天桃子见我们跟见鬼一样，肯定是心中有愧，你先赶紧找个时间和她离了吧。"

"你为什么非得要我和桃子离婚？你知道我们离婚，枫林损失会有多大吗？"

"你说什么？"秦母瞳孔放大，"你们当年没签婚前协议吗？没做财产公证吗？"

"我结婚的时候，我名下没有一辆车子，一所房子，存款还是负数，我签什么协议，做什么公证。"当年秦野为了支持长留山项目，把个人资产全都变卖了，还背了一身信用贷款，给桃子爸爸看病的钱也是借的。

"你，你要气死我了……"秦母气得面红耳赤。

爸爸最终答应奶奶去见安莉阿姨的家人，我妈妈是不是很快就要被替换掉了？我借口说约了朋友，没和我爸去见安莉阿姨的家人，至

妈妈的梦想 MOM'S DREAM

少我还不想看到我妈被换掉的这一幕。

我是否该为自己是他的女儿感到庆幸，至少永远不可替代。

"在想什么呢？"丽兹用手在我眼前恍了一下，"电影快开始了，走吧。"

今天早上我临时约了丽兹一起去看贺岁档，看完电影本来还想一起吃午饭，可丽兹家有亲戚过来，要回去接待，就取消了。

"小姐，你吃午餐了没？要没吃，我载你回酒店吃午餐？"老陈边开车边说。

"不用了，我回家随便吃点吧。"

过年期间只有我和爸爸在家，家里总是静得出奇，我到家翻了一下厨房，冰箱里有酒店送来的糕点。

我咬了几口拿破仑，都是凉的，我想起了妈妈以前煮的热腾腾的咖喱牛肉乌冬面。

我听到开门的声音，是爸爸回来了。

"爸爸。"我高兴地喊道。

"你没吃午饭吗？"爸爸见我吃着糕点过来问。

我点点头。

"我给你煮点面吧。"爸爸说。

"爸爸，你还会煮面啊？"我就没见过我爸做吃的。

"当然会，爸爸以前留学的时候，经常自己做饭。"爸爸对我说。

爸爸真的多才多艺，工作出色，会打网球，会滑雪，还会做饭。

我第一次见爸爸站在灶台前，烧开水，煮面，打蛋，我在想为什么妈妈以前会这样评价爸爸呢。

"爸爸是个怎样的人？"我曾问起妈妈。

"你说你爸爸？"妈妈眼珠转了一圈。

"真是个无趣的人呢,换作别人一天都跟他过不下去。"妈妈想想又笑弯了眉。

爸爸给我端上了热腾腾的鸡蛋面,我正要坐下来吃。

门铃突然响了,我和爸爸一起出去,见到一个五六十岁,个子不高,穿着黑色围裙和水桶鞋的妇女拎着大大小小颜色各异的塑料袋站在庭院门口张望。

"请问桃子是住在这里吗?"妇女怯生生地问。

"你有什么事吗?"爸爸问。

"那个,我是附近竹地市场开海鲜档的荣婶,桃子好久没来买菜了,我过来看一下。"荣婶说,"她是住在这里吧,我记得有一次送海鲜过来,好像是送到这里的。"

"是的。"爸爸回道。

"这是新鲜的梭子蟹和基围虾,麻烦你交给她。"荣婶说,"还有这是鱼档仁叔给的多宝鱼,猪肉档明哥给的排骨,菜档钟姐给的西兰花,粮油店何伯给的粉干,豆腐铺兰姨给的水豆腐,麻烦你都交给她。"

荣婶一样一样挂到我爸的手上,我爸显然被这操作惊住了。

"记得叫她吃不完都要放冰箱里。"荣婶交代完就走了。

乐队约了大年初八第一次训练,桃子这天早早就到了工厂。

没想到大家比她还早到,而且和她一样都是大包小包的,拿着家里的特产过来了。

"这桂花糕不是我家里做的,是我在桂林买的。"

桃子听到敲门声,像是想起了什么,赶紧冲出去开门:"东泽,你来了。"

"咦,就你一个人来?"东泽进门后,桃子还在门外张望。

"是呀,我一人来就够了。"东泽摘下帽子看着三层的砖砌厂房。

皮卡、阿宝、小天还在翻袋子里吃的,抬头一看,似乎都惊呆了:"东泽老师?您是东泽老师吗?"

小天冲上前,围着东泽转了一圈:"真的是东泽老师呀。"

桃子一听东泽被叫作老师就想笑,还没忍住,马上捂住嘴。

"你笑什么呢?现在都这么叫,你没看综艺节目吗?"东泽似乎看穿了她的笑点。

"东泽老师,我最喜欢你在节目结束比画'the one'的手势,太有型了。"阿宝跑过来说。

"东泽老师大驾光临是为了……"皮卡问。

"东泽是过来给我们参赛提指导意见的。"

"还有给你们当舞编的。"

"你可以吗?"桃子睁大眼睛,她一直以为东泽会给她推荐一个老师。

"桃子,你这肢体也太不协调了吧?"东泽埋汰,"早些年你也不是这样的。"

"什么早些年,是早十五年好不好?"桃子虽然也有练瑜伽保持身体柔韧性,可身体结合音乐的反应度、灵敏度、节奏感都太差了。

"现在站在舞台上的都是十几二十岁的小年轻,也就是当年你站在台上的年纪。人家唱跳三分钟都不带喘气的,你想打败他们,不容易。"东泽叹气说。

桃子被东泽训了两小时，皮卡、阿宝、小天看着就心疼："东泽老师，我们点了火锅外卖，一块吃完再练吧。"

"你们大中午的吃火锅，吃撑可怎么练呀？"东泽说。

"这不是想着过年嘛，开年饭吃好一点。"皮卡说。

门外又是一阵敲门的声音。

"可能是送奶茶的，我点了奶茶外卖，请大家喝。"阿宝站起来说。

"我没听错吧？"皮卡揶揄，"阿宝，你转性了啊？终于舍得为我们出一点血了。"

"我没你说的那么抠。"阿宝边走边回头唾弃。

之后桃子他们听到，阿宝在门外大声说道："怎么是你啊？"

"谁呀？"皮卡怕是找麻烦的，闻声也走了出去。

没一会儿皮卡、阿宝，还有一哥年轻女孩进来了，皮卡嘴里念道："人家来都来了，先让人家进来再说嘛。"

女孩子个子不高，长相甜美，见着东泽和桃子他们，轻轻地鞠了一躬，低着头没说话。

阿宝介绍了一下，说这是他之前兼职认识的朋友伊春，然后就陷入了沉默。

"既然来了，就坐下来一块吃饭吧。"桃子说。

"坐吧坐吧。"阿宝发号施令后，女孩才敢坐下。

有阅历的人一看就知道，阿宝和这女孩是有故事的，大家也不多说。

桃子接着和东泽聊天："你接下来这段时间都会在S城？"

"是的，我在这边接了一个电视台的节目，会在这里住一段时间,顺便陪陪父母。"东泽说。

"太好了,有你帮忙,我很放心。"桃子说,"对了,要多少钱,你正常收就行,不用和我客气。"

"你这话就把我当外人了,咱们还是不是朋友啦。"东泽说了,"我也不是全天在这里,不过尽量每天抽空过来。"

"太好了,东泽老师,能有东泽老师指导,我们真的有希望啦。"小天高呼。

年后,秦野给各部门来拜年的员工派完红包,回到办公室就接到私人律师徐枫的电话。

"秦总,今天秦夫人找到我,让我列示一份您名下所有资产的清单。"

秦野当时道出枫林资产损失,本意是让他妈别老闹着要他离婚,没想到他妈竟然不依不饶起来。

"她让你给,你就给吧。"秦野说。

在许多事情上,秦野并不与母亲正面对抗。一是父亲年轻时忙于事业,母亲一手将秦野两兄弟照顾长大,纵然知道母亲身上有诸多缺点,可他也体谅母亲的不容易,出于孝顺原因他一般不与母亲正面对抗;二是他实在没那个时间,与母亲硬碰硬往往会耗费巨大的时间成本,他更倾向于让她知难而退,所以他一向应对的方式是见招拆招。

次日下午,秦野公务外出回到办公室,只见秦母站在沙发前举着一份报告向坐在对面的徐律师咆哮。

"徐律师，你有没有算错？为什么会有这么多？这些与公开数据都不一样啊？"秦母气冲冲地说。

"秦夫人，这确实是最新的秦总名下所有资产的总计。"徐律师见着秦野进来，站了起来。

"你们怎么过来了？"秦野皱眉。

"是我约徐律师今天过来商量对策的。"秦母气冲冲地说，而后又转向徐律师，"那我问你，如果秦野离婚，财产会怎么分割？"

"秦总目前名下的资产都是婚后所得，属于夫妻共同财产。根据现行的法律，离婚一般是平均分割。"徐律师回答。

"你是说，桃子她能分走一半？"

"你是说，她能拿到几百亿？"

"你是说，她这十几年光凭买菜做饭带孩子就能拿走几百亿？"

"胡扯，我从来没有听说过一个人能凭这么没有技术含量的活就能拿走这么多钱。"秦母不断地重复咆哮。

现场一片沉寂，秦母也意识到自己失态了，稍稍平复后说："徐律师，你帮忙想想有没有别的办法？"

徐律师想了一下，正欲开口回答，却被秦野举手示意制止了。

"好了，这件事到此为止。"秦野说，"徐律师，今天辛苦你了。"

徐律师闻言知趣而退，办公室只剩下秦野和秦母。

"秦野，这事你到底是怎么想的？"秦母急着问，"现在这样总得想个办法啊。"

"妈，我离婚只是钱的事吗？"秦野说，"孩子要怎么办？"

"妞妞那边你放一百个心，她肯定是跟你，她对她这个亲妈早就诸多不满了。况且这次是桃子主动离家出走的，她肯定会体谅你。"

"还有社会舆论和公众形象呢？"这个问题倒是问倒秦母了，她知道秦野位高权重,一举一动都会影响到枫林,因为个人事务给公司带来负面的影响也会受到其他股东的质疑,处于舆论的风口。

见秦母没说话,秦野恳切地说:"妈,我和桃子的事情我会处理好,请你不要再插手这件事了。"

桃子早早到了工厂,在开门的时候发现伊春也在不远处站着。

"进来吧。"桃子说。

"不了,桃子姐,我就在这里站一会儿。"伊春说。

"你还要去别的地方吗?没有就进来吧。"桃子说。

受到东泽的鞭策,桃子现在每天一到工厂就开始练功,伊春坐在一边看桃子压腿。

"你多大了?"桃子与伊春闲聊。

"我今年虚岁二十一了。"

"你是在读书还是工作了?"桃子问。

"嗯,我在手机城卖手机。"伊春低下头。

桃子发现这个姑娘说话老爱低头:"你和阿宝是在手机城认识的?"

"不是,我们是在酒吧认识的,我之前在酒吧当服务员。"伊春说,"后来阿宝哥说酒吧太杂了,我就换到了手机城。"

"哦,你是阿宝的女朋友吧?"桃子笑着问。

"我们在年前分手了。"伊春说。

"啊?"桃子把腿从车床上收下来,"你们怎么分手了?"

"我配不上阿宝哥。阿宝哥是大学生,我才初中毕业。"伊春说。

桃子恍惚了一下："你配不上阿宝，这话是阿宝说的，还是你说的？"

"是阿宝哥妈妈说的。"伊春说。

"哦。"桃子忽然就理解了整件事，"那你现在过来找他是？"

"我就是想来再看他一眼。"伊春说完站起来一溜烟就跑了。

桃子看着伊春的背影，忽然觉得自己不该问。

中午吃饭的时候，桃子抽空和阿宝说了一句："今天伊春来过。"

"她来干吗？"

"她说，想再看你一眼。"

"这傻妞，前天不是看过了吗？"阿宝夹了一块东坡肉放进嘴里。

桃子也不想再多说了，倒是阿宝接着说："她家是农村的，家里还有一个妹妹和一个弟弟在读书，母亲很早去世了，父亲长年在外面打工，为了减轻家里负担，她也早早辍学出来工作了。我妈说，我和她是两个阶层的人。"

又是阶层。

阶层是什么？桃子也曾思考过这个问题。

阶层看不见摸不着，却又确确实实存在。它是一个人与生俱来的环境、接触的人和事物，导致个人的见解和观念不同的集合。

桃子犹记得刚嫁到秦家时，经过厨房，见到用人整理出许多包装完整的肉类、蔬菜、水果、面包直接扔掉，因为这里的人只吃新鲜的东西。

这个操作在桃子那个阶层是不被允许的，桃子妈妈在超市工作，还经常带一些过期食品回家，只要没变质一样吃。

"很不可思议吧。"王妈看着她说。

她不知道王妈为什么会对她说这句话,也许从她诧异的眼神里,王妈知道了她们是同一个阶层的人。

"所以,我们在一起没有好结果,我就和她分了。"阿宝说。

"这样也挺好的,觉得不可能就分开,这样谁都不耽误。"桃子知道阿宝是M市人,家中独子。阿宝爸爸是建筑设计师,阿宝妈妈是银行客户经理,至少是中产家庭。

"是吗?桃子姐,我以为你会说我现实,会骂我是个渣男。"

"怎么会呢?两人差距太大,勉强在一起,只会日后后悔。"桃子苦笑。

第二天,桃子在工厂门口又见到了伊春。桃子见着她笑了笑,她也对着桃子笑了笑,乌黑的眼珠子很漂亮。

"你们是怎么认识的?"桃子在大院里边压腿边问。

"我在酒吧当服务员的时候遇到酒闹,刚好被兼职演奏的阿宝哥看见制止了。"伊春说起话,又低下头。

原来又是俗套的英雄救美的故事。

"阿宝哥是我的初恋。我十六岁就出来工作了,见过形形色色的人,阿宝哥真的很不一样,他正直、大方、温暖,是我遇见过最好的人。"

桃子觉得印象中的阿宝怎么都匹配不上这六个字。也许在喜欢的人面前呈现的形象是不一样的吧。

"他知道我要供弟弟妹妹读书,每个月都会省一半生活费给我。以前我在酒吧上夜班,他都会来接我下班。他会督促我多看书,多学习些知识。还有他知道我没看过海,特意带我去看了大海,我永远都不会忘记。"

伊春带着桃子回忆了一遍她的初恋："后来阿宝哥的妈妈知道了我，反对我们在一起，我就提出了分手。"

"我还以为是阿宝提的呢。"桃子心想怎么和阿宝说的不一样。

"没有，阿宝哥很犹豫，很痛苦，我不想让他为难，我就当了坏人，提了分手。"伊春说，"我知道阿宝哥情愿当坏人的是他。"

桃子沉默了一会儿："既然你选择了分手，为什么还要来找他？"

"因为我很快要结婚了。"伊春说，"有个装修队的工头追了我很久，今年过节上我家提了亲，说愿意承担我弟弟妹妹以后读书的费用，还答应帮我们家盖房子，我爸爸就同意了。"

"我过完年，就想着过来多看一眼阿宝哥就回去了。"

"本来想着看一眼就走的，没想看了一眼以后，还想再多看一眼。我是不是太贪心了？"

"桃子姐，你有没有试过放弃很心爱的东西？"伊春一口气说了很多，低下头哭了，"这种感觉真不好受。"

桃子泪如雨下，她怔怔看着眼前痛哭的伊春，仿佛看见了十多年前在黄昏下为放弃梦想痛哭的自己，她多么想上前拥抱一下这个懂事的姑娘，就像拥抱十多年前的自己。

阿宝上午十点才来，来了之后习惯性地拿出贝斯试音。

"伊春坐今天下午一点的班车回老家。"桃子上前搭话。

"哦。"阿宝听到后眉毛挑了一下，没有说话。

"她要回老家结婚，说再也不来了。"

"结婚？她结什么婚？"阿宝激动起来。

"就是和一装修队的工头结婚啊，那工头会供她弟弟妹妹读书，还会给她家盖房子。"

"她脑子进了农夫山泉啊。"阿宝听完立马往外走。

"阿宝,你要想好了,你把她带回来要负责任的,你选择和她在一起会比分开遇到的困难多得多。如果没有足够的爱和坚定的信念,劝你还是放弃为好。"桃子叫住了阿宝。

阿宝停住了脚步,头也没回:"我确定,我确定我很爱她……"

"你和阿宝说了什么?"皮卡走过来问。

桃子笑着摇摇头,望着阿宝狂奔而去的身影,没有说话。

那一刻,她是真的在羡慕伊春,但是她不会说出来。

还没过完元宵,老家就传来了噩耗,我的大伯公去世了。

我家祖上三代都是大鹏村的农民,爷爷是家里的老幺,他常说当时如果不是大伯公高瞻远瞩,支持他参加高考,供他读书出来,估计他这会儿还在村里下田,更谈不上创立枫林了。

爷爷是个念旧的人,大鹏村离S城有两百多公里,我们每隔两年就会陪爷爷回去探亲。记忆中的大伯公是个慈祥的老人,每次见到我都是笑眯眯地说:"呦,妞妞都长这么高了?"

那晚,安莉阿姨约了我吃饭,奶奶一个电话过来,让我马上回家收拾一下跟他们走。

"我爸呢?"我说。

"一会儿爷爷的司机钟伯会先过来接你,你爸晚点会和我们会合的。"奶奶说。

安莉阿姨接过电话:"阿姨,有什么需要帮忙的吗?要不要我跟着一起去？"

"安莉，你的好意我心领了，我这次刚好有些事情要解决，回头我再找你。"奶奶挂断电话。

爷爷奶奶、二叔二婶、阿毛和我分两辆车出发，晚上十一点多住进了离大鹏村最近的一家五星级酒店。

"你们晚上都早点休息。"到了入住的楼层，奶奶和我们说。

"你们明天都早点起来，六点就要起来，我们七点准时出发。"爷爷表现得很悲伤，我们都不敢多说半句。

我刷卡进了客房，这是一个山景套间，一个客厅，两间房。

其实，爷爷也在村里盖了一栋三层高的楼房，如果有人问起大鹏村谁家的房子最别致，那一定是我家。然而这些年，除了新家进宅那一次，每次回大鹏村我们还是住在这酒店。

因为我奶奶出门在外只住五星级酒店。

我爸爸到的时候，我已经睡了，听见声音迷迷糊糊睁了睁眼，又睡着了。

次日，我六点起来到客厅，看见爸爸已经穿戴整齐坐在沙发上看文件了。勤勉，刻苦，敬业，真是这一代企业家的写照。

我们下到酒店自助餐厅吃早餐，爷爷奶奶、二叔二婶和阿毛他们已经在了。

过了一晚，爷爷的状态似乎好了一点。

"你昨晚几点到的？"奶奶问爸爸。

"两点多吧。"爸爸应道。

"这么晚？老爷子，我就说了今天不要那么早，孩子到得这么晚，昨晚都没睡好。"奶奶心疼不已，又问爸爸，"你要不要再上楼睡会儿？我们先过去，你晚点到。"

"胡闹，吃这点苦算什么啊？"爷爷脾气又上来了。

二叔连忙岔开话题："爸，一会儿回去，我们需要做些什么吗？老家的习俗挺多的。"

"现在农村的丧事也从简了，你堂哥永林跟我说了一下，昨晚开始打斋，今天上午在祠堂接受吊唁，下午出殡送去镇上的殡仪馆。"

"昨晚就开始了？我家那边打斋好像每家近亲都得出一个人守着的吧？"二婶说，"这边打斋没这个说法吗？"

"有呀。"奶奶说，"我昨晚已经让桃子先过去守夜了。"

"什么？大嫂昨晚就过去了？"二婶问。

"那当然，她不去谁去？"奶奶理所当然地说。

我愣了一下，这时爸爸也皱着眉头看向奶奶。

秦野远远就见到妻子站在祠堂门口迎接前来吊唁的人。

瘦削的妻子穿着一身黑色的套装，脸色苍白，掩嘴打哈欠，转身看见他们走来，两眼就像要发光一样。

秦野知道这肯定不是因为见到他，而是因为见到女儿。

妻子先到他父母身边汇报丧事的进度和事项，又和秦峰一家打过招呼，然后走到女儿的身边开始了。

"妞妞，你怎么穿这么少？这里凉快，妈妈把衣服给你穿。"说着，妻子就要把身上的外套脱下披到女儿身上。

"我不要。"女儿双手插兜，转到一边走开。

"妞妞，你听妈妈话，快点穿上，一会儿就着凉了。"妻子追着女儿不放。

这时堂哥永林一家出来迎他们,秦野对永林并不陌生,因为他就在枫林旗下的一家地产公司任职副总经理。

父亲感念伯父的培养之恩,把堂哥这一代全部带到S城,供他们读书,帮助他们在S城安居乐业。

"叔叔婶婶,你们这一路真受累了。"永林对秦父说。

"我们倒是还好,你妈怎么样?"秦父问。

"我爸走得突然,我妈还没缓过来。"永林说。

大伯父是突发心梗走的,在家里和客人说着话,突然就倒地了,还没送到镇上的医院,人就没了。

秦野兄弟随秦父和秦母先到祠堂的厢房问候一番大伯母,大伯母神情哀伤,强打精神迎见他们。

"大哥这一辈子,太不容易了。"秦父又悲伤起来。

"老爷子,一会儿见了大哥不要太动情。"秦母扶着秦父说。

永林请秦野借一步说话,秦野以为是商量丧事。两人出了祠堂,岂料永林是和他说蓝海商业大厦整体重装更换施工方的事。

秦野见妻子在不远处还拿着衣服围着女儿转,妻子有时也是太固执了,就和女儿小时候少吃一口饭,都像天要塌下来一样。

"阿野,你觉得怎样?"永林问。

秦野不明白永林为什么在这个时点还要说工作的事:"堂哥,这件事我还得想想,回头再说吧。"

秦野转身又进了祠堂,这时秦父秦母已经从厢房出来,与同宗族的长者说着话。

不一会儿,妻子和女儿也进来了,妻子终于将外套穿回自己身上了。

妻子拿着黑纱带上前分给各人，到了秦野跟前，她倒是没有直接把黑纱给他，而是自觉为他缠在臂上，还捎带给他顺了一下西服皱褶，立了一下衬衫领子。每次为他整理完衣着，她都有个习惯性动作，双手在他胸前拍一下，今天也不例外。

此刻，他们就像什么事情都没发生过一样站在一起。

在妻子离家的一个月里，秦野只有年三十那晚找过她一次，没错，就是问剃须刀充电线在哪儿的那一次。

妻子不但当时告诉他剃须刀充电线在哪里，后来还微信给他发了一大串他常用物品存放位置的清单。

"对了，这个给你。"妻子忽然想起什么，手从口袋里掏出两片叶子直接塞进了他的西服口袋里，"柚子叶辟邪避秽，我妈让我带上给你们的。"

"妞妞，这个是给你的。"妻子又拿出了两片，依葫芦画瓢想直接塞进女儿口袋。

"妈，我是唯物主义者，不信这个的。"女儿不依。

"妞妞，这和唯物没关系，只和孝顺有关系，外婆让你带上就带上。"妻子说。

这本来就是信则有，不信则无的事，他不愿见到母女在祠堂里拉扯，说了妻子一句："孩子不愿意，你就别勉强她了。"

昨天是皮卡生日，大家约好晚上集训完一起吃火锅庆祝。

桃子在火锅店门口，接到婆婆的电话，马上回家换了一身衣服，和父母交代一下，就一个人开了三个多小时的车，深夜才到的大鹏村。

这座秦氏祠堂是传统的岭南祠堂式建筑，已有上百年历史，村里有婚、丧、寿、喜等大事都在这里举办。

棺木停放在堂屋中央，桃子也不害怕，过去瞻仰大伯父遗容，双手合十拜了三拜。大伯父是个和善的人，有着乡下人的淳朴，愿他往生后能登极乐世界。

打斋已经开始了，堂哥永林过来和她说，可以不用一直守着，让她到旁边的厢房歇息。她客气回绝，总觉得这是对先人的不敬。

记得以前爷爷丧事打斋，至亲都是要跪着的，现在的人也只是坐着了。

秦家世代生活在大鹏村，来守夜的远亲近邻也有不少，堂哥让堂嫂烧了一大锅梨汤，端过来分给守夜的亲朋，桃子也过去帮忙。

一位老妇人接过梨汤，问道："你是谁呀？"

"我是向天的大儿媳。"向天是公公的名字，以往村里的长者问桃子，她都是这么回答。

"哦，你是老三最有出息那个儿子的老婆？"老妇人悟了半天，"你叫什么呀？怎么墙上没有你的名字？"

四年前南方暴雨，祠堂曾经重新翻修，进门的右墙上刻着有捐助翻修的人的名字，当时公公代表秦家捐了一大笔钱，秦家各人的名字都上墙了，除了桃子。

"为什么我的名字没在上面？"桃子当时看完就有问，丈夫秦野的名字后面只有女儿秦筝的名字，为什么没有她？

"作为外姓人，要生了儿子才能在祠堂留名的。"婆婆如是说。

桃子是个柔性的人，小时候家庭条件不好，甜酸苦辣都尝过，只要日子过得下去，她很少会为小事纠缠，可这件浮于形式的小事，她

妈妈的梦想 MOM'S DREAM

却记了好久好久,挥之不去。

一晚未眠,在祠堂里进进出出帮忙,天色渐渐亮白时,桃子的脑子都要不灵光了,唯有见到女儿,让她忽然有了精神。

女儿怎么穿得这么少?一会儿感冒了怎么办?

她脱下外套想给女儿披上,可女儿就是不愿意,让她绕着祠堂追了好几圈,碰见住在池塘边的远房姑婆,在村口开小卖铺的表叔父,和女儿打招呼,女儿也不爱理,桃子一路跟在后面赔礼。

女儿太任性了,难道是因为她离家造成了逆反心理?不行,她得找个机会好好和女儿说说。

理容师已经来过,为大伯父整理好遗容。

桃子见公公婆婆一行人从西厢房出过来,就上前分发黑纱。到了丈夫面前,桃子自觉将黑纱为他缠在手臂上,她这么做完全是不经思索的,全凭多年的习惯。

丈夫见着她也没有半句话,看着丈夫依然精神抖擞,她琢磨着这家伙应该过得不错吧,确实这世界不存在谁没了谁过不下去这种说法。她将妈妈临行前交代的柚子叶放进他的口袋,她倒是愿意他过得好好的。

可当女儿抵触她,哪怕是因为两片叶子,丈夫都不愿意为她说半句时,她又想起了阿宝和伊春,这也许就是爱和不爱的区别吧。

以前每次车子一驶入大鹏村,我奶奶就会开始念叨。

"这条路是我们家捐钱修的,那个小学也是我们家捐钱盖的,还有那个村民健身中心也是我们家捐钱建的……"

奶奶总是不记得自己已经说过的话,每次回来都会重重复复说一遍。

爷爷上有一哥一姐,二姑奶奶早早出嫁了。太爷爷去世后,爷爷才和大伯公分的家,将祖上留下的地一分为二,各自盖了新的楼房。

虽然说是各自盖的房子,但是奶奶一直说大伯公的房子也是爷爷出钱建的。

我对大鹏村的记忆不多,只记得小时候回来,我都不肯下地走路,因为村里多是泥路,我觉得泥巴沾鞋子恶心。

"妞妞真是爱干净呢,妈妈小时候都是光着脚丫子在村里跑。"我妈也笑话我。

"我们妞妞能和你一样吗?"我奶奶说了一句,我妈就不说话了。

我忘了说,我妈童年是在村里度过的,后来读书才来的城里。她偶尔也会说起她小时在村里的生活经历。

我印象最深刻的是房子进宅时,回来住过的那三晚。

当时是暑假吧,天气还挺热的,我家为庆祝进宅,在村里的戏台连放三晚电影,好多的村民带上孩子一块去看。

有一晚吃完饭,我妈带着我也去凑热闹,我还记得那晚放的是周星驰的《长江七号》。

平常我在电影院看电影,有空调有真皮座椅,当时我坐在小板凳上,广场的蚊子又多,我真的很不适应。

我妈看得还挺高兴,一边拿扇子给我赶蚊子一边说:"妈妈小时候在乡下也是这么看电影的。"

妈妈的梦想 MOM'S DREAM

我记得当时有个姐姐,大概比我大几岁吧,坐在我旁边。为什么我会记得这个,因为她戳了我一下,给我递了一颗糖,就是很普通的那种带颜色的果味硬糖。

我觉得她的手有点脏,不对,我甚至觉得她脸有点脏,我没接。

我别过脸,但是我老觉得那个姐姐一直看着我。

我偷偷瞄了一眼,果然她在看我,乌亮的眼睛不看电影,就是看我。

好奇怪的姐姐,我把脸将头靠在我妈的腿上。

"你是困了吗?"我妈问,"来,坐妈妈腿上。"

我妈把我抱在怀里,我偷偷看那姐姐,那姐姐还在看着我,后来我睡过去了。

后来我爸过来了,听见我妈小声说:"妞妞睡着了。"

"让我抱吧。"我爸想接过我。

可我妈不让:"没事,我抱着吧,我怕把她弄醒了。"

"那回去吧。"我爸说。

我妈站了起来,我头靠在我妈的肩上,迷糊地睁开眼,发现那姐姐还在看着我,她的眼里有泪光,我分明看到了一种渴望。

我一下车就见我妈朝我们走来,之前我还曾想过我妈离家是因为我,可从再见她开始,我就知道自己是多虑了,因为她又启动唐僧模式了。

我今年都十四岁了,自己还不知道冷和热吗?拿着一件风衣追着我满村跑,我都觉得丢人。

还拿出两片叶子,让我装口袋里辟邪,这也太神奇了吧。连我爸都看不过眼说她了,不过我爸也是不信这个的,为什么他没有拒绝我妈呢?

大伯父生前是村里有名望的人,来祠堂凭吊的人有不少。

丧礼开始,宗族长老发表吊唁词,堂哥作为家属代表感谢,桃子和女儿跟在丈夫身后上前吊唁,大伯母身穿丧服精神也不见好,堂哥堂嫂、侄儿们陪在一旁谢礼。

结束后,丈夫被公公叫去说事了,桃子出了祠堂,见芙丽抱着阿毛走过来了:"嫂子,你累了吧,一晚没睡。"

"有点。"桃子有一阵没见过阿毛了,从口袋里掏出一块糖给他玩。

"我说妈妈也是够了,好事倒不惦记着你,麻烦事全让你上。"芙丽打抱不平地说。

桃子没有接话,这么多年她早就习惯了。

"你最近好吗?"芙丽问。

"我挺好的啊。"

"你和哥哥打算怎样?"

桃子没接话,她也没想好。

"我说那个安莉也是蹬鼻子上脸,长得好媚好貌,干点啥不好,非得破坏别人婚姻。"芙丽说,"嫂子你别怕,我挺你的啊。"

这时,桃子的心思完全没在上面,因为她看到站在榕树下的女儿好像和二姑姑的大孙女起了争执。

"朵朵,你们怎么啦?"桃子赶紧过去。

"表婶,这条龙猫项链是我手工做的,我奶奶让我送给表姐,表姐她不肯要。"朵朵都快要哭了。

"妞妞,妹妹一番心意,你就拿着呗。"桃子把女儿带到一旁说。

"我不要,我拿那个干吗,她自己做的自己留着就好了。"女儿说。

"妞妞,你现在先拿着,回去给妈妈就好了。"

"我不要,你喜欢就自己跟她要去。"女儿说。

"这是妹妹指定送给你的呀。"

"她都不是真心实意的,只是想巴结我。"女儿说。

桃子要被女儿气得无语了。

"桃子,你过来。"婆婆远远叫道,"小孩子的事你掺和什么?让她们自己解决就好了。"

桃子不应声,婆婆还在说着:"你随我来,我有话和你说。"

婆婆将她带到祠堂前面的凉亭:"我问你,你是不是一早就不想和秦野过了?"

桃子连忙摇头,不知婆婆何出此言,只当婆婆又要发难了。

婆婆想了想,欲言又止,最后叹气道:"我说你现在这么做挺好的,你早就应该离开秦野了,还耗了这么多年。"

"哦。"桃子低下头,心情复杂。

"我都给你想好了,你和秦野离婚,可以获得一个亿的现金,还有每月十万元的赡养费,一直到你终老。"婆婆说,"这是看在你嫁入秦家多年的分上,我们已经仁至义尽了。"

"那妞妞呢?"桃子问。

"妞妞是我们秦家的人,你别想了。"婆婆说,"不过你是她亲妈,你什么时候要见她,我们也不拦着,前提是她也愿意见你。"

桃子低着头,再也没有说话。

"你不说话,我就当你同意了。我会让律师起草离婚协议,你等我通知去律师楼签协议就好了。"婆婆说。

婆婆离开后，桃子坐在凉亭里，吸了吸鼻子，有些难过，又有些委屈。

她不是没想过这样的结局，可让她正儿八经地面对时，还是会很伤心。她看着不远处人们进出的祠堂，想起幸好那块碑上没有写上她的名字，不然回头整块碑都要换掉。

朵朵是我的表妹，二姑奶奶的孙女，比我小几个月，在出类中学读书。

二姑奶奶是我爷爷的二姐，她的下一代也被我爷爷带到了城里。我奶奶也和我抱怨过，和我说"你妈家是吸血鬼，其实你爷爷家也一样"。

我觉得这种也是很正常的，只不过被帮助的人，注定难免受到歧视罢了。

朵朵与我年龄相仿，从小每次见面都爱跟在我屁股后面跑，不过朵朵长得憨憨的，很讨喜，我倒也不在意。

吊唁完，朵朵来找我聊天："表姐，我们今年就要中考了，你学习也很紧张吧？"

"还好，我拿到了直升高中的名额。"我说。

"好厉害啊，我现在为了中考，学习压力很大，我妈跟疯了一样给我报了补习班。"

出类中学是S城有名的公立中学，高中部面向全市招生，升学竞争很激烈。

我一般都是逼我妈给我报各种班打发时间的："那你呢？你是怎

么想的？你觉得上这些班有用吗？"

"我啊？我没怎么想，我妈给我报我就上呗。"朵朵可怜地说。

这时，二姑奶奶过来了："呀，妞妞好久不见了。朵朵你在和姐姐聊什么呢？有没有请教姐姐怎么学习啊？"

"没聊什么。"我给朵朵使了一眼色，随口说了句，"朵朵你的龙猫项链真好看。"

"嗯，这是我自己手工做的，对着动画片里的龙猫。"朵朵笑着说。

"呀，妞妞你喜欢呀，朵朵你就送给姐姐吧。"二姑奶奶说。

"奶奶，这是我自己做的。"朵朵急了。

"是呀，自己做的送给姐姐多有诚意，快取下来给姐姐。"二姑奶奶说，朵朵依言而行。

"二姑奶奶，不用了，我就随口说说。"我连忙说。

"妞妞，你喜欢就拿着，反正是朵朵自己做的，她回头自己再做一条不就可以了吗？"二姑奶奶说。

再做一条，那也不是这一条啊，朵朵明显不舍得，我怎么能够夺人所爱呢？我自己连忙躲开了。

没想朵朵追了上来："姐姐，你拿着吧。我是真心送你的。"

我看朵朵都要哭了，我能相信她是真心的吗？

结果，我妈又来了，她又像二姑奶奶一样瞎指挥了，大人们都爱自以为是，我才不要听她的。

幸好奶奶过来把她叫走了，一直到中午时分都没有见过她。

我们到附近的村招待所吃午饭，奶奶有讲究，这边吃饭做不到分餐制，我们自己家里人坐了一桌。

我们坐下后，过来和爷爷、爸爸、二叔联络感情的人仍有不少，这些人真连我们吃饭也不放过。

阿毛坐我旁边,想要看我的手机,我不给他看,他对我做了一个鬼脸,真是个让人讨厌的孩子。

上菜后,爸爸坐在那儿一直没有动筷子,他旁边的位置是空着的。

"秦野,你不吃点吗?"奶奶问道。

"我不饿,我出去转一下。"爸爸说完站起来出去了。

"你多少吃一点,一会儿又胃疼了。"奶奶说道,可没过多久奶奶也跟着出去了。

当我再次见到爸爸的时候,爸爸像是吃了火药,随时要爆炸的样子。

下午妈妈又出现了,我们一起坐车送大伯公到镇上的殡仪馆,从殡仪馆出来大伯公被装进了骨灰瓮中,放到大鹏村后山的墓地供奉起来。

这是我长这么大第一次经历葬礼,据说我的祖先都安葬在这里,看着那个小小的盒子埋进了土里,融入了大地,我思索着这就是人类最终的归宿吗?

吊唁后,秦野一直被拉着说开发大鹏村作为旅游度假村的事,这事村领导提了好几年了,秦父一直没答应,担心破坏家乡的原始风貌,秦野也只能陪着听。

他从祠堂出来后,一直没见到妻子。

午饭时,秦野等了一会儿没见到妻子过来,他起来在外面转了一圈，看到妻子的车，他走过去看，妻子果然在里面。

车窗开了一点缝隙，她盖着风衣靠在椅背上睡着了，她头侧到一边，只露出了半张白皙的脸，双手交叉在胸前。忙碌了一宿没睡，该是累了。

秦野隔着车窗静静看着她，心生怜惜。

秦母走过来说："秦野，你随我来，我有话和你说。"

秦野和秦母走到榕树下："我和桃子都谈好了。"

"你们谈什么啊？"

"桃子同意和你离婚了，只要给她一个亿的现金，后续每个月十万元的赡养费就可以了。"

秦野一听就光火："妈，我和你说过多少遍，我的事我自己会处理好，不用你费心。"

"我都给你想好了，只要桃子不闹，这事就低调解决了，也不会影响到公司的形象。"

"你说完了吗？说完我走了。"秦野扭头就走。

"你还是不想和她离婚是不是？说到底你还是舍不得她是不是？"秦母叫住秦野，"你想跟人家好好过日子，人家未必是这么想的。"

"你看看这个。"秦母又拿出手机。

"本来今天这日子，我不想说这事的。就是看到这个，觉得太欺负人了。"

"前一阵子，你不是住院了吗？张院长也过来看你了，他最近抱了大孙子，在我面前得意半天，还问起你。我能说什么啊？我只能说不知道是不是你这个胃病导致要不了老二。他说不应该啊，他说回头帮忙查一下你历年的体检报告。结果你的身体没问题，他又查了一下桃子的，问题就出在桃子身上，她做过皮下埋植避孕。"秦母说，

"这就是张院长发来的报告。"

秦母一开始也拿不准这是秦野的主意还是桃子的主意,见秦野脸色骤变,她心里也有大概,她知道秦野最恨别人隐瞒他的,又说:"既然桃子已经答应离婚条件了,你也不要节外生枝了,大家好聚好散就好了。反正她不愿意给你生,有的是人愿意给你生。"

妞妞六七岁的时候,其时枫林的业务已有相当良好的发展,他们已经搬离了老宅,他也不用经常出长差了,也有过再要一个孩子的想法。

他再要一个孩子不为别的,就为以后他和桃子不在了,妞妞还能有个兄弟姐妹照应,不至于那么孤单。还有就是万一妞妞长大不愿意接手他枫林这摊事,他还能找到一个替补的。

那段时间,他得空就在桃子身上使劲,桃子在这方面倒也不拒绝他。可一年下来,也没见她的肚皮有动静。

这不应该啊,他们第一次就有了妞妞。

有一阵子,他也发过狠劲,过后桃子那薄片身子是软的,连同她下床走路的步伐都是虚的,他见了也是可怜。

又断断续续过了一年吧,她的肚皮依然没有动静。

难道是她生妞妞时难产伤了身子,要是生理的原因导致再要不了孩子,也是没办法的事。幸好有时他给年幼的妞妞讲解经济学,妞妞很感兴趣,于是他没有刻意再想再要一个孩子的事。

桃子哭过,在车上歇了一会儿感觉好多了,下午又回归队列给大伯父送行。

妈妈的梦想 MOM'S DREAM

整个丧礼结束后,桃子随着丈夫一行与大伯母、堂哥他们道别。

"望伯母、堂哥堂嫂节哀,以后有需要帮忙的尽管说。"丈夫说道。

堂嫂点头道谢,又抓着桃子的手说:"桃子,昨晚真辛苦你帮忙了,事发突然我们真措手不及。"

"堂嫂,你真客气了,这些都是我们应该做的。"桃子说。

"桃子心善,秦野真是好福气,娶到这么好的妻子。"堂嫂说。

桃子抬头见丈夫冷眼看着她,她又低下了头。

女儿和朵朵站在一起,她走过去,只听见女儿说:"你要有主见,喜欢的东西就不要让给别人。"

她知道妞妞气性大,脾气来得快,去得也快。

"妞妞,以后妈妈不在家,你要听爸爸的话啊。"桃子说这话时眼含泪光,"妈妈会经常来看你的。"

妞妞看着她:"你为什么要说这种奇怪的话?"

"你想妈妈,也给妈妈打电话,妈妈也会来看你的。"桃子说。

妞妞冲着她大声说:"我问你,为什么要说这种奇怪的话?"

别看妞妞平常表现得很理性,在关键的事情上,她还是表现出了青春期孩子的敏感性。

桃子一时也不知道怎么去和她解释父母分开的事,只得说:"妈妈回头再和你说,这是妈妈过年的时候在玲珑寺给你求的,你把它放到你的枕头底下。"

她从贴身口袋里掏出平安符,想要塞到女儿手里。

"我不要。"女儿推开她,坐进了车子里。

桃子循例过去和公公婆婆、小叔子一家道别。

"爸妈,你们路上注意安全。"桃子说。

"嫂子,你怎么走?"芙丽问。

"我开车来的,一会儿自己开回去就好了。"桃子说。

"桃子,我和你说过的话,你要记着。回头我给你电话,你就去签好了。"婆婆故作神秘地说。

"好的。"桃子点点头。

阿毛正拽着她的裙子,她蹲下来和阿毛道别:"阿毛,伯母走了,拜拜。"

桃子走后,芙丽和秦峰说:"你有没觉得奇怪?平常嫂子和阿毛道别都是说,阿毛,伯母走了,拜拜,下回见。这次她没说下回见。"

"你这也太矫情了吧,你都未必能完整重复自己的上一句话。"秦峰不屑地说。

"我看他们有点悬,上午看两人还能勉强算一对,下午看两人彻底貌合神离了。"芙丽说。

"你是不是推理小说看多了?"秦峰不愿意继续话题,"好了,抱阿毛上车走吧。"

桃子走到自己的车旁,刚开门,就被丈夫的手压回去了:"你坐我的车回去。"

"我自己开车来的。"桃子转身说。

"你的车,我会让人开回去。"他夺过桃子手上的钥匙。

见丈夫脸色阴沉,桃子只能老老实实跟着他走。

丈夫和小叔子交代了几句,将桃子车的钥匙塞到了小叔子手里。开了车后座的门,弯下腰说:"妞妞,你坐到前面去。"

桃子觉得情况不妙,以往他们一家三口出行,若带上司机,桃子

妈妈的梦想 MOM'S DREAM

会坐到副驾驶位上,丈夫和女儿会坐在后面聊天。

桃子老老实实地坐在位置上,车开出很长一段时间,丈夫才开口说话。

"你为什么要做皮埋?"

第十一章

那几年，只要别人往桃子的身上看，桃子都会觉得肚皮疼。

妞妞还不到三岁，婆婆就逼她和孩子分了床："你不是很会下蛋的吗？怎么进了家门就不会下了呢？"

"古代下等宫女都是生了儿子才给封号的，你生了个女儿就想收工当皇后？"

这些繁殖的压力不仅来自婆婆，还来自自己的妈妈。

"桃子你听我说，你要努把劲再来个带把儿的，不然你在婆家一辈子都抬不起头。"妈妈苦口婆心地说。

"桃子，我给你找了个偏方，保管生儿子的，你听我说，儿女双全是最好了。"

妈妈的梦想 MOM·S DREAM

还有来自那些亲戚莫名其妙的关心:"怎么不再要一个孩子?秦家又不差钱。"

"一个孩子风险太大了,还是再要一个保险。"

每个人都站在了道德的制高点,对着她的子宫指手画脚。

桃子回过神来,悠悠说:"我不想再要一个孩子。"

"你是不想再要一个孩子,还是不想跟我再要一个孩子?"丈夫冷声说。

"那两年你把我当傻子看了是不是?你把我耍得团团转很高兴是不是?"丈夫继续说着。

只有桃子知道丈夫在说什么,那两年他回到家不管白天黑夜,只要条件允许就把她往床上带。

她换好衣服要出门了,碰见刚出差回来的丈夫,被直接拎上了楼。

"我还要接女儿放学呢。"桃子拍着他。

有一阵,桃子对上他狂热的眼神,心里都会发怵。

这样的景象在长留山时也有过,一开始她还以为是他压力大,经常给他炖汤补身体。

直到有一次回老宅,听见婆婆在书房里对公公埋怨:"你说,这个秦野是不是诓我?当初他跟我说,他们搬出去住也是为了多要一个孩子,说这里太小了住不下,可到现在连个影儿都没有。"

桃子这才明白丈夫的意图。

"我不想和你讨论这个话题。"桃子自知理亏。

"这么多年来,你还有什么不满意的?"丈夫并不打算善罢甘休,"你得到的还不够多吗?"

不满意?原来丈夫是这么看她的,也许她是该满意的,她嫁给他不就是为了面包吗？他已经给她足够多的面包了，她还能有什么不满意的？

"不，我很满意，谢谢你。"桃子负气地说。

"你谢我？"丈夫一听这句话，仿佛被点着一样。

"你嫁给我，就有那么不情愿是不是？"

那么多年来，桃子已和丈夫达成了一种共识，不提往事，桃子买菜做饭带孩子，丈夫挣钱养家忙生意，两人分工合作，各司其职，就是不提他们最初结合的那段往事。

这个问题无疑让一切又回到了原点，绕来绕去又回到了最初的点，避无可避又碰到了最核心的那个点。

"我情不情愿，你不知道吗？"桃子眼神清澈地看着丈夫。

"所以你一直不甘心是不是？你早就准备好随时离开是不是？"

丈夫的语气渐渐平静，可内含的愤怒，周遭的人都能感受到。

我和陈叔坐在前排，吓得气都不敢喘。

我从未见过我爸对我妈说过这么多话，更别说吵架了。

我一直以为自己没有多一个兄弟姐妹是我爸的主意。因为他对我妈妈没有感情，随时准备抛弃她。没想到是我妈的原因，是她不愿意给我爸多生一个孩子。这到底是为什么呢？

还有我爸为什么会说我妈不情愿嫁给他，奶奶不是说我妈是机关算尽要嫁给我爸的吗？我爸又是因为上天的选择娶我妈的吗？

怎么和我以前想的都不一样？我脑海充斥着无数个问号。

我爸脾气不算好，可从来没在我面前发过脾气，这会儿他的气势

妈妈的梦想 MOM'S DREAM

完全压倒了我妈妈,连车内的空气都传递着紧张的气息。

"我不想和你吵。"妈妈憋了半天才说一句。

"所有在孩子面前吵架的父母都是自私的。"

没想到正在专心吃瓜,期待高潮迭起的我,突然被我妈搬了出来当挡箭牌。

急得我差点脱口而出,别啊,你们继续,当我不存在好了。

然而,然而,车内一切又恢复了安静。

这是欲知后事如何,且听下回分解的节奏吗?

没想到我妈绝地反杀,居然能完胜这一局。

"老陈,就在前面的路口把我放下就行,你们顺着光辉大道回去不用绕。"进城了以后,我妈说。

见我们没有人要理会她,她又自顾自补充一句:"我现在学会了用打车软件,可方便了。"

她下车后,我从后视镜看了一眼我爸,他闭着眼睛,头靠椅背,估计都气到内伤了。

回到家,我爸从冰箱拿了一瓶矿泉水上楼了。看着他的身影,我有些担心起来,我爸是要和我妈离婚了吗?

"小姐,今天一个叫仁叔的人送来了这些。"张姨拿着一条金枪鱼,两根黄瓜和一把小白菜,"他说他是附近竹地市场的,让交给太太。"

"把这些都扔了吧。"我想,我爸并不想看到这些。

"妞妞,你什么时候开学?"安莉阿姨划拉着餐碗中的海鲜汤问我。

"我后天就要上学了。"我应道。

安莉阿姨约我到金碧中心顶层吃午餐，这天雾气很重，窗外望去恍惚置身于云端。

"我下周末会和你爸爸去参加上海枫林的开业典礼，你要和我们一起去吗？"安莉阿姨问。

"啊？我看情况吧。"我应道。

我爸居然会带安莉阿姨参加枫林的公开活动，在我印象中，我爸几乎很少带我妈出席官方场合的，只有一些家族成员举办的宴会才带我妈和我一起去。

我爸是真喜欢安莉阿姨吧？与喜欢的人在一起的活法就不一样了？

我打量着安莉阿姨，心里不自觉地将她与我妈比较起来。

我妈是很漂亮，我和我妈去逛街，那些店员听见我叫她妈，经常以为她是我继母，而且能同时推断出我爸很有钱。

我外公也曾津津乐道，想当年我妈是西风街一枝花，我妈去肉档帮忙的时候，生意总是特别好。

不能说漂亮不重要。在贫苦的家庭里，女孩长得漂亮也许意味着全部。可在我接触的圈子里，门当户对才是基本条件，其他的东西像漂亮、学历、教养只是重要的加分项。

安莉阿姨的家世、学识和气质都是看得见的，而我妈除了漂亮，其他简直一无所有。

现在我妈只要不说话，她外表看来已经和名媛没有区别了。可一开口说话，总感觉差点什么，也许就是自信和底气吧。

"桃子，专心一点。"东泽对她说，"音乐响了，你都没反应。"

"桃子姐,你是不是累了?"伊春端了两杯茶上楼,"听说你家里发生了不好的事,我们都感到很难过。"

伊春这几天都有来工厂帮忙打扫,她将茶恭敬地端给东泽和桃子。

"你找到工作了吗?"桃子问,她知道伊春因为之前要回老家把手机城的工作给辞了。

"我找到了,皮卡哥给我推荐了一份社区图书馆的工作,是帮忙整理图书的。"

"是吗?那太好了。"桃子想了想又说,"伊春,你还想读书吗?比如说读个中专,再考个大专怎样?"

伊春听了捂嘴笑:"桃子姐,我哪儿来的钱读书?我每月的工资给弟弟妹妹读书还不够的。"

"钱,你不用担心,只要你愿意读,我就借给你,包括你弟弟妹妹的。只要他们能读下去,我都借给你们。以后你们读完书,出来工作还给我就好了。"

伊春睁大眼睛看着桃子,眨了好几下,随即摇摇头:"不用了,桃子姐。我不读书了,我现在也能找到工作。"

"我不是说你现在找不到工作,我的意思是你读完中专,再上个大专,甚至再上个本科,你能选择的工作种类、岗位和范围会比你现在初中毕业能选择的要多,找到理想工作的可能性更大。"

"你不用现在就回复我,你可以回去想想,和阿宝还有家里人商量一下再回我都可以。"桃子说。

伊春又睁大眼睛看着桃子,随即点了点头。她转身匆忙下楼,桃子听见她在楼下喊着:"阿宝哥,阿宝哥……"

"你这么帮她,是不是因为她很像年轻时的你?"东泽在旁边说。

"不是。"桃子说,"我见过伊春看小天念书,满脸羡慕的样子。你觉得伊春的自身条件就比城里的孩子要差吗?生活在底层的孩子的资质就比顶层的孩子要差吗?她只是没有机会而已,没有好的生活环境,没有获得好的教育资源,只能承受着父母传递下来的生存压力。"

东泽没有说话,他也是来自普通家庭,他很明白桃子所说的。

"你知道我刚刚在伊春的眼里看到了什么吗?"桃子说。

"看到了什么?"

"我看到了希望。"

桃子因为落了两天的舞蹈练习,在集训后留下来补练了。

她下去倒水,留意到皮卡坐在长椅上,说了一句:"皮卡,你还没走啊?"

皮卡没有回应她,只是看着白墙发呆,闷闷不乐的样子。

桃子走过去,用手在他眼前晃了晃:"皮卡,你怎么啦?"

皮卡递给她一封英文介绍信,桃子英语水平一般,但是之前有为妞妞研究过留学的信息,大概能知道这是伦敦政治经济学院入学申请条件。

"你想到国外留学?"桃子问。

"是我父母希望我出国留学。"皮卡说。

桃子极少听皮卡说起自己的家庭,只听他说过这工厂是他爸从前开纸厂的产业。

"那你是怎么想的?"

"我很犹豫,我喜欢音乐,我又不想辜负父母的期望。"皮卡说,"你有试过两难、迷惘、烦恼的时候吗?"

"一直都有。"桃子说。

"怎么没见你表现出来?"

"傻瓜,中年人的烦恼哪能都挂在脸上。"桃子笑了。

"世人皆烦恼。"皮卡也笑了笑,"我在想这人生的意义到底是什么。我要怎么做才不会辜负这一生?"

"你知道吗,你这个问题,放到伊春身上可问不出来。因为她经常想的是,弟弟妹妹的学费够不够,她下月的房租在哪里,这个月到头能存上几个钱。所以,她生活的目标很明确,每天过得很踏实。而你免除了一切生存的烦恼,父母给你铺好了康庄大道,依然觉得困扰和不快乐。"

"有时候,人的烦恼也在于拥有的太多,而不自知。"

"那我应该怎么做?"皮卡自言自语。

"走下去。有很多问题,在这个节点根本找不出答案,只有顺从自己的内心,带着两难、迷惘、烦恼走下去,才能找到答案。"

枫林在上海已经有一家门店,这次开业的是枫林江畔店,由一栋哥特式历史建筑修缮改建而成,历时四年,耗资数亿元,目标是将其打造成枫林品牌的顶级奢华酒店。

枫林江畔店开业,作为开年工作的重中之重,秦野提前五天到达上海,指导开业准备工作。

他将开业典礼的流程,出席嘉宾的名单,安排的媒体采访等,全都仔细过问一遍,其实以他现在所处的职位,已经不用再这么事无巨细了,但是多年来的工作习惯难以改变。

在开业前一晚有个小型的答谢晚宴，主要是为给这家枫林店开业提供过帮助的人士而设的。

秦父秦母，弟弟一家，安莉一家，还有女儿妞妞都来了。

"妞妞，你怎么来了？明天不用上补习班吗？"秦野事先并未得知女儿要过来。

"我和老师请假了，是我临时决定的，安莉阿姨上周和我说过。"女儿说。

从前，妻子总是以要陪伴女儿上课为由拒绝陪他出席一些活动。

因为明天还有重要的开业典礼，晚餐过后，秦野准备交由弟弟应酬客人，自己提前离开。

在他准备离开时，有个女宾突然过来向他敬酒，他礼貌地举杯，谁知酒居然洒到了他的身上。

"不好意思，我来帮你。"女宾连忙用纸巾替他拭擦他胸前的衬衣。

"没关系，我自己来。"他连忙退后一步，拉开距离，抽出口袋巾擦了一下。

"秦先生，要不我给您赔一件新的衣服。"女宾楚楚可怜地说。

"不用了，谢谢。"秦野转过身说，"大家慢用，我先离开了。"

身后，他听见旁边女宾嗤笑："这么下三烂的手段，你都想用到秦先生身上。"

秦野回到房间，枫林的几位高层已全部到齐，他们需要最后确认明天开业活动的安排。

不知过了多久，大家还在热火朝天地讨论着，忽然有敲门的声音。

小杨去开门,来人是安莉。

那些高层跟人精似的。

"呀,都十一点多了,也不早了。"

"我要回去洗洗睡了,明天还要早起,老骨头熬不得。"

"我一会儿有个电话会,我也要走了。"

"那今晚就到这吧,我回去整理一下纪要,一会儿发给大家。"主持会议的总经理说。

人一下子散去,好几个临走前还对着秦野发出会心一笑。

"我就是过来看看有什么可以帮上忙的。"安莉见人都走光了,也是觉得好笑。

"妞妞在哪里?"秦野问。

"她和我一个房间,她正在洗澡。"

"一会儿让她过来和我住吧,这里还有一间房。"秦野住的是行政套房,中间是会客厅,两边是客房。

"不用了,你还要忙吧,我会照顾好她的。"

"哦,辛苦你了。"秦野凌晨时分确实还要迎接一位贵宾。

"都是应该的。"安莉体贴地说,"明天要穿的衣服都准备好了吗?"

"哦,都准备好了。"

"我听阿姨说了,你和桃子的事。"安莉说,"如果在生活上,有我能帮上忙的,尽管和我说。"

"现在也挺晚了,你早点回去休息吧。"

秦野打开房门送安莉,见到了今晚把酒洒他身上的女宾。

"秦总,我给您买了一件新的衬衣。请您收下吧。"女宾见安莉也在,显然也愣了。

"真的不用了,谢谢。"秦野语气坚决,"各位,晚安。"

随即关上房门，留下安莉和女宾面面相觑。

秦野转动颈肩放松身体，走到内间有条不紊地解开西服马甲。

在名利场混迹多年，他早已对各种奇人怪事见惯不怪。

他对女人的心思不重，桃子白花花的身体就是他这三十多年来对女性的全部认知。

许多人认为今天的他已经可以随心所欲，然而恰恰是他现在的身份和地位让他更加谨言慎行。作为枫林国际的最高领导者，他的一举一动都有无数双眼睛在注视，人们都在观察他是否言行一致，考量他是否德配其位。

他今天的一切来之不易，上跪股东、下跪员工的日子，他也经历过，给他二十多岁时的人生留下了不可磨灭的印记。

他见过太多在色字头上栽跟头的一把手了，为了一己之私、一时之快，要毁掉他辛苦建立这一切的事，他是绝对不会做的，更不屑做。

他是这个圈子里绯闻最少的一个，八卦周刊对他私生活的报道仍停留在他十多年前娶屠夫之女的阶段。

不过，过了今晚可能就不一样了，明天他和安莉，他和安莉的家人会公开站到媒体前面，定会引发多方的猜测、臆想。

这就当是送给妻子的礼物吧，谁让她不愿意给自己生孩子。

我家的酒店遍布国内一二线城市，我还是第一次参加开业典礼。

开业欢迎晚宴上，出席的是各界名流和明星，星光熠熠，还有著名的交响乐团现场奏乐。作为枫林未来的主人，我抑制了自己找喜爱明星合影的冲动，陪着爸爸接待客人。

"天啊，老秦，这也太吓人了吧？您女儿都这么大了？"一位与爸爸相交甚好的叔叔调侃，"这是亲的吗？"

"充话费送的。"我爸说。

"小萝莉多大了？"

"今年十四岁。"我应道。

"都这么大了，是该带出来见人了啊。"叔叔说，"你妈妈也过来了吗？"

就在这时，奶奶从中间隔开我们："来来，秦野，你和安莉合个影，我找了摄影师给你们拍一下。"

被奶奶打断后，我回到自己的座位上坐下喝水，我坐在宴会厅的第六桌，通过观察周围人群的言行举止，发现一些荒诞有趣的现象——在富裕阶层的圈子里也是有鄙视链的。

在这里我不得不介绍一下我爷爷，我爷爷祖辈原是大鹏村世代务农的农民，到了我爷爷这一辈洗脚上田，参加了高考恢复后的第一届高考，成了挺进城市的大学生。在大学读书时，与家里在S城开旅馆的同学我奶奶相知相恋。我奶奶上有一哥，下有一弟，均无心继承家业。最后我爷爷靠着收编我奶奶完成了原始资本的积累，创立了枫林酒店。

然后，作为富二代的我爸又贵族创业，发展酒店和度假村、主题乐园、房地产、航空租赁等多元化产业，一手将枫林送上市，站到了父辈无法企及的高度。

还有我二叔是做风险投资的，投向新兴产业，如游戏开发、视频直播、动漫制作等，也取得了很好的成绩。

大鹏村里的人说，我家是祖坟冒了青烟才能出这样的后代。

而站在我爸旁边的不仅是祖坟冒了青烟,还是祖坟冒了熊熊烈火的叶氏集团总裁叶峻彦。叶公子家族的发迹史要追溯至清末时期——他祖辈的祖辈就已是贵族了。

叶公子比我爸还大一岁,至今没有后代,经常带在身边的是一个远房亲戚的男生,十八九岁,今天也来了,正坐在第三桌前与人交谈。

坐在男生旁边的是叶公子的二婚妻子,貌美倾城,她正想用餐巾拭去男生嘴角的奶油,男生却一脸嫌弃地躲开,像极了我对我妈的态度。

我爸和叶公子颇有渊源,听说当年我爸开发长留山项目最后是叶公子作担保给贷的款。

坐在第八桌的是近几年晋升这圈子的金融新贵蒋澄思,是寒门贵子,从名校毕业后进入知名投行,后得到金融巨头的赏识,联合创立盛世资本。旁边是他已怀孕的妻子莫茹,是一家上市陶瓷公司的太子女。

坐在第十三桌的刘根上夫妇是暴发户,文化程度不高,早年是开纸厂的,后来改行卖保健品发家致富。

综上,像叶公子这样有钱又有名望的世家处于鄙视链的顶端,其次是涵盖富一代和富二代的我家,再三是有学识有资本影响力的金融新贵,末端是没文化从事行业受质疑的暴发户。

每次我奶奶说起叶家时总是双手合十:"你爸能与叶公子交友,真是莫大的荣幸呢。"而说起刘家是总是嘴巴一撇,"每天开电视都是他家的保健品广告,真招人烦呢。"

不过,我爸爸说了,我家是开酒店的,打开门做生意,什么客人都要接待。

安莉阿姨和家人与我们坐一桌,安伯爷在现场显得异常活跃,

妈妈的梦想 MOM'S DREAM

拉着安莉阿姨到处结交权贵。安莉阿姨的爷爷奶奶从昨天飞抵上海开始，不断感慨现在国内的基建设施居然这样好，干净整洁又人性化，进到主城区又说跟他们住在纽约的感觉差不多，然后看了我家的酒店又说跟在巴黎的酒店感觉一样。

"他们怎么跟刚接上网线一样？国内已经发展成这样好些年了。"二婶不屑地说。

"你怎么坐在这里？不过去和叶哥哥交谈一下？"我奶奶过来说。

我奶奶说的正是叶公子带来的男生，我摇摇头说："我不去。"

"妞妞听话，你看那哥哥长得多帅气。"奶奶循循善诱。

我多看了两眼，怎么感觉这个男生眉宇间这样像叶公子？

"我不去，我要看电视。"

由于晚宴未正式开始，会场上的几个电视屏幕有些在播放枫林酒店的宣传片，有些在播放场外红毯的采访，有些在转播电视节目。

"咦，妞妞，那个是你妈吗？"二婶指着其中一个电视屏幕说。

我站起来一步一步走近屏幕，电视上的我妈正站在舞台中央唱歌……

在厂房昏黄的灯光下，几个人围着用旧报纸垫着的火锅炉子，看着锅里翻腾的牛肉片、丸子、土豆、粉丝、木耳……

随着皮卡的一声令下："可以吃了。"众人的筷子纷纷伸向热腾腾的锅。

"桃子姐，你多吃点肉补补，最近见你瘦得厉害。"小天给桃子夹肉。

"东泽老师，你也多吃点肉补补，希望你能少虐一些我们桃子姐，让她长胖些。"小天又给东泽夹肉。

"小天，你们桃子姐不勤快点练，根本拼不过那些小姐姐。"东泽说。

"桃子姐，你这边太吃力的话，我们可以考虑换一首歌。"皮卡问。

决赛阶段第一轮比赛歌曲，他们的选曲是 *Rolling in the Deep*。

当东泽提议这首歌时，桃子双手赞成。

这首歌节奏强又不算快，容易配合舞蹈，但缺点是，英文歌曲对语言要求高，另外桃子的声线比较柔软，这首歌力量比较大，原唱深入民心，不好驾驭。

"这歌好像很难。桃子姐，你说英语利索吗？"阿宝担心。

"我可以请一位英文老师来纠正我的发音。"桃子坚持。

"是呀，不要都走好走的路，来点有难度的才让人印象深刻。"东泽说。

"没事，我觉得我能行。"桃子一再坚持。

"我们首轮比赛都拼命了，下轮比赛怎么办？"阿宝说。

"哈，等你们进入下轮再说吧。首轮比赛十二进四，淘汰率太高了，必须放大招突围，不然留着都没用了。"东泽语重心长，"还有啊，桃子，我看了评分规则，舞蹈占了30%的分数，你真是肩负重任，一定要给我好好练啊。"

"遵命，东泽老师。"桃子笑着说，"女生谁还怕瘦啦。"

"我倒是觉得桃子姐瘦点好看，少女感十足，上次桃子姐和我去印刷店定制宣传海报，店家还以为我们都是大学生呢。"伊春说。

"那说实话，你是不是该检讨一下？桃子姐和你差了十几岁，怎么外表看起来和你一个年纪？"阿宝挖苦说。

"阿宝，你长成这样，伊春跟着你，就是一朵鲜花插牛粪上，你还挑。"皮卡说，"小天，给我递个沙茶酱。"

"伊春，你报名自学中专考试了吗？"桃子问。

"报了报了，我盯着她报的。"阿宝说，"谢谢桃子姐。"

"对了，跟你们说件事，我给你们找了一个赞助商。"东泽说。

"赞助商？"大家疑惑地看向他。

"是水果连锁店，只要你们每次演出挂上他们的横幅，带上他们的易拉宝，给他们宣传一下就行，每场赞助费四千元。"

"好呀，终于看到钱啦。"皮卡他们可高兴了，相互击掌庆祝。

之前他们去公园、广场、商场演出的都是免费的，主要是为了攒人气和经验的，唱完就走，在商场演出顶多给几瓶矿泉水。

"谢谢东泽老师，"阿宝过去作状要亲东泽，"我们以后就跟着您了，跟着东泽老师有肉吃。"

"走开。"东泽老师推开阿宝，"我饭都吃不下去了。"

大家哄堂大笑："东泽老师，我们派出阿宝向您致谢。"

"咦，电视上播的是我们吗？"小天吃惊地指着电视说。

"哦，对了，今天是28号吗？"皮卡忽然想起来说，"之前主办方通知说我们参加的晋级赛会于28号在水果台上转播。"

大家都放下碗筷纷纷走到电视机前围观，伊春说："哇，桃子姐好上镜啊。"

"阿宝，你看起来比真人胖两倍。"皮卡说。

"你们的台风不行，还得改良一下。"东泽说。

桃子定睛看着电视屏幕，心里开始隐隐不安……

晚上桃子回到家，刚换好拖鞋，就听见妈妈叫她："桃子，你过来。"

"你看看这是你吗?"桃子妈妈拿着遥控器按电视回放,"刚刚六婆给我电话,说在电视上看见你了,我还不相信呢。你看看这个是不是你?"

桃子见父母都盯着她看,她垂下头小声说:"妈,是我。"

"桃子,你是搭错哪根筋了?"桃子妈妈大怒,"你以为自己还是十八二十二啊?还去凑什么热闹参加歌唱比赛。"

"合着你最近早出晚归,忙活的都是唱歌比赛的事?"

"合着你离家出走,扔下老公孩子不管,为的就是唱歌的事?"

"有你这么不着调的吗?都是当妈的人了。"

"她妈,她妈,你冷静一点,冷静一点。"桃子爸爸拍着妈妈后背。

"爸妈,我喜欢唱歌。"桃子小声说。

"你喜欢唱歌,我还喜欢跳舞呢。我当年在生产队的时候,跳舞跳得人人夸,还去市里参加比赛了。我还不是得结婚生子,买菜做饭洗衣服。人能喜欢什么,就干什么吗?"

"妈,我是真的喜欢唱歌。"桃子红着眼说。

"桃子,这话你在二十岁的时候说,妈能理解,你现在都三十五岁了。女人要认命懂不懂?"妈妈苦口婆心地说。

"你赶紧收拾行李,一会儿让你爸送你回秦家。"桃子妈妈又说,"老姚啊,一会儿到那边,你道歉也好赔礼也好,一定要把这事说开去,一定把桃子留在那边。"

桃子听完拿起挎包,转身出门就走了。

"姐,你在哪里?"桃子弟弟电话问。

"我在外面转转。"桃子漫无目的地在大街转悠,又说,"你能

妈妈的梦想 MOM'S DREAM

帮我带身份证出来吗？就在我房间床头的抽屉里。"

"好，我去哪里找你？"弟弟说。

两人约在了一家酒店见面，桃子拿过身份证就想办入住。

"姐，要不你还是回家吧。"弟弟说，"其实，妈说完你就后悔了，她给我打的电话，让我去找你的。"

"不了，妈现在这个状态也不稳定，我还是在外面住几天避避风头。"桃子说。

都是成人了，弟弟也能理解："那好，明天我再给你带几件衣服过来。有事随时联系我。"

弟弟送她到房间才走，从头到尾没问过她一句关于唱歌的事。

她整个人瘫躺在大床上，没想到参赛公开，来自自己家庭的阻力已经这么大了。丈夫那边应该会炸开锅吧？

-未完待续-

妈妈的梦想

MOM'S DREAM

下

迷迭兰 著

江苏凤凰文艺出版社

图书在版编目（CIP）数据

妈妈的梦想：全二册 / 迷迭兰著. —— 南京：江苏凤凰文艺出版社，2024.3
　　ISBN 978-7-5594-8060-6

Ⅰ.①妈… Ⅱ.①迷… Ⅲ.①长篇小说 – 中国 – 当代 Ⅳ.① I247.5

中国国家版本馆 CIP 数据核字 (2023) 第 198983 号

妈妈的梦想：全二册
迷迭兰　著

策　　划	北京记忆坊文化
特约策划	暖　暖
特约编辑	张才曰　刘安然
责任编辑	白　涵
封面绘图	鹿寻光
封面设计	小贾设计
出版发行	江苏凤凰文艺出版社
	南京市中央路 165 号，邮编：210009
网　　址	http://www.jswenyi.com
印　　刷	北京中科印刷有限公司
开　　本	880mm×1230mm 1/32
印　　张	13.5
字　　数	337 千字
版　　次	2024 年 3 月第 1 版
印　　次	2024 年 3 月第 1 次印刷
书　　号	ISBN 978 – 7 – 5594 – 8060 – 6
定　　价	69.80 元（全二册）

江苏凤凰文艺版图书凡印刷、装订错误，可向出版社调换，联系电话 025-83280257

目录
CONTENTS

第十二章 / 001

第十三章 / 023

第十四章 / 033

第十五章 / 057

第十六章 / 073

第十七章 / 097

第十八章 / 109

第十九章 / 123

第二十章 / 147

第二十一章 / 161

第二十二章 / 171

第二十三章 / 189

第二十四章 / 197

番外

草长莺飞（一）/ 211

草长莺飞（二）/ 215

第十二章

幸好秘书小杨眼尖，看见桃子出现在电视上，马上屏蔽掉会场上所有电视节目，连忙向秦野禀报。秦野当时在接待宾客，听完脸色微变，低头和小杨交代几句。

虽然在场认识桃子的人不多，该知道的人，还是知道了。

秦野让小杨找来女儿："妞妞，你还好吧？"

女儿懂事地摇摇头："爸爸，我没事，你先忙吧。"

"那你一会儿回房收拾一下，今晚搬过来和爸爸住吧。"秦野不想女儿听到外界的杂音，受到影响。

"妞妞，你今晚还是和安莉阿姨住吧，我有话和你爸爸说。"秦母跟过来说，秦野没好气地转过身。

"秦总,我来敬您一杯。"来人穿着一身宽松的黑裙,踩着一双闪亮的高跟鞋,不仔细看根本看不出是个孕妇。

"蒋太太,莫总没过来吗?"秦野大概认得她。

"我爸爸这次刚好有事,就派我过来做代表了。"莫茹笑着说,"祝贺您新店开业,祝枫林更上一层楼。"

荟萃陶瓷是枫林酒店多年合作的瓷砖供应商,她的父亲莫大壮正是荟萃陶瓷创始人,不过秦野初识她,还不是因为荟萃陶瓷,而是因为她是蒋澄思的太太。

当年枫林上市就是蒋澄思还在庄美时负责的,秦野对其印象深刻,后来他创立盛世资本,秦野就成了盛世资本的投资人。

宴会快结束时,秦母就开始守着秦野了,秦野不耐烦道:"妈,我一会儿要送客,没那么快。"

"好,你说要多晚,多晚我都等你。"秦母撂下话就走了。

宴会后,还有一个放松的鸡尾酒会,秦野送完重要客人离开都凌晨两点多了。

回到房间,秦母正站在会客厅等他,电视上一遍又一遍地播放着桃子唱歌的画面。

"天晓得,她还能干出这档子事。"秦母咬牙切齿指着电视说,"我想起来了,除了她爸是卖猪肉的,她还是个卖唱的。"

秦野解开领带甩在桌子上,瘫坐在沙发上一言不发。

"你看看她在台上又唱又跳,就跟个小丑一样,你说丢不丢人,我秦家的脸都要被丢出天际了。"秦母说。

"秦野你说句话啊,你现在是后院起火的呀。都到这份上了,你还不赶紧和她离了,还留着过清明吗?"

秦野忙了几天开业的事,现在已经身心俱疲,看着电视上的妻子,跟不曾相识一样。他拿起遥控器熄掉电视屏幕:"妈,你能不能少说两句?我已经很累了,你也早点回去休息吧。"

"你老说你会处理好,我这边让律师起草协议,你那边又和律师说不着急。"秦母说,"儿子啊,我知道你不就图桃子长得漂亮身材好吗?都睡了十几年,你也不腻啊?要是安守本分的,我也算了,可她现在不但不肯给你生孩子,还出去抛头露脸,这是我们这种家庭能忍受的吗?"

"我话就放这儿了,这婚你不离也得离!"秦母说完起身离开了。

秦野头靠在沙发上,闭上眼睛,记得他第一次单独见桃子时,她就说过她要去北京唱歌的。

那么多年过去了,他以为她都忘了,怎么她还没忘?

娶桃子是他最不愿回忆的一幕,因为他知道桃子是不愿跟他的。

第一次单独见完桃子,他就觉得事情不妙。

她素面朝天来的,拎一盒牛腩,不像对他有所求的样子。

他让她坐下来吃饭,开始她还有些拘谨,后来聊天也聊开了,他说她也会笑,他问她也必有答,客客气气,总给人一种距离感。他想可能是与他刚刚认识才这样,直到他问她毕业后想做什么,她说她想去唱歌,他才全然明了。

"那边迟迟没给消息,没想你愿娶,人家也没惜得嫁。"秦母这边也说着风凉话。

于是,他开始加码了,而且直切要害。

第二次单独见桃子,他是立定主意的。

那晚他也是高兴,忙活了大半年的事,终于有了结果。

他们喝了点小酒,桃子醉了,他却没醉。

桃子的小嘴是圆润的,眼神是迷离的,小脸是粉扑扑的,犹如饱满多汁的水蜜桃,惹人采摘。他看得心猿意马,长留山贷款,他都能拿下来,她,他还能拿不下来吗?他决然而然地吻下去。

一个人决意要做的事,大抵是要成的吧。

后来她嫁给他了,不管情不情愿她都嫁给他了,为人妻,为人母,每天抬头低头,家长里短,转眼就过了十几年,他以为她都忘了,怎么她还没忘?

让事情更加雪上加霜的事出现了。

次日早晨六点,秘书小杨战战兢兢站在套房内,汇报关于枫林的媒体新闻报道:"今天各大平面媒体都有整版报道枫林江畔店开业,海外媒体也有报道。"

"这不是都已知的事吗?你一大早敲门就为了说这个?"秦野穿着睡袍,因为被吵醒,一身起床气坐在沙发上。

"不过,目前网络媒体关于枫林的报道是……"

当天娱乐新闻热搜,第一和第二位都被枫林占据。

第二位标题——枫林集团主席携新欢亮相,上面放着秦野和安莉的合影。内容简要:枫林集团主席秦野携新欢安泰集团太子女安莉亮相上海枫林江畔店开业,坐实离婚传闻。据悉两人识于微时,早前安泰集团也成功夺得枫林集团拍卖的热门地块。

而第一位标题——《超越梦想》歌唱比赛黑幕,上面放着桃子演唱的照片。内容简要:据悉,枫林集团主席秦野已签署离婚协议,前主席夫人姚小桃分得枫林25%的股权,成为枫林集团第二大个人股东。

枫林集团赞助《超越梦想》歌唱比赛一个亿,为前主席夫人参赛晋级保驾护航。

"我查过了,是枫林投资的一家主题乐园赞助的节目。"小杨说,"负责人表示,他们对于太太参赛并不知情。"

"而且赞助费已经全额支付给主办方,要是现在毁约,钱也退不回来了。"

秦野看完报道,一直阴着脸,一言不发,以至于小杨都怀疑他有没有听进去。

"咚咚。"又是一阵敲门声。

秦父板着脸进来了,一屁股坐在沙发上:"今天一早有三个老股东打电话给我,都是问枫林的股权结构是不是发生变化和你的家事,他们都希望你能妥善处理私生活问题,不要影响到枫林的声誉。"

"你马上让桃子退出这个什么比赛。"秦父说。

"老秦总,是《超越梦想》歌唱比赛。"小杨小声提醒。

"我管他什么比赛,这件事已经严重影响到枫林的形象了。"秦父怒道,"还有你和桃子的事,本来我是不愿意管的。现在看来她也是不想在秦家待了,既然如此,你们还是尽快把婚离了,把声明发出去,好做个了断,免得她日后的所有行为都要和枫林扯上关系。"

我妈真的是疯了吧?她到底是怎么想的?去参加这种比赛也不想一下会给我和我爸带来多大的困扰。

我一早醒来就收到好几个朋友的微信,都是问:那个真的是你妈

妈妈的梦想 MOM'S DREAM

妈吗？你父母已经离婚了？你妈妈是要自力更生去参加比赛吗？

我的家庭就像被关进笼子里的动物，个个围着看热闹。

我关掉微信，上微博，热搜第一第二位都被我父母占据，我扔掉手机钻到被窝里。

上次见妈妈，妈妈说有话要和我说，我就有预感他们要分开了。虽然我有想象过如果父母分开我该怎么办的一百种情况，但是想象和实际遇到还是有差距的。作为孩子，我还是很不愿他们分开的，无论我妈有多么地无知，和我爸有多不般配，我还是不希望他们分开。那种感觉就像害怕再也不能够被宠爱一样。

现在再加上我妈犯了这个愚蠢的、尽人皆知的错误，我爸更是不可能原谅她了。

门外有敲门的声音，安莉阿姨从浴室出来，开了门。

"这真是自作孽呢，头顶着枫林集团主席夫人的称号去参加唱歌比赛。所以说原生家庭的重要性，长得漂亮身材好又有什么用，脑袋都是空的，做事情都不过脑子。"

"妈，你说小声点，妞妞还在睡觉呢。"

"有个这样的妈，妞妞也是可怜。我早上碰见凤仪（我奶奶），她说她气得一晚没合眼。安莉啊，这次是机会，你得把握住啊。"

安莉阿姨关上门，走到床边轻轻地拍了拍我："妞妞，该起来吃早餐了。"

我在酒店自助餐厅见到了爸爸，爸爸如常问候用餐的客人，视察酒店的日常工作，一切都很正常，至少看起来很正常。

我知道，让爸爸喜怒形于色的都是小事，遇着大事他往往是静水流深的。

"早啊，昨晚睡得好吗？"爸爸摸了一下我的头，如同往常在家一样。

"好的，爸爸。"我笑了笑，爸爸又去迎客人了。

我一坐下来感觉到整个氛围很不对，爷爷奶奶几乎不作声，连同平常说话没心没肺的二婶也很少说话。

只有中间奶奶蹦了一句："我现在觉得别人看我们都像在看笑话。"

"妈，你想得太多了。"二叔应酬完客人回到座位上。

"安莉，"我奶奶朝安莉阿姨招手，她陪家人在隔壁桌用早餐，安莉阿姨走过来，奶奶握住她的手说，"我们一会儿就回S城了，你和父母好好陪爷爷奶奶在上海转转啊。"

原计划今天我们也和安莉阿姨一家在上海的游玩，现在全部取消了。

"阿姨，我和你们一起回去吧。"安莉阿姨说。

"别，这是我们的家事，我们会处理好的，到时我一定让秦野给你一个交代。"奶奶说，"你就安心在这里玩两天吧。"

二婶悄悄问我："妞妞，你妈妈有和你联系过吗？"

我拿出手机，我妈倒是给我发了一条微信："妞妞，网上说的那些都不是真的，你不要相信，过两天妈妈会去找你。"

爸爸也要回S城，但是他让我们坐他的私人飞机，他自己坐客机回去。奶奶一听就火了："好了，我保证不烦你，好了吧！"

终于，爸爸同意和我们一起坐私人飞机回去，在飞机上他一直在闭目养神，大家都不敢打扰他。

回到S城后，爸爸去了公司，陈叔把我送回家。

我到了家门口，发现庭院的门把上挂着一条腊鱼，一袋芋头和几根葱。

这些市场的人成天往我家送这些是什么意思?

我生气地把这些菜从门把上取下来,扔进了家门前的垃圾桶里。

"桃子,你是真的离婚了吗?"一大早,桃子迷迷糊糊接到爸爸的电话。

桃子下意识地坐了起来,经过一晚上的发酵,她没想到事情会变得如此严重。

她一点一点看着网上的新闻,陷入了焦虑之中,她思前想后编了一条信息给女儿,又给皮卡打了电话。

皮卡表示他正在忙,让她先去工厂等着。

桃子到工厂的时候,阿宝和小天都在了,神色凝重,小天过来拉着她坐下:"桃子姐,没事的。"

没一会儿东泽和皮卡都来了,皮卡说:"我给节目主办方打了电话,他们那边表示影响不大,希望我们继续参赛。"

东泽说:"我在主办方有认识的朋友,他们说赞助费都收完了,你们继续参赛还能制造话题。其实这也不是枫林集团直接赞助的,是枫林和外方合作投资的一家主题乐园赞助的。枫林对这个主题乐园没有绝对的话语权,也没有直接利益相关证明,就是那些媒体瞎写的。"

"那太好了,我们可以继续参加比赛了。"阿宝说,"昨晚两点多刷到这个新闻,害我一晚上都没睡着。"

"其实我没太理解,媒体一会儿写枫林出一个亿给桃子姐参赛,一会儿又写桃子姐老公有了新欢,要是桃子姐老公有了新欢,为什么还要出钱赞助桃子姐参赛,这不是自相矛盾吗?"

"你就是笨,上面不是写了吗?枫林集团和桃子姐老公不是一码事。桃子姐和她老公离婚了,分到25%的股权,是枫林集团的第二大个人股东,一样可以影响枫林的决策。"

"哦,我明白了,就是桃子姐直接有权力让枫林赞助一个亿参加比赛是吗?"伊春得出结论。

"谢天谢地,你终于能明白新闻说什么了。"阿宝说。

"那他们为什么不直接写枫林为股东参赛赞助一个亿?非要写为前主席夫人参赛赞助一个亿?"伊春不明白。

"当然是为了哗众取宠,不然谁看啊。"

伊春想想又不太对:"桃子姐,你是真的离婚了吗?"

然后,所有人看向桃子,桃子没有说话,一片沉寂。

皮卡说:"管他呢,我们能继续参加比赛就好了。"

"是哦,是哦。"大家又欢笑起来,只有桃子神情木然。

"桃子姐,你会和我们继续参赛的吧?"皮卡私下拽了一下桃子的手。

桃子有些恍惚,看着他没有说话。

中午的时候,大家还在吃他们这个大瓜,中间以阿宝最为活跃。

"桃子姐,真没想到你家这么有钱。"阿宝边吃麻辣烫边说,"枫林集团,S城的明星企业,我们很多学长都以毕业能进枫林为目标。"

"你们都不知道啊?"东泽说。

"桃子姐平常那么低调,我们哪能知道。"阿宝说。

"还有你,你更低调,我和你同学三年了,现在才知道天恒保健是你家开的。原来你就是传说中为梦想奋斗失败了,就要回去继承亿

妈妈的梦想 MOM'S DREAM

万家产的富二代。"阿宝揶揄皮卡。

今天热搜榜的第十位是天恒保健的继承人参加比赛的新闻。

见皮卡没有理会,阿宝又说:"平常也不见你拿几盒你家的保健品孝敬我?"

"我家保健品是补脑的,又不是补肾的。"皮卡说。

大家一听就笑了,小天夹了一块毛肚给桃子:"桃子姐,多吃点。"

桃子饭盒里的菜几乎未动,她把饭盒放到一边,掏出手机看,女儿还没有回她消息。

她想发个信息给丈夫的,却又觉得无从说起。

结果,没一会儿婆婆的电话就过来了。

"你,下午来见我。"

从早上开始,秦野一直在抑制自己的情绪。不对,是从昨晚开始他就一直在抑制自己的情绪。也不对,应该是从桃子离开他的那一刻起,他就开始抑制自己的情绪。

他如常地站在穿衣镜前换上得体的西服,如常地在巡视酒店时问候每一位客人,如常地在下属面前展现卓越的领导能力,如常地在亲人朋友面前保持平和稳定。

只有在回到房间时,四下无人时,收拾行李时,他的心思才会不由自主地回到那个女人身上。

原本以为她只是在漫长的婚姻中开个小差,现在看来她是要彻底罢工,而且是蓄意的,有预谋的罢工。

他打开一团糟的行李箱，又是感到一阵窝火。

秦野抵达S城一下飞机，就回到办公室，公关部的高层已全数在等候。

秦野将西服脱了，随手扔在椅子上，紧张的气息在空气中弥漫。

"秦总，我们已经联系媒体，把热度给降下来了。"公关部主管何琪说。

"居然敢说我离婚了，他们住我家了是吗？见过我签离婚协议了是吗？他们怎么就知道我离婚了？写得有板有眼，就跟真的一样。"秦野发了一通脾气，"现在造谣成本这么低吗？你们查一下是谁发出来的，我要坚决追究他们的法律责任。"

"好的，秦总。"何琪顺着说，"我们会彻查这事。"

一上来就这么个局面，下面的人都不敢说话。

"还有这个主题乐园不是枫林全资控股的，我们连第一大股东都不是，更没有绝对的控制权，他们怎么就敢这么写？"秦野又说。

"秦总，主题乐园今天晚些时候会发出一个澄清声明，他们希望枫林也配合发一个声明响应。"

"让我们发什么声明？"

"比如说，太太参与比赛是个人行为，枫林与此无关？"何琪是个聪明人，能从秦野的话里得出对桃子的称呼。

"本来就是她个人行为，为什么枫林要替她发声明？"

何琪一愣，自己显然是撞枪口上了，又开始琢磨老板这是离了还是没离。

小杨上前圆场："何总，关于枫林发声明的事，我会再请示一下秦总，稍后再回复您。"

小杨将手机递给秦野："秦总，是曾总的电话。"

见秦野走开接电话，小杨就直接宣布散会了，公关部的人如释重负，纷纷快速撤离。

曾叔是美控的董事长，美控是除秦氏家族以外持有枫林最多股权的机构股东。

"阿野，你那边怎么回事？"

"都是谣言。"秦野走到落地窗前。

"既然是谣言就发个声明说清楚，不然这么传下去，枫林的股价会受到影响。"

见秦野没作声，曾叔又说："我听你爸说了你的事，男人结个婚离个婚都正常，也没什么不能对外说的，别耽误了事业就好。我和其他几位股东都希望你能妥善处理好家事，不要给枫林带来负面影响。你是做大事的人，不要被感情左右。"

"我知道了，曾叔。"

秦野挂了电话，将手机拍在桌面上，心里尽是烦躁。突然，他想到了一个人。

秦野冷静地拿起了电话："小龙，你姐的事，你和爸妈知道吗？"

"我们也是看电视才知道的。"桃子弟弟说。

"哦，她现在在哪儿？在家里吗？"

"我妈昨天说了我姐一顿，我姐已经搬到酒店住了。"

秦野大概有了思路："你明天有空过来一下，我和你谈谈上次那块地的事。"

电话那边一阵沉默，秦野又说："这事我本来想等到和安泰交割结束以后再说的，现在提前和你说一下也无妨。"

"不了,姐夫。我不想介入你和我姐之间的事,更不想以此和你谈条件,这是我姐的选择,我希望她能够过得开心一点。"

"我真的是小看你了,这么多年才发现你是个两面三刀的人,给我来明的一套,暗的一套。"婆婆坐在小黑屋的沙发上,眯着眼睛看着桃子。

"上次你偷偷避孕的事,我都还没找你算账。现在明着答应去离婚,暗地里又去参加歌唱比赛。我都忘了,你家是卖猪肉的,你还是个卖唱的。我秦家有头有脸,现在都给你丢光了。

"你嫁入秦家十多年,你那草根家庭的劣质性怎么还是没有改变?抛头露脸,博人眼球,就为了挣那么点钱,值得吗?我都说过,离婚会给你一个亿,每个月十万赡养费,保你下半辈子衣食无忧,还不够吗?

"你是成心要秦家难堪的是吗?你不顾秦野的感受,也得顾妞妞的感受!你说妞妞走在路上,遇见老师同学都被指指点点、评头论足的,你乐意见到吗?"

婆婆一一列举她的罪状:"我告诉你,你立刻马上退出这个比赛。你要是不退出这个比赛,我保证你和秦野离婚,一分钱都拿不到。"

桃子捏着自己的指关节,奉行一贯的政策,全程低头不作声。

"我说到做到。你好好想清楚了,回头直接上律师楼签协议。"

从老宅出来,天还没黑,桃子沿马路牙子走着,她怎么觉得这一天这么漫长?怎么还没过完?

她习惯性掏出手机,看看微信,女儿居然回复她了,约她晚上七

妈妈的梦想 MOM'S DREAM

点在春天广场的喷泉见面。

现在已经六点半了,桃子立马坐车过去,下了车就开始跑步,她在喷泉边看到了女儿的身影,加快速度百米冲刺,因为最近练舞练到腿脚都淤青了,走路快点都不稳的,最后跌了个狗吃屎。

她双手都擦破皮了,爬起来气喘吁吁地走到女儿身边:"妞妞。"

没想到迎来的却是一句:"你还要胡闹到什么时候?"

"你知不知道你参加这破比赛,给我和爸爸带来多大的困扰。"女儿双手抱臂,板着脸对她说。

"妞妞,我说过唱歌是我的梦想,妈妈在为自己的梦想奋斗。"桃子试图解释。

"拜托,妈妈,你别再跟我说什么梦想了。你说唱歌是你的梦想,你为你的梦想付出过什么?年轻的时候不努力,到了这个岁数才说这话,你不觉得很丢人现眼吗?"女儿说,"就以你仅有的作为家庭主妇的智商,买个菜做个饭就好了,还谈什么梦想呢,不要太傻太天真了。"

"妞妞,你觉得妈妈是让你丢脸了是吗?你觉得妈妈去实现自己的梦想是在给你丢脸是吗?"桃子一字一句地问。

"当然。要是你愿意退出比赛,回去和爸爸赔礼道歉,我会去向爸爸求情,让他原谅你,不要跟你离婚。"女儿斩钉截铁地说。

又是让她道歉,这句话妈妈说过,现在女儿又说,她只是想做自己想做的事,自己是对不起谁了?

"妞妞,你让妈妈感到很失望。"桃子闭上眼睛,"妈妈是不会退出比赛的。决不。"

"姐,你在哪儿?"弟弟的电话,"我过来找你。"

桃子一坐上车,弟弟就问:"你手上怎么会有血?"

"我刚摔了一下。"桃子才发现手掌破皮的地方都出血了。

"那你也不处理一下,你不疼啊?"弟弟在车里翻出湿纸巾给她擦一下。

"不疼。"桃子说完就开始掉眼泪了。

"姐,你怎么啦?"

桃子有选择性地,把见过婆婆的事说了出来。

"今天姐夫也找我了。"弟弟说,"他让我过去谈上次那块地的事。"

桃子听完停止了哭泣,看向弟弟。

"不过我没去,"弟弟说,"姐,这些年你为我们付出得已经够多了,我希望你能快快乐乐地做自己想做的事。"

"不过,姐,你真的想好了吗?为了参加比赛,你离婚可能会一无所有。"

"如果不能赢得孩子对我的尊重,金钱对我来说毫无意义。"

弟弟终于知道桃子为什么不惜一切去参加比赛了,他拍了拍桃子的肩膀,以示支持。

"你知道吗?妞妞现在看我的眼神,和我婆婆看我的越来越像了。在那个家谁都可以看不起我,唯独妞妞不可以,她是我亲自孕育的生命啊。

"我想让妞妞知道,妈妈也是有梦想的,也为梦想奋斗过的,我配得上做她的妈妈。"

我以为我已经做得够多了,放下了尊严和妈妈讲和,为什么她还

妈妈的梦想 MOM·S DREAM

要坚持她无谓的梦想？为什么她还要说对我很失望？

我不是她最引以为傲的孩子吗？她怎么会对我失望了？

我回到家，家里静悄悄的。

书房有亮光，我推开门，爸爸在里面。

"爸爸……"我扑到爸爸的怀里，抽泣起来。

"怎么啦，妞妞？"爸爸拍着我的后背。

我想说，妈妈说对我很失望了。

"妞妞，发生什么事了？"爸爸又问，"是你看到或者听到什么了吗？"

"不是。"我哭着说，"我就是心里憋屈，想哭一下。"

"对不起，是爸爸没有保护好你。"爸爸愧疚地说，"这几天你先不要去学校了，我请老师来家里给你上课。"

今天老师要下午才能过来，我早起练了两遍钢琴，做了一套习题，还不到九点。

我坐到二层的阳台上晨读，看见一个穿着围裙和水桶鞋的女人正把大小塑料袋挂在我家门口。

我放下书本，冲下楼，打开门，追了出去："嘿，你等等。"

那个女人转过身，三四十岁的年纪："你是叫我吗？"

我喘着气上前："你是竹地市场来的？"

"是呀，我是菜档的钟姐。"

"你们为什么老送菜到我家？"

"你家？"钟姐上下打量着我，突然咧嘴笑了，露出了镶银边的门牙，"你是桃子的女儿妞妞吧？我以前常听你妈妈说起你。"

我抿了一下嘴，没有回应她。

"你妈妈还好吗？她怎么不来买菜了？"

"她……还好。"我说,"就是最近没空。"

"那你帮忙转告她,我们市场的人都很想念她。"

"我妈妈,她到底做过什么,让你们念念不忘?"

"在四年前,南方暴雨,市场的棚顶全都塌了,当时市场的物业让我们这些摊贩出钱修棚顶。刚经历完水灾,我们好几周没收入了,哪有钱修棚顶啊。后来是你妈妈出钱帮我们把棚顶修好的,还把市场其他地方翻新了一遍。"

"她没有和你说过吗?"

我愣了一下:"也许说过吧,我忘了。"

很多时候我妈跟我说话,我也没有认真在听。

"你妈妈是个很好的人,我们说要把你妈妈的名字刻在市场门口。你妈妈说她不喜欢这些虚的,其实也是不用呢,你妈妈的名字早就记在我们的心中。"

我回到家上楼,张姨正拿着吸尘器在爸爸的房间打扫,我走过去看,只见房间的地上、沙发上、桌子上、柜子上四处散落着衣服和零碎物品。

我叫了一声张姨:"张姨,你怎么不帮我爸爸收拾一下房间?"

"小姐,不是我不想帮先生整理,而是先生不让我动他的东西,他老说他找不着。我都怕了他。"

下午我正上着数学课,接到了安莉阿姨的电话:"妞妞,你晚上想吃什么?阿姨过来给你做。"安莉阿姨在电话那头说。

阿姨要过来我家做饭?难道我爸已经沦陷了?这剧情也发展太快了吧,我脑子里转了好几圈。

傍晚,上门的不止安莉阿姨,还有我的奶奶。

妈妈的梦想 MOM'S DREAM

"妞妞,你安莉阿姨从上海回来,一下飞机就想着过来给你做饭了。你今晚要吃多点。"我奶奶笑开了花。

想起从前奶奶每次到我家都趾高气扬的:"呀,这鲜花是你插的吗?造型也太难看了吧?你怎么一点长进都没有?"

我妈跟在后面,连忙让张姨把花瓶撤掉。

"还有这窗帘有半年没换了吧?我上次来就看见了。我和你说,你就不能懒,勤快一点知道吗?"

后来,我妈为了换这窗帘布还磕到了额头。

最夸张的是奶奶会爬高摸柜顶,看看有没有积灰,简直比我们学校的卫生督导小组还严格。

奶奶每次来就指挥这个指挥那个,还以为我是我妈呢?

我没有理她,过去和安莉阿姨说话,又听见她在后面惊叫:"小张,这个怎么还挂在这里?赶紧拿去扔掉。"

我转身见她指着客厅墙上挂着的我们一家三口的全家福照片说。

"妞妞,你喜欢喝松茸汤吗?"安莉阿姨问。

"我都可以。"我默默地转回头看着安莉阿姨。

爸爸一回来,奶奶就追着说:"今晚安莉特意过来给你和妞妞做饭,做了你爱吃的帝王蟹。还有,你不是喜欢看艺伎表演吗?安莉从京都请来了几位艺伎今晚来家里演出。"

晚餐极其丰盛,有清蒸帝王蟹、蟹腿火锅、神户牛排、刺身拼盘、松茸汤,爸爸坐在主位上,肃着脸,随时要爆发的样子。

"安莉,你给秦野剥个大蟹腿吧。"奶奶说,"这帝王蟹还是安莉从北海道订购的,能吃到这么新鲜的不容易。"

看着艺伎的舞蹈表演,听着三昧线伴奏,配着奶奶的喋喋不休,还有安莉阿姨划拉碟子剥螃蟹的声音,爸爸的眉头一下比一下皱紧。

"我吃完了。"爸爸径直站起来说。

"哎，你螃蟹还没吃呢。"奶奶说。

"你们慢慢吃吧。"爸爸放下餐巾上楼了。

奶奶跟着上去了，安莉阿姨停下了手上的动作，转而给我夹了一块牛排："妞妞，你多吃点。"

"听说桃子今天主动到律师楼签离婚协议了。"秦母跟着秦野到书房说，"没想到她为了参加比赛，真的什么都不要了。"

"路是她自己选的，这些年我们秦家也没有亏待她，走到这一步全是她咎由自取的。顶着秦太太的名号上台丢人现眼，就算秦家能答应，枫林的股东也不能答应。"

"不过，现在你们已经没有关系了。就算她坚持参加比赛，只要你签完协议，把声明一发，也就和我们没关系了。事到如今，你也要果断。"

秦野走到窗边推开窗户，燃起一根烟，深深地吸了一口，往外吐着烟雾。

"你怎么又开始吸烟？你胃不是不好吗？儿子，这才多大的事，不就是离个婚嘛……"

秦母还在说着，秦野跟听不见似的，他低头看着窗外，看见了他们一家三口的全家福照片躺在庭院草地的垃圾桶旁，寂静无声地躺着那里。

他想起拍这张全家福的那天，他回来得很晚。尽管妻子嘱咐过他早回，他依然加班到很晚。盛装的妻子见着他也没有不高兴，叫醒了已经睡着的女儿,唤回了已经离开的摄影师。一家三口端端正正地坐在客厅前拍照。

他问妻子:"为什么今天安排拍照?"

妻子抬眼看挂钟,已经过了十二点:"因为昨天是我的生日。"

妻子临走那天也站在这幅照片前看了很久,她是不是在那时候已经看到了他们婚姻的尽头?

今天一早到办公室,小杨就向他汇报:"秦总,今天的股价开盘跌了五个点。还有……"

"还有什么?"见小杨吞吞吐吐的,他直接问。

"徐律师电话说,太太刚刚主动到律师楼,要求签署离婚协议。"

"你说什么?"秦野猛地抬头。

"徐律师,她要签什么协议?"秦野拿起电话,兴师问罪的架势,"我们财产还没有做分割,孩子抚养权也没谈,她要签什么离婚协议?"

"秦总,太太说她都放弃。"徐律师说。

"什么?放弃?她说放弃就放弃啊。"秦野对着电话质问。

"秦总,法律没有规定不能放弃。"徐律师服务的大客户皆是顶富阶层,处变不惊,"根据之前与您签订的法律顾问协议,您的家庭成员也是我们的服务对象,我会先根据她的要求起草协议,到时您再决定要不要签。"

秦野匆匆赶到律师楼,他直接冲进了会议室,桃子正在协议上一笔一画地签下自己的名字。"我签完了。"

桃子将笔放回桌面,在现场的徐律师和助理见势,迅速收拾协议离开。

这是两人分开后第一次单独见面，秦野冷冷看着她，她瘦得像一阵风就能吹跑："你为什么要瞒着我去唱歌？你知道你这么做会给我、妞妞、枫林带来多大的困扰吗？"

"很抱歉，因为我给你们带来那么多麻烦，我能做的只有这些。妞妞那边，你先和她解释一下，我回头再找她说。声明你可以随便发，我都没有意见。"桃子缓慢地站起来。

"事情闹成这样，你以为你签个字就能结束了？"秦野怒不可遏。

"不然呢？这已经是我能想到最好的解决办法了。"桃子欲言又止，站起来拎着拎包就想走了。

"事到如今，你想对我说的就只有这些？"在她越过他时，秦野拽着她的手臂说。

"不，还有，很遗憾呢。"她转过身，垂着头，"没有和你走到最后，真的很遗憾呢。"

"和我走到最后，说得你好像想过和我走到最后一样。"秦野一听就爆发了，"你是不是一直怪我阻挡了你的梦想？你说和我没有感情基础，你说为了孩子、为了我的事业才坚持下来，这些年来和我在一起你有那么难受吗？我就让你那么痛苦吗？"

"那你呢？你有爱过我吗？"桃子含泪看着他。

第十三章

在这段漫长的婚姻中，如果问桃子有没有爱过她的丈夫，她想应该是有的吧。

她第一次对丈夫动心是在遥远的长留山，在工地上在烈日下劳作的丈夫，经历尘土和阳光洗礼后，身体轮廓显得异常硬朗。和桃子小时候在村里见过的庄稼人一样，勤劳耐苦，坚忍不拔，显露了劳动人民的美德。

从那时起，她忘了梦想，也忘了自己，打心底里想和他一起过日子。

在这寻常的十多年里，她总是日复一日地站在橱柜前精心准备他爱吃的饭菜，月复一月地打开行李箱有条不紊为他收拾行李，年复一

妈妈的梦想 MOM'S DREAM

年地虔诚地跪在神明前祈求他健康平安。

她想，如果没有那些虚无缥缈的情感，她是无法抵御这种枯燥重复的日子的。

桃子没有等到丈夫的答案就离开了，因为已经不重要了，她只是想问一问，问一问而已，但见丈夫错愕的表情，她也觉得自己很可笑。

在结婚的时候都没问过这个问题，到离婚的时候才执着这个问题，不是可笑是什么？

她也想过，维系一段婚姻，爱重要吗？

只要秉承认真过日子的心态，履行为人妻为人母的义务，肩负起守护家庭的职责，对得起自己，这日子似乎也能过下来。

只是，她想，如果有爱的话，她就不会感到那么孤独了。

离婚就像一次截肢手术，截掉了她过往十多年的人生，她活下来了，却不得不向过往的人生、自己，及爱过的人告别。

这过程很惨痛，也很惨烈，她却活了下来，不得不一个人坚强地走下去。

她出了律师楼，上了弟弟的车，默默掉眼泪。

做这个决定不容易的，她一晚上思前想后，决定快刀斩乱麻，这应该是她最后能为丈夫做的事了。

"姐，这值得吗？就为了这一次比赛。"见她这么难过，弟弟感慨。

"值得的，就算只有一次也是值得的。"

弟弟笑了笑，发动车前行："好，你高兴就好，以后有我照顾你的。"

"你不用担心我，我盘算过的，我个人名下有八位数字的理财投资，城区四套公寓，海鲜街三间商铺，商务中心区两层写字楼，海边有一幢别墅，只要我不作，这辈子应该是衣食无忧了。"

弟弟似乎吃惊了："你怎么有那么多资产？"

"我也不知道，你姐夫每月都给我生活费，我用不完都存了下来投资了。"桃子在穷苦家庭出生，对物质要求不高，没有收藏珠宝和艺术品的爱好，大部分钱都存了下来。

"至于物业有些是我买的，有些是你姐夫给我买的，我也不太记得了。"

"姐夫对你还挺大方的嘛。"

"嗯，他就这点好，给的钱管够。"

弟弟陪桃子回酒店收拾好行李，搬到了桃子名下的一间公寓。

公寓位于城市的繁华地段，小区是园林式设计，居住密度低，绿化范围广，闹中取静。收房时就带了精装修，桃子原是打算给父母住的，后来因为父母嫌弃这里没有朋友，又不方便管理便利店，住了不到半年就搬走了，后来就一直空置了。

"姐，你确定不回家住？"弟弟问。

"不了，估计妈见了我也心烦。"桃子说，"我离婚的事，你先别和他们说，等哪天瞒不住了，我再亲自和他们说。"

父母都是思想守旧的人，估计一时半会接受不了桃子离婚的事实。

她问，你有爱过我吗？

妈妈的梦想 MOM'S DREAM

说实话，要不是那场游戏，秦野也未必看得上桃子。

纵然她漂亮，可漂亮的女孩多了去了。

两人出身不同，一个富家子弟，一个平民女子，思想和眼界都隔着鸿沟呢。

要不说人就是犯贱呢，他注意到她是从她拒绝他开始的。按理说她家境贫困，父亲又等着钱治病，走捷径嫁个好人家不是轻松得多吗？

可她偏不，说想要去唱歌。

很倔，如同他一样。

她嫁给他有多不情愿，天不晓得，他晓得。

洞房花烛夜，她一整晚用背对着他。

刚嫁过来那阵，她总是郁郁寡欢，一副随时要走的样子。

他正是忙的时候，只顾得上工作，顾不上家里。

可神奇的是，他们就这样过下来了。

随着妞妞出生，他去长留山创业，妞妞日渐长大，他的事业有了起色，日子就这样一天一天过下来了。她就像一只被驯服的小兽，安安稳稳地过起日子来。

"给。"桃子第一次喂他吃东西，还是在长留山的时候。

夜里，妞妞睡了，他坐在台灯下，聚精会神地看着施工图纸，头本能地往后仰："什么东西？"

"糖炒栗子，晚上食堂师傅做的，送了满满一盘上来。我给你剥好直接吃，你不用弄脏手。"

"哦。"他头往前一伸张开嘴，栗子一股脑进入他的口腔。

"好香吧，这就得趁热吃。"桃子又麻溜地剥起了第二个。

"嗯。"他点点头，看着她朴素的侧影，感觉稀奇。父母自小对他要求极严，从不骄纵，自他记事起，就没有人喂过他吃东西。

到后来，她每天为他穿衣，牙膏也会挤好，生病时喂他吃药，她像照顾妞妞一样，无微不至地照顾他，他早已习以为常了。

待他没那么忙了，他想和她倒回去说相识之初的那些阴差阳错，却发现没那个必要了，因为这么多年的日子都已经过下来了。

这么多年来，秦野有很多的压力，也有很多的情绪，基本都自己消化掉了。他越发习惯沉默，一是他性格本来就冷清，二是他年纪越大，越觉得需要倾诉的事其实没有那么多，或者说值得一提的事没有那么多。就他而言，独立思考解决问题，比单纯地说出来宣泄要实际得多。

然而，爱是什么？这重要吗？这是秦野从来没思考过的问题。

桃子嫁给他时，正是他最好的年纪，满足了他二十多岁时对女人所有的渴望。

求而得之，人生所喜。

他对桃子有着人类最原始本能的渴求，但这是否是爱，他无从考究。

对于他来说，结束一天劳累的工作，回到家吃上温热的饭菜，亲吻一下熟睡的女儿的额头，卸下衣服洗个热水澡，再往妻子柔软的身上一躺，这不就是人生意义的全部了吗？为什么还要追求那些虚无缥缈的爱情呢？

次日上午，秦野起得晚，索性陪妞妞吃完午饭才到办公室。

小杨小心翼翼地过来说："秦总，今天上午收盘，枫林股价又跌了三个点，曾总那边有来过电话。"

"还有，上午老先生来过，让公关部拟了一份声明，让您看一下没问题就发给媒体了。"

小杨深知秦野的脾性,见他没有说话,就主动退出去了。

秦野低头看了一下声明文件内容。

  针对近日网络传言,枫林集团严正声明:

  1.枫林集团的股权结构没有任何变化;

  2.枫林集团不参与东方乐园的日常经营,对其宣传推广活动无决策权;

  3.枫林集团总裁秦野先生和姚小桃女士已签署离婚协议,姚小桃女士的一切个人行为与枫林集团无关。

  对于不实消息的发布者和传播者,枫林集团保留法律追诉的权利。

约莫过了一个小时,小杨又敲门进来,秦野还是那样坐着纹丝未动。

"秦总,徐律师已经把全套的离婚协议送过来了。"小杨将协议放到他的桌面,又说:"还有曾总那边让您给他回个电话。"

秦野半晌才回过神,看着眼前的两份文件,他在声明上随手改了一行字,递给小杨:"发吧。"

早上起来,爸爸说他的胃不太舒服,让张姨给他煮小米粥。

昨晚奶奶和安莉阿姨来过后,我心里隐隐不安,想问爸爸发生了什么事,可见他那阴沉的脸,又问不出口。

午餐时，他搅了搅端上来的小米粥，只听见他说："张姨，你能不能在小米粥里放点山药啊？"

"哦。"张姨又过来把粥端走了。

"你昨天在家上学习惯吗？"爸爸面带微笑问我。

看得出爸爸在很努力地试图舒展他的眉头，使他的眉头与他此刻微笑的嘴型匹配。

"还好吧。不过爸爸，我想课后的补习班我还是正常去上，那边是小班辅导，时间不长，了解我情况的同学也不多。不然，我一天都在家里，太闷了。"我说。

"好的。那我下午让老陈来接你去。"爸爸摸摸我的额头说，"这几天你在外面听到什么都不用理会，那些都不是真的。"

下午上完补习班，丽兹约了我到星光天地吃饭看电影，吃饭的时候，丽兹给我转发了一则新闻。

枫林集团严正声明：

1.枫林集团的股权结构没有任何变化；

2.枫林集团不参与东方乐园的日常经营，对其宣传推广活动无决策权；

3.姚小桃女士参加超越梦想歌唱比赛乃其个人行为，枫林集团并不会就此发表任何评论。

对于不实消息的发布者和传播者，枫林集团保留法律追诉的权利。

"你父母还好吗？"丽兹问。

"如你所见，我爸开始和我妈撇清关系了。"我叹气。

"我印象中你父母感情挺好的。"

"你怎么知道我父母感情好?"

"前年有一次看网球赛,我记得你妈妈也去了,我看见她用叉子一块一块地喂你爸爸吃水果。"

"这不是正常的吗?我妈也喂我啊。"我记忆里我妈经常喂我爸和我吃东西,我爸工作和我学习忙的时候,生病的时候,还有我们俩下棋的时候,她就一口一口地喂。

"你妈喂你和喂你爸能一样吗?"丽兹说。

"你父母不是这样的吗?"

"当然不是,我妈才不管我爸吃没吃、吃什么。"丽兹说,"当时我爸还感慨地说你父母感情真好。"

"然后我妈还说,你要是和秦先生一样有钱,我也一口一口喂你。"丽兹自顾自说着,"但是我想这真的和钱有关吗?"

"现在说这些都没用了。"我不愿意继续这个话题。

"你要多保重啊,你父母分开了,以后你面对的生活环境就要复杂了。"丽兹说得很隐晦。

吃完饭,我们坐着商场扶梯上楼看电影,后面突然窜出一个记者,拿着一个录音笔对着我:"你好,秦小姐,请问你父母是离婚了吗?"

我吓了一跳,拉着丽兹快步上去,但那个记者还跟着我们,好在陈叔及时出现,把那记者臭骂了几句,那记者灰溜溜地走了。

"小姐,你没事吧?"陈叔问我。

"我没事。陈叔你怎么会在这里?"我以为陈叔送完我就走了。

"先生担心你,让我在你外出时都跟着你。"

受到惊吓,后面的电影我们也没去看,和丽兹道别后,我坐车回家。我在路上交代陈叔,不要把记者尾随我的事告诉爸爸,我不想他担心我。

晚上回到家已经十点多了,爸爸还没回来。

我从浴室里出来,听到爸爸大声嚷嚷的声音:"张姨,张姨,你马上上来。"

我闻声过去爸爸的房间,只见爸爸满脸怒容地站在里面。

原本地上的衣服和杂物全部一扫而空,斗柜、沙发、床铺的面上都摆得整整齐齐。

"我不是说让你别动我房间的东西吗?你一动我就什么都找不着了。"

爸爸说得好像他平时就能找得着一样。

张姨快步走过来:"先生,这不是我动的,是太太动的。她今天傍晚回来过,全部都收拾了一遍,还装了三个大箱子的东西搬走了。"

爸爸闻言勃然变色,走到衣物间打开衣柜门,又去浴室检查浴室柜,又去拉开梳妆柜的抽屉,然后拿起手机……

第十四章

桃子打开公寓的门见到弟弟也在:"小龙,你来了,快过来帮忙。"

弟弟连忙过来帮她把门口的三个大箱子搬进来。

"唉,累死我了。"桃子上次走得匆忙,只将一些必要的衣服和日用品带走,她今天回去是为了收拾自己的所有物品的,可一见到主卧那么乱就忍不住收拾了,也不知道丈夫怎么想的,平日极整洁的人,房间乱成这样还能住,她忙前忙后五个小时,有半数时间都是为丈夫整理的,累得腰都直不起来了。

"先喝口水。"弟弟给她倒了杯水,"都收拾好了?没遇到什么意外吧?"

"嗯。"她提前和张姨联系，确认好家里没人才过去的。

"那个，你看手机了吗？"

"手机？怎么啦？"桃子一直收拾东西、搬箱子，有几个小时顾不上看手机了。

她打开包翻出手机，发现她父母给她打了十个电话，弟弟打了三个，东泽打了两个，芙丽打了一个。

"枫林发了一份声明，你看一下。"弟弟递过手机。

这是意料之中的，桃子看了一下，其实也没写什么，但是吧，媒体总是捕风捉影，含沙射影的，声明下面的配文是：据可靠消息透露，枫林集团主席秦野日前与原配姚小桃正式签署离婚协议，两人和平分手。文字下面又配了两张桃子和秦野分别出入律师事务所的照片，一切简直不言而喻。

桃子不理解，她第一次上热搜就说她已经签离婚协议了，为什么这一次又说她签离婚协议？媒体是失忆了吗？翻来覆去地说同一件事。

突然，手机响起来了，是桃子妈妈打过来的，桃子连忙把手机还给弟弟，弟弟接通了："妈，我和姐在一起，她没事，她真没事。我晚点再和你说吧……"

桃子知道自己躲不过去的，抢过弟弟手机："妈。"

"你真的离婚了？"

"嗯。"

"你真的是，真的是……"隔着手机屏幕都能感受到桃子妈妈的哀怨。

"桃子啊，这事我和你妈也不怪你，我们都想开了，只要你过得快乐就好。你现在一个人，要不搬回家住，让我们照顾你。"桃子爸爸抢过手机说。

"爸,我没事,我一个人也能照顾好自己。"桃子说着眼眶就红了,"好了,我这边还有事,先挂了,你们早点休息。"

桃子不想父母听见她难过,连忙找借口挂了电话。

最艰难的时候,咬着牙也能过,就是亲人的一声问候,容易招泪流。

桃子让弟弟帮忙打开箱子将东西整理出来,她的东西真的不少,她只将一些有纪念价值的、可能会用到的物品带走,剩下的都让张姨帮忙给处理掉了。

她收拾房子花了很多时间,导致收拾自己的东西变得很匆忙,很多东西都是往里面一扔,幸好带的箱子够大能装。

弟弟将东西一件一件取出来,桃子跪在地板上一样一样分类好。

"这本是什么呀?你的读书笔记吗?"弟弟举起一本红色笔记本。

"不是,我年轻时瞎写的。"桃子说。

这时,桃子的手机又响了,是丈夫打过来的。

"谁让你动我的东西的?你有什么权力随便动我的东西?"电话一接通,丈夫就在那头怒吼。

"我看见这么乱,就想……"桃子要解释。

"你以为你是谁?你以为没了你,我就过不下去了是吗?"丈夫根本不给她机会,只顾宣泄他的愤怒。

"我没有这个意思。"桃子也急了。

"你最好收拾得干干净净,滚得远远的……"

桃子挂断电话,眼泪止不住往下掉。

"姐。"弟弟拍了拍她的肩膀。

她低头掩脸哭泣，她也不知道自己为什么要哭，是为了那份与她撇清关系的声明，是为了今天看见的乱七八糟的房间，还是为了丈夫电话里的无理取闹，她也说不清。

"你知道吗？我要分开，他对我一句挽留的话都没有，就像我们十多年的婚姻都没有存在过一样。"

妈妈就这样无声无息地从我们的生活中消失了，即使是我也没想到她离开的心有那么坚定。

这栋房子里没有她留下的任何物品，却处处飘荡着她的气息。

她喜欢种花，也喜欢插花，每过几天会把家里十多个花瓶的鲜花都换一遍，火红的玫瑰，清秀的百合，明丽的雏菊，优美的郁金香，室内处处可见，弥漫着芬芳馥郁的香气，现在目之所及，花瓶都空空如也了。

过往那些安谧平静的日子仿佛遥不可及。

早上起来，我到厨房倒水，经过餐厅时，见张姨坐在椅子上垂泪。

"张姨，你怎么啦？"

张姨用衣袖擦眼角，伤心地说："小姐，最近先生脾气这么不好，我也不知道自己还能干多久了。"

我回想起那晚爸爸失控的场景，爸爸在房间打电话给妈妈，被挂断电话后，暴躁如雷把手机扔出了窗外，那场景真把我和张姨吓坏了。我从未见过爸爸如此失态。

"说实话，太太不在了，我早也不想干了，可我真不舍得你啊。

你是我看大的，就跟我亲孙女一样。"

张姨的老家在S城近郊的一个县，她在我出生前就已经在我家做阿姨了，她自己都记不清在我家待多少年了。

小时候，她给我梳辫子，见我在学英语："妞妞会说外国话多好，出了国也不会丢。"

据我妈说，我三岁的时候，张姨的孙女出生，她本来辞工回去照顾的，后来因为舍不得我，回去一个礼拜又回来了。

"张姨，你别走，我也舍不得你。"我说。

"不光是我，太太也很不舍得你。她那晚回来问了我好多你最近的情况，不管怎样，她是你亲妈，你有空要多跟她联系啊。"说着说着，张姨又开始流泪。

"我知道了，张姨，你别哭了。"我拍着她的背。

"我就是觉得难过，好端端一个家，怎么就成了这样。"

这天下午，安莉阿姨和奶奶又来了，还带上了枫林酒店的大厨。

"也不知道是不是我上次做得不好吃，秦野才没多吃。"安莉阿姨说。

"这不怪你，你已经做得很好了，这孩子本来就挑食。"奶奶说，"这次我叫上了他最满意的厨师长，放心吧。"

大厨在厨房忙活，安莉阿姨和奶奶在客厅坐着喝下午茶。

"妞妞，今晚吃西餐好不好？"安莉阿姨问我。

"哦，我都可以。"

"这地板上怎么有水？小张，你快过来擦干净。"奶奶指着地板说，"还有这儿，这儿也有灰，也擦一下。"

"小张，你在这儿干多少年了，还要人盯着干活吗？"奶奶又对安莉阿姨说："看来这个家缺个女主人可不行。"

看着张姨跪在地上擦地板的情景,我心里不是滋味:"奶奶,房子这么大,张姨也不能方方面面顾及。"

"妞妞,你是什么意思?那她以前怎么做到的?"

"那是因为……"我把"有我妈"三个字含住了。

张姨慌忙拽住我的腿:"小姐,你还有作业,快上楼做吧。"

晚上,我爸爸并没有回来吃饭。

"这孩子怎么回事啊?"奶奶埋怨,"不过他说了,改天请你吃饭。"

"没关系的,阿姨。"安莉说,"秦野这么忙也是没办法。"

"我就说耽误你时间了。"我奶奶居然出现了我从未见过的愧疚表情。

"哪有,我也得吃饭的,妞妞也得吃饭的。"安莉笑着说,"来,妞妞,我们一起吃吧。"

安泰太子女名正言顺出入秦家,深得未来婆婆欢心。

下面配了一张安莉与婆婆步入秦野家的照片。

桃子一早打开手机,看到这则推送的八卦新闻,看见这则丈夫,不对,是前夫的绯闻报道,她又翻了翻报道下的评论,社会对男性总是很宽容的,尤其是有钱的男性。

桃子有些心塞,她前脚搬走,安莉后脚就上门了。

她下床洗漱,她已经几天没去工厂了。

小天推开工厂大门见到她很高兴,冲上前说:"桃子姐,我还以为你今天也不过来了呢。"

"怎么会呢。"

"你家里的事都处理好了吧?"小天说,"昨晚回家我妈都问起你的情况了,让我问候一下你。"

"哦,替我谢谢你妈妈。"桃子说,"你最近成绩怎样?和妈妈相处得好吗?"

"我上周的数学测验在班里排十八,我妈可高兴了,等到决赛过后,我再恢复上所有的补习班,我妈也同意了。"

"那就好。"桃子又想起了女儿妞妞,她一直有和班主任田老师保持联系,田老师告诉她,女儿最近没有去学校上学。

"你早上不去上课吗?"桃子又问。

"去,我昨晚把课本落这里了,早上过来取一下。"小天说。

皮卡、阿宝陆续过来,见到桃子都很高兴,士气很受鼓舞。可他们什么都没说,各干各的去了。

这天舞蹈训练,东泽把桃子训得惨不忍睹。

"停。"东泽喊道,"桃子,你现在的动作是全记住了,但是节奏都没对,卡点也没卡准。"然后上前做了一个示范,"在my hand这里,应该马上抬头看观众。好,再来。"

"停。"东泽喊道,"桃子,你动作要做到位啊,要注意规范性和美感。"然后上前做了一个示范,"比如说这个连接动作,手举高放下,要干净利落。好,再来。"

"停。"东泽喊道,"桃子啊,你的表情太单一了,这首歌是有情感的,你要通过脸部表情的变化去传达,这些都是加分项。"

皮卡他们在楼下听到东泽的训斥声,纷纷不忍,轮番上来送茶水小吃水果,给桃子争取休息时间。

"你们别上来了,老打断我。"东泽朝着楼下大声说。

桃子累得满头大汗,坐在地上休息。

"你别怪我。"东泽说,"这些小屁孩也不知道你付出了多大的代价才能参加比赛,我要是不好好训练你,就要对不起你的付出了。"

"我哪敢怪你,东泽老师让练就练。"桃子比画了一个"the one"的手势。

一早醒来的秦野看到了同款推送新闻,不禁走到窗前拉开窗帘张望房子周围的道路。

房子位于高档静谧的社区,出入社区的外来人员和车辆都要登记,治安一向良好。能够拍到安莉和妈妈出入的照片,证明有人在房子附近蹲守拍摄了。

秦野一向低调,对于这种侵犯隐私的行为不能容忍。

"小杨,你帮我请几个安保人员,二十四小时在我家附近巡逻。"秦野说,"不能再让人在我家门前偷拍了。"

"好的,秦总。"小杨回答,"那个新闻要撤吗?"

"不撤了,就这样吧。"秦野心想,那女人看到最好。

秦野一早上都在开会,参会的人气都不敢喘。

会上,张利小心翼翼地说:"秦总,我想向您汇报23号地块交易进展。目前已经完成土地变更登记了,但是安泰那边还有20%的尾款没有按约支付。"

秦野拍桌子问："这是怎么回事？还有好几个亿呢，你们没去催吗？"

"催了，但是安泰财务说资金有点紧张，要过一段时间才能付款。"

"开玩笑吧。这么大宗交易他们没提前做资金安排吗？"

"我们也觉得奇怪呢，正商量着对策。"张利说，"只是也不好催太紧……"

"有什么不好催的？"秦野不解。

"要不您见到安总，也帮忙问问？"张利说。

"是我让你干活，还是你让我干活？"秦野反问。

张利吓得都没敢接话，秦野没好气地说："散会吧。"

"好的。那我们先下去了。"大家一听光速散会。

秦母听见出来的人议论："秦总最近就跟吃了火药一样，一点就着，随时会爆，一个会开一小时，我们起码四十分钟在挨骂。"

秦母推开办公室门，见秦野坐在转椅上揉着太阳穴。

"阿野，我说你怎么回事啊？怎么还不签离婚协议？"

"我准备申请财产分割。"

"桃子不是放弃财产了吗？"

"她放弃我还不放弃呢，她名下起码有一个亿的资产。"

"这么多？"秦母一阵心痛地说，"不过你还是算了吧，你名下的资产更多，何必以卵击石。"

"她不是放弃了吗？"

"你可以单方面申请分割她名下财产吗？"秦母转念一想，"我看你还是尽早把协议签了好，速战速决，免得夜长梦多。"

"妈，我自有分寸。"

"我听小张说,她把东西都搬走了……"

这时,秦野的手机响了。

安莉约他一起吃饭,他想起交易地块的事,欣然同意了。

挂完电话,秦母问:"谁找你啊?"

"安莉中午过来找我吃饭,你也一起吧。"

"哦,我还是不了,我还有事,你们俩好好吃啊。"秦母意味深长一笑,立马拿起手袋就走了。

两人约在枫林国际附近的一家港式餐厅吃午餐,安莉订了一个大厅靠窗的位置:"包间订满了,坐这儿没问题吧?"

秦野张望周围沸沸扬扬的环境,这家餐厅枫林的人也经常过来,他叫来了餐厅经理,经理连忙道歉,给他们安排了一个包间。

"还是你说话管用,刚刚领班跟我说包间订满了。"安莉边看菜单边说,"听说这家餐厅的片皮鸭不错。"

"有山药小米粥吗?"秦野直接问服务员。

"没有,只有海鲜粥和白粥。"

"那就白粥吧,有脆瓜吗?"

"没有,只有萝卜干。"

"那就萝卜干吧,我点完了。"

"你是不是不想请客?这顿饭我请好了。"

"不是,我胃不太舒服,你想吃什么就点,不用管我。"

"你胃又怎么啦?要不要去看看?"

"没事,老毛病。"秦野突然想起自己应该去问一问妻子那个香砂油是在哪里买的。

菜上齐了,秦野也不动筷,就搅拌着他那碗白粥。

安莉给秦野夹了一根菜心："青菜，你可以吃吧？"

秦野"嗯"了一声，还在搅拌那碗白粥。

"你最近怎样？还好吗？"安莉问。

"我一向很好。"秦野说。

安莉会心一笑："那妞妞，最近怎样？没有受到影响吧？"

"还好吧。"秦野仔细一想，也不确定自己生气扔手机那一幕有没有吓到孩子。

"你接下来有什么打算吗？"

"什么打算？"

"你明知故问的，现在你离婚了，我还单身。"安莉就差捅破那层纸了。

"安莉。"秦野想摊开来说，绯闻是绯闻，让安莉抱有幻想不好。

包间的门被敲响了，张利走了进来："秦总，安总，真巧碰见你们，刚我还以为自己看错了。我们部门刚好在这里聚餐，进来打个招呼。"

"安总，23号地块在国土局已完成变更登记，不过我们还没收到交易的尾款，能帮忙过问一下吗？"

"哦，我还真不知道这事。我回去先了解一下。"安莉略显尴尬。

"好的，谢谢安总。那我不打扰你们了，你们慢用啊。"说完，张利侧头朝秦野眨了眨眼，大概意思是自己聪明，抓住机会催债了。

秦野心里正大骂这个蠢材，本来自己和安莉吃饭就是为了这事的，现在他突然出现说了，自己也不好再向安莉提了。

"对了，你刚想和我说什么？"安莉问。

"哦，没什么。"秦野喝了一口粥。

"对了,下周罗杰的婚礼,你也会去的吧?"

"嗯,应该会去。"

周末桃子他们到太阳广场演出,赞助商的市场部人员过来了,除了说好的易拉宝、横幅,还给他们带了衣服和帽子,上面都印了他们水果店"鲜果美"的字样。

阿宝一看就嫌弃:"穿成这样跟水果店里的售货员一样,别人该不会以为我们卖水果卖到一半,出来支摊唱歌的吧?"

"没准一会儿唱完下来,人家会问我们西瓜多少钱一斤。"小天也是个爱美的孩子。

东泽和对方交涉了:"之前也没有说要穿宣传服装啊。"

对方也表示为难:"东泽老师,既然衣服做都做出来了,穿了我们好交代。"

桃子他们本着息事宁人的态度,换上了衣服,戴上了帽子。

果然有路过的群众过来问他们,有没有鲜果美优惠券。

在等候演出的时候,他们也在说笑:"要是我们唱歌不成的话,还可以一起开个直播卖水果,我负责采购,阿宝负责搬货,小天负责策划,桃子姐负责卖货,估计也能挣钱。"

"干吗给我安个搬货的苦力活?"

"那你还想去卖货啊?"皮卡说,"你看桃子姐穿得像个水果西施一样,一定能卖不少货。"

桃子上身穿着白T恤(背后印着"鲜果美"字样),下身穿着牛仔裤,脚上穿着运动鞋,头上戴着棒球帽(帽檐同样印着"鲜果美"字样),扎着的马尾从后面的开口穿了过去,青春活力十足。

"我倒觉得桃子姐穿得比你们还像大学生。"小天实话实说。

因为东泽也来了,围观演出的人不少,现场气氛非常好,演出后,大家边收拾装备边津津乐道。

"来,给你的。"东泽走过来说。

赞助费是现场结的,东泽给他们每人分了一千元。

东泽见桃子看着手上的钱愣愣的:"你怎么啦?"

"这是我毕业以后,第一次自己挣钱。"桃子激动地说,"这钱沉甸甸的,对我来说意义非凡。"

东泽很了解桃子的心情:"放心,跟着我,以后这样的钱会有很多。"

"那是,跟着东泽老师有肉吃。"皮卡打岔说,"东泽老师今晚请我们吃烤肉吧?"

"你这小子,我都不收佣金了,你还敲竹杠。"东泽说。

"是呵,东泽老师,你们也不抽点佣金?"阿宝说。

"哈哈,我还能指着你们这点佣金过日子,等你们红了再说吧。"东泽大笑。

"话说回来,我还想找你爸拉赞助呢,你把你爸的联系方式给我。"东泽又转向皮卡。

"我爸极力反对我唱歌,你能找他要来钱才怪呢。"

"你别管,你先给我。"东泽绕着皮卡拿手机。

两人"相爱相杀"的情景,桃子都要看笑了。

"嫂子,是你吗?"桃子手机响了,是芙丽打来的。

桃子转了一个身,广场大厅是挑空的,芙丽站在二层朝她招手。

妈妈的梦想 MOM'S DREAM

"有空说两句吗?"芙丽问。

桃子犹豫了一下,她和皮卡他们交代有事先走了,就与芙丽在太阳广场的一家咖啡店见面。

桃子点了一杯热牛奶,芙丽点了一杯冰镇摩卡。

芙丽穿着一袭甘蓝色的长裙显得高贵优雅,桃子穿着一件印着水果店字样的员工制服,还戴着一顶同字样的鸭舌帽,她并拢着双腿,略显局促。

"嫂子,我很早就想找你了,没想今天刚好碰上了。"芙丽抿了一口咖啡,切入正题,"你和哥真的离婚了?"

"嗯,已经签完离婚协议。"桃子不断地向找她求证的人确认自己离婚的消息,就像好不容易缝合了淌血的伤口,却要一次又一次地撕开向人展现。

"真可惜呢,我本来想劝和的,看来我应该早点来。"芙丽无比惋惜,"你们离婚是因为妈妈,还是因为安莉?"

"都不是。"桃子低下头,"是我们不合适。"

很多人将婚姻失败归咎于经济基础、文化差异、长辈干涉,桃子认为婚姻只是两个人的,只要两人一心,足够坚定,就能排除万难走下去。

两个人面对生活,总会比一个人容易得多,最怕的是同床异梦。

"妞妞都多大了,你们才发现不合适?"芙丽继续问。

"人在年轻的时候,不一定知道自己想要什么。"桃子说。

"那你现在想要的是什么?"芙丽问。

桃子不语,她当时嫁给丈夫是为了面包,丈夫已经给了她面包,现在又回过头说自己想要爱情,是她太贪心了。如果当时白纸黑字签契约的话,她这样是违背了契约精神的。她说不出口。

见她没说话,芙丽转问:"那离婚你该拿到的财产都拿了吧?

千万别手软,不然就便宜后来人了。"

桃子点点头,芙丽还是秦家的人,她不想当她面去说秦家的事了。

"那你接下来打算怎么办?还继续参加比赛吗?"

"嗯,我今天来就是来演出的。"桃子笑了笑指着帽子上的字样。

"我真看不出来,你平时安安静静的,唱起歌来还挺有范的。"

桃子笑了笑:"我本来就是读音乐的。"

芙丽说:"其实女人还是有自己的事业好,全身心为家庭付出风险太大了,要确保为之付出的人是值得的,还要保证那个人不会变。

"我真看不惯以前妈那么对你,更看不惯她现在这么对安莉,虽然你家庭出身一般,她也不该那么市侩势利的。"

桃子想得开:"这世上哪有绝对的公平?"

"那也得要兼顾公平吧。"芙丽愤怒得像从来没有被区别对待过的孩子。

桃子没有说话,她在秦家多年,早就被打磨成无问对错公平的人,因为她发现婆婆不是听不得另外一种声音,而是不想听到她的声音。

"以后有什么需要帮忙的,你尽管找我。在我心里,你永远都是我嫂子。"

秦野白天到邻市参加论坛,他在车上睡了一会儿,醒来还没有到家,望着高速路外漆黑的平原,听见前排的小杨说:"太太。"

"好的,我知道了,我马上联系他们。"

"小杨,谁给你打电话?"秦野问。

"是太太给我打电话。"

"她找你干什么?"

"安保人员的车停在消防通道上,太太让我联系安保人员把车挪开。"

"她怎么知道的?"

"应该是物业通知太太的吧。"

"哦?她平常有和你联系吗?"

"偶尔会有,一般都是提示我交物业费、水电费这些琐事。"

秦野想起妻子离开后,竟然没有给他打过一次电话,真是个没良心的,他越想越不甘,拿起电话拨过去:"你凭什么支使小杨干活?下次有事你直接找我。"

"你又不管这些,我找你干吗?"妻子反问。

"你以后不能越过我,联系我下面的人。"

"好呀,以后我让物业直接联系你好了。"说完,妻子挂了电话。

秦野自讨了个没趣,越想越气,又拨过去:"你为什么老挂我电话?我还没说完呢,你这态度有问题。"

"那你还有什么事?"

"那个香砂油是在哪里买的?"

"那个……"妻子吞吞吐吐,"那个已买不到了。"

"你不告诉我,你怎么知道我买不到呢?"

"你有病要上医院看,不要自己随便用药。"妻子说完又挂了。

秦野怀疑电话那头是不是与他共同生活十多年的妻子,从前那个对他言听计从、柔声细语的妻子,怎么跟变了个人一样?

秦野踏进家门,屋里漆黑一片,没有留灯,也没有等候他的人。

他经过女儿的房间,里面的灯也灭了,他拖着沉重的脚步回到房间,扯掉领带,解下衬衫,瘫在床上。

他现在每天都努力地将一切维持正常,即使他经常一个人进了浴室洗完澡发现没拿浴巾,即使他穿完衣服还会站着一会儿才发现没人为他扣纽扣,即使他打开柜子依然会找不到东西,他就不相信没了谁就过不下去这一说法。

他眼睛一闭一合,一闭一合,看见编着辫子穿白色连衣裙抱着孩子的妻子向他走来。

"在哪里签字啊?"她问他。

长留山度假村获得了空前的成功,他计划继续融资,在风景优美的名胜地区兴建度假村,银行要求作为项目负责人的他,以个人全部资产为贷款承担连带担保责任。妻子作为他个人资产的共有人,也被要求在担保文件上签字。

他指了指签字的位置,她将孩子递给他,看都没看文件,就签完了。

"你也不看一下再签?"秦野和她一起离开银行时说。

"你让我签,我就签了啊。"妻子捋了捋孩子的遮阳帽。

"那是我为枫林融资提供担保的文件,要是枫林还不上贷款,我的名下所有的资产都要拿去还债。"

"哦。"妻子似乎懂了。

"你不担心吗?到时房子没了,车子也没了,我变得一无所有。"

"不担心,反正你上哪里,我都跟着你。"

桃子正将演出器材搬上车,接到了物业的电话,她也没多想就打

给小杨了。

谁知挨了秦野一顿说,她觉得他就是无理取闹,她不就是和小杨说让安保挪个车吗?至于这么小题大做吗?

过往秦野对她虽不算温柔,可也没试过大声和她说话,更别说冲她发脾气了。现在每次和他联系,他都跟吃了火药似的,和以前简直判若两人。

要不是女儿还住在家里,她才不爱管这些琐事。

对了,下次他要再找她碴,她就说让安莉管好了,反正安莉现在老上他家。

"大家搬完了吗?"皮卡问。

明天是周六,桃子他们要去世纪中心演出,一行人将明天演出要用的器材装上皮卡车。

"那明天九点我们在工厂集合,一起坐皮卡车过去。"皮卡说。

"我明天要去印刷店拿海报,我直接过去就好了。"桃子说。

世纪中心商场位于城北,背山靠湖,环境清幽,周围有新开发的写字楼,还有一座历史悠久的教堂。

桃子以前倒是来过几回,都是开车来的,这次和伊春出了地铁,就找不着北了。

"桃子姐,应该是这边。"伊春拿着手机导航,她今天不用值班,就陪着桃子去印刷店拿海报。

桃子现在出行也很少开车了,和皮卡他们一起出行基本是公交加地铁,一是为了拉进和他们的距离,二是也没有赶着要做的事,平常研究一下公交出行的路线也很好。

她们在商场门口见到阿宝在举着电话抱怨:"这个鲜果美的老板真不靠谱,还要在我们演出的场地卖水果。"

今天东泽有事没有跟着过来，在电话里那头也有一种被坑了的感觉："我也不知道现在条件越来越多，今天就先这样吧，我回头和他们说说再这样就不合作了。"

桃子、伊春、阿宝一起进到广场，见到皮卡还在和商场、鲜果美的人员交涉。

"你们不是过来做免费演出的吗？要是附带商品的销售，我们要收场地费的。"商场的经理说。

"是，都是免费的。"鲜果美的推广员终于让步，"他们是免费演出，我们免费送水果。您看要不这样，只要顾客扫描二维码关注我们的公众号，我们就把这些水果免费送给顾客。"

"那你们也是在做商品宣传啊。"商场经理说，"你们也别送了，干脆拿回店里卖吧。"

"那不行，运回去也是有成本的。"推广员说。

"经理，很抱歉，我们事先没有沟通好。只此一次，下不为例。"皮卡双手合十低声下气。

"没有下次了。"商场经理甩着脸，直接就走了。

"这次也是给你们添麻烦了，我会跟老板申请给你们每人加一百块演出费的。"鲜果美的推广员说。

皮卡他们冷眼看着鲜果美的人，一句话都说不出来。

"我要是靠他们这一百块在这里买房，真的是猴年马月的事。"阿宝一边布置场地，一边叨叨。

"我还从来没来过这里，这里环境这么好，房子怎么也得好几万一平吧？"伊春说。

"是十好几万，好不好？"阿宝说。

"不是吧？"伊春张着嘴作惊讶状。

"对了，水果到了，你们去帮忙卸一下货吧。"鲜果美的推广员

妈妈的梦想 MOM'S DREAM

又过来了。

"什么?我们还要帮忙给卸货?真把我们当免费劳动力使了。"阿宝十分抵触。

"阿宝哥,先消消气。"小天担心阿宝会吵起来,过去劝。

"我去吧。"皮卡说,"你们留在这布置一下。"

"我和你一起吧。"桃子跟着去了。

送货车停在了商场南面的街道上,皮卡和桃子把一箱一箱水果从货车搬到小推车上码好,两人穿着鲜果美的宣传服,活脱脱像送货的水果店员。

"哇,快装不下了,他们怎么想的?两小时的活动,能卖出这么多水果吗?"皮卡纳闷了。

见着皮卡汗流浃背的样子,桃子笑了笑:"我发现你还挺能忍的。"

"有什么办法呢?有些亏就是要吃的,吃一次亏,认清一些人,以后不合作就是了。"皮卡说。

商场的正门不让送货,需要绕到后门进去,要经过一个斜坡再左转,"前面是上坡路,箱子叠太高了,我怕掉下来,我在前面拉,你在后面挡着。"皮卡说。

两人一前一后缓慢地移动着,在等红绿灯的时候停下来,皮卡在前面喊着:"桃子姐,你还好吧?"

"还好。"桃子用衣袖擦了擦汗,就在扭过脸的瞬间,她看见了女儿、公公婆婆、小叔子夫妻,他们衣着光鲜地站在马路对面的教堂门口看着她。

桃子想当作没看见,好像也不太好,毕竟女儿也在,她不想让女儿觉得父母离婚了,两家人就不来往了。于是她挺直腰杆,一手顶着水果箱,腾出一只手朝他们挥挥手打招呼。

他们似乎也很吃惊，一开始没有反应，后来只有芙丽举高手回应她。

曾经，桃子也和他们一样，佩金戴紫地以为站在了社会的上层，而此刻桃子与普通劳动人民一样，大汗淋漓地站在了他们的对立面。

桃子的内心却无比踏实，朝他们挥手不像是打招呼，而像是与过去的自己、过去的人生告别。

"走吧，绿灯了。"皮卡回过头喊。

桃子扭过头，推着箱子义无反顾地往前走了。

我按下车窗，让风吹进来。

今天是周日，爸爸去公司开会了，爸爸最近老加班和出差，能见到他的时候不多。

早上，二叔二婶过来接我去参加罗杰叔叔的婚礼。

罗杰叔叔是我爸爸儿时的好友，罗家是在S城做建筑生意的，和我们家也素有交情，罗杰叔叔和二婶还是表亲关系，所以他的婚礼，我们全家都参加。

"你爸爸一会儿直接从公司到婚礼现场。"二叔说。

二婶看着在我家门前巡逻的安保人员，托了托太阳眼镜："你们现在是过上超级富豪的生活了。"

我坐在副驾驶位置，从后视镜看见后座的阿毛被二婶抱在怀里亲了又亲。

北山教堂门前不让停车，司机将车停在了转弯的斜坡上，我们下

妈妈的梦想 MOM·S DREAM

车的时候刚好见到了爷爷奶奶。

我们沿着斜坡转弯走向教堂，二婶抱着阿毛，手指了指马路对面："咦，那是嫂子吗？"

马路是两车道的，并不算宽，路那边的妈妈穿着绿色带字样的促销制服，吃力地推着装满水果箱的手推车上坡。

她满脸通红，扎着马尾，汗流满脸，湿掉的垂发贴在脸面，她扭头用肩膀的衣服去拭汗，也许是见到我们了，还腾出一只手向我们挥手招呼。

我们这边只有二婶举高一只手回应："我怎么觉得，嫂子不像在问候我们，而是向我们说再见。"

"你管她呢，快点走吧。"奶奶说，"她怎么和一卖水果的在一起？"

二婶说："我倒是觉得嫂子这么温柔的人，和谁在一起都不会过得太差。"

"妞妞还在这里，你们在说什么呢？"二叔打断她们，护着我往前走。

我听见奶奶在后面说："她已经不是你嫂子了，你要改口了。"

北山教堂前有一块绿茵茵的草坪，粉色的气球做了一个花拱门，金黄的郁金香被装进了玻璃瓶子里，悬挂在树上，每一条走道的地毯两边都插着鲜花装饰。

这个城市不大，上层社会圈子也不大，来参加婚礼的多是相识的人。我们刚进来签完到，新郎罗杰叔叔过来打招呼了。

"伯父伯母，今天真的太感谢，枫林给布置的婚礼用餐服务。"罗杰叔叔过来拥抱了爷爷奶奶。

"谢什么，小罗。"奶奶说着拍了拍罗杰叔叔的后背，"我们看着你长大的,你的事就是我们的事。"

其实枫林酒店一向提供高端宴会外卖服务,只是这次出征的都是枫林顶级的厨师和服务员。

"恭喜罗杰叔叔。"我乖巧地说。

"哇,妞妞都这么大了,我都快认不出来了。"罗杰叔叔惊讶。

罗杰叔叔定居在新加坡,和我们见面的机会不多。

"你爸爸没有一起来吗?"罗杰叔叔抱了抱我。

"我哥他晚点到。"二叔连忙说。

"杰哥,你都要看不见我了。"二婶说。

"谁说的。"罗杰叔叔伸手要抱阿毛,"让表舅抱抱。"

寒暄过后,爷爷和二叔被安伯爷拉去抽雪茄了,奶奶和二婶去见新娘子了,我一个人进了教堂的休息室,找一个安静的位置坐下。方才妈妈出现的画面在我脑海里盘旋,她好像过得很快乐的样子。

"她和一男的在运水果呢,穿着一促销服,她不叫我们,我都认不出来了。"窗户外是奶奶的声音。

"这么快就有人了?"是安伯奶的声音。

"唉,没准早就好上了。你看这是惠珍(我姑奶奶)拍到过的他们的照片。"

"呀,这可不好吧?"

"我也这么想,不过,桥归桥,路归路,她家本来就是卖猪肉的,她和一卖水果的在一起也正常。"奶奶说,"你没看他们有多恩爱,一前一后的你来我往,那男的老回头看他,她也老朝着那男的笑。"

"那秦野那边怎么样啊?"

"因为还有些财产问题,秦野没彻底签协议。"奶奶说,"我一会儿把这事和他说说,让他赶紧签了。"

我把头靠在沙发上,心乱如麻,妈妈真的和别人在一起了吗?

在婚礼开场前,爸爸赶来了,一出现就被众人包围,然而奶奶突破重围煞有介事地将爸爸拉到一边,估计是依葫芦画瓢把刚刚见着妈妈的话又说一遍。

还没说上一会儿,爸爸下巴一扬,示意婚礼快开始了,奶奶快快过来坐下。

婚礼仪式开始了,我们坐在下面观礼,男宾和女宾分开坐,我坐在奶奶和二婶旁边。

菲力叔叔和安莉阿姨是今天的伴郎伴娘,随着新郎和新娘进场。

"妈,我看菲力和安莉也挺般配的嘛。"二婶笑着说。

"哪有,你这是乱点鸳鸯。"奶奶说。

"妈,你为什么就这么不遗余力地要撮合哥和安莉?即使哥离婚了,选择也有很多,找个年轻漂亮的还不好呀。"

"你懂什么?安莉是独生女,她要和你哥结婚有了孩子,以后安泰也得姓秦的。"

"妈,你这如意算盘打得可真响亮。"二婶嗤笑。

忽然,我想起了丽兹的话,你父母分开了,以后你面对的生活环境就要复杂了。

第十五章

　　阳春三月正是S城社交繁忙的季节,不过近来秦野绝迹于这座城市的社交场合,他不愿意自己的私生活成为别人谈论的资本,更不愿意接受外界对他的家庭莫名其妙的关心。

　　罗杰是他儿时的好友,罗杰结婚,他没有不去的理由,为了避免与众人过多接触,他掐着时间,在婚礼仪式开场前十分钟抵达。谁知被母亲抓住说遇见桃子的事,这里面肯定有添油加醋的成分,他也难辨真假,桃子应该不缺钱,不至于为生计发愁的。

　　幸好婚礼开始,他才得以逃脱。

　　仪式过后,秦野被请去合影,菲力、安莉、露丝都在,年轻时的玩伴见面,难免揶揄一番。

妈妈的梦想 MOM'S DREAM

"罗杰好样的,我们这些人里面,就你英勇地走进了围城。"露丝说。

"秦野才是人生赢家呢,人家进了又出了,还得一宝贝闺女都这么大了。"罗杰玩笑说。

秦野本身并不小气,但菲力连忙岔开话题:"甄妮还在日本探亲,没能赶过来,她说等她回来再聚一下。"

罗杰也自觉说错了话:"好呀,我这次回来也没那么快走。开始用餐了,我们过去吧。"

北山教堂背靠天鹅湖,从教堂的后门出来,就能看到碧波荡漾的湖面和绿茵茵的草坪,婚宴在草坪上举行,秦野一家和安莉一家被安排坐在一起。

安以杰仿佛静候多时,见着秦野就开始滔滔不绝:"安泰正在做多元化的战略布局,除了进军商业地产,我们还收购了方大陶瓷,往房地产的上游行业走走。"

他说的这些,秦野在关于安泰的新闻报道中也看到过,也没什么新奇的。然而,他的下一句话语出惊人:"秦野,我希望你能将枫林的陶瓷供应也交给方大。"

秦野脑子飞转,不含房地产开发,枫林旗下就有数十家酒店,有新建也有维护,每年陶瓷采购少则几千万元,他居然那么轻易地说要就要。

"我想安莉会感激你的。"安以杰又加了一句。

秦野轻笑:"安叔,枫林有固定的几家陶瓷供应商。我可以把方大列入枫林采购的竞标单位,最终还是以实际竞标结果为准吧。"

安以杰皱了皱眉,似乎并不满意,还要继续说,却被秦父打住了:"老安,别一见我们秦野就谈生意,说点别的。"

"我还能说啥,现在不是所有主动权都在秦野手上了吗?"安以杰话锋一转,"他要是来找我,我还能反对吗?我就等着他一句话了。"

秦母乐开了花:"哈哈,老安啊,你是真着急了。"

"什么着不着急的,安莉条件也不差,样貌学识样样第一。"安以杰说,"要不是她也挑,我这岁数,早就当人家外公了……"

秦野发现旁边的女儿心事重重,他不确定是不是她听懂了这个饭桌上的双关语。

"妞妞,今天下午有课吗?"他问。

"没有。"女儿摇摇头。

"会展中心在举办人工智能博览会,我们下午过去看看?"他说。

女儿眼睛忽然闪亮,点了点头。

"您好,秦总。好久不见。"有人前来敬酒。

这是光芒教育的关开,光芒教育是近年来教育行业炙手可热的领军企业,学前教育、中小学基础教育、外语培训、留学咨询,覆盖各个教育阶段和领域。

女儿就是在光芒参加课外补习班的,已经有三年了。

"好久不见,关总。"秦野连忙起来。

女儿也很乖巧地站起来,朝着前方的女子叫了一声:"关老师。"

"这是我的女儿关心,是令千金的数学补习老师,她和你一样在S大本科毕业,后来去了普林斯顿留学。"关开介绍身后的女儿。

"你好,关老师。很感谢你对秦筝的照顾。"秦野礼貌地说。

对方二十四五岁,穿着白裙,有些腼腆,没敢正眼看他。

"您客气了，秦总。这是我应该做的。"关心轻声说。

"难不成现在老师都这么害羞？"二婶在我耳边嘀咕，"这该怎么讲课？"

"老师平常不这样的，见着我们很大方。"我澄清。

"那为什么见着你爸就这么害羞？"二婶说。

"老师曾经说过，她读大学时曾听过我爸的讲座，觉得我爸说得很精彩。"

"哦，那就是她是你爸的小迷妹咯？"

二婶的思路转得快，我一时也答不上来。

"撇开家世不说，你爸的相貌确实对小女生也是有杀伤力的。"二婶笑道，"不过，为什么会安排这么年轻的老师给你上课？老师不是越老越好的吗？"

"这不是学校安排的，是我自己选的。关老师虽然年轻，但是她的讲课方法新颖，解题思路清晰，我们都很喜欢上她的课。"

"哦，那是我想错了，我还以为那个关总又是一搞推销的。唉，我就没见过有人这么不遗余力地推销自己的女儿。"二婶的眼神瞟向安伯爷。

"你在说什么呢？"二叔似乎听见动静，眼神示意二婶闭嘴。

"我说哥哥现在可是香饽饽，奔赴的人前赴后继。"二婶说。

我陷入了深思，以前也许出于对爸爸才华的崇拜抑或对于妈妈平庸的鄙视，我曾幻想过爸爸在外面有能与他媲美的情人，但这些遐想在现实中，在爸爸和他身边女性的接触中，我是找不到任何根据的。

记忆中，在我目之所及的场合，我爸爸总是和所有女性保持适当的距离，即使是拍照，双手也会规规矩矩地放在身后。

　　他之所以这样，我相信是他的身份地位使然，至于里面有没有一点点是因为顾及我妈妈，我也无从考究。

　　怎么说呢，我想，作为子女是很难去评价自己父母之间关系的。

　　那些年头拜访过我们家的人都知道，我父母的相处极其寻常，与普通的市井家庭无异。

　　这里面的主要原因是我的妈妈，我妈妈是一个极其平庸，没有任何深度的女人。她就像一本看见封面就能知道里面内容的书，没有任何能让人去阅读理解的欲望。

　　她与人交流，总能把人拉低一个层次，把人拉低到与她水平一样的层次。比方说，她在我爸爸面前总是说些流水账，今天买了什么菜，做了什么事，见了什么人，这也罢了。更甚的是，我爸爸有时在她面前和我谈论，他对印象派画作的一些见解，她居然也能问出高更是谁这样的问题。且不讨论她知识的浅薄，稍微脑子有点灵光的人，遇见这样的话题，都应该选择闭嘴聆听，以免显得自己愚蠢。然而她偏不，她总是以罕有的热情去积极加入她所不理解的领域。

　　所以，与她在一起，你无法谈论一些更深刻的事，因为你还要可怜她那有限的认知，回到她那水平线上普及一些基本的常识。

　　即使坐在她面前的，她的丈夫是个极其有才华，有独立思想，对于别人来说遥不可及的人。

　　她就是我们家的一块短板，木桶里最短的那一块板，她的高度就决定了我们家庭话题的深度。至于爸爸为什么能忍受呢？我想会有一点是受到原生家庭的影响。因为我见我奶奶也是这样的，在家庭的饭桌上唾沫横飞，喋喋不休地说着自己想说的事，丝毫不理会旁人的感受。我爸爸的容忍度就是这样被培养出来的。

妈妈的梦想 MOM'S DREAM

我不知道爸爸是否烦恼过,这个与他朝夕相处的人无法触碰他的灵魂,但是奶奶说我妈妈配不上我爸爸,再也没有人比我更能表示赞同了。

我父母他们总是规规矩矩地过着,我爸爸坐在餐桌上喝咖啡读报,我妈妈坐在旁边忙着她的插花,两人出门也很少并排走,我妈妈总是小碎步跟在我爸爸身后,两人没有牵过手,更别说拥抱了。

我试图从他们身上寻找爱情的蛛丝马迹,却一无所获,也许我爸爸真的从未爱过我妈妈。

如果妈妈有学识有修养,爸爸的生活可能会和事业一样精彩,至少在精神上的契合度会更高吧。

下午,我和爸爸到会展中心观展,再到一家日本料理店吃晚餐,我想如果不是那通电话,这本该是愉快的一天。

商场假日的人流络绎不绝,现场演唱吸引了许多观众围观,也吸引不少人来扫码关注公众号领水果。

中场休息的时候,桃子见排队领水果的人太多了,就过去帮忙登记递水果。伊春想帮忙,阿宝拉住不让。

桃子爸爸以前就是在市场卖牛肉,桃子也经常帮爸爸递肉找钱,所以对服务顾客并不陌生。

"小妹,我看你干活还挺利索的。"推广员说,"你多大了?"

桃子不假思索就答了:"我三十六了。"

推广员吃惊:"我以为你还很年轻呢。可惜了,要是你三十五岁以下,我还能介绍你到我公司工作。"

"为什么要三十五岁以下才能到你公司工作?"桃子顺着问。

"现在很多公司招聘,包括公务员考试,都只招三十五岁以下的人,谁都想要年轻人。"

"那三十五岁以上的人都去哪里了?"桃子还是第一次听到这样的说法,不明所以地问。

"一看你就是没找过工作,三十五岁要是想找工作,除非很有关系和能力,否则也只能打打零工,反正这个社会对三十五岁以上的人是不友好的。"

"桃子姐,你别听他瞎说。"皮卡也过来帮忙递水果。

中间有个小姐姐领完水果,还说是乐队的粉丝求合影,桃子和皮卡与她合影了一张,姑娘又让桃子和皮卡合个影,两人也没多想,配合地笑对着镜头咔嚓一张。

演出结束后,桃子他们把演出器材搬回到工厂,这时东泽也赶过来了:"很抱歉,给大家添堵了。我已经和鲜果美说了,后面就不合作了。"

"东泽老师,你不用道歉,这不是你的问题。"桃子笑道。

"是呀,老师你也不知道他们会这样。"小天说。

"不能这么说,还是因为我没有签合约,要是有合约的话,他们不敢得寸进尺的。"东泽自责。

"没事啦,东泽老师,我们都原谅你了,烤肉店都选好了。"阿宝说。

"就一顿烤肉吗?"东泽笑着说。

"两顿也可以的。"皮卡也加入了。

"你们不能欺负东泽老师。"小天说。

妈妈的梦想 MOM'S DREAM

大家又嘻哈打闹在一起,桃子觉得年轻人的快乐真的很简单,也很纯粹。

东泽请去的烤肉店很高档,皮卡、阿宝他们没舍得敞开吃,吃两口就说饱了,都是懂事的孩子。东泽没办法,又请他们到工厂附近的糖水店吃糖水,再沿着马路走回工厂。

晚上的月亮很圆,桃子他们很快乐。

他们边走边说,边笑边唱,走在前面的伊春突然转身说:"要是月底你们参加比赛能拿第一,是不是可以成团出道了啊?"

"那当然要出道,但是我们能拿第一吗?"阿宝问,"你看过网上的那些预测冠军的评论了吗?说我们是由一个全职太太、两个大学生和一个中学生组成的临时军,是最不可能的冠军。"

"那谁是夺冠大热?"小天问。

"当然是Z乐队,人家是科班出身正规军。"阿宝说。

"东泽老师,这是真的吗?"小天又求证东泽。

"说实话,我看过其他赛区选手的晋级赛视频,你们夺冠确实有难度。"东泽老师说。

"你没事少看那些没营养的网络评论。"皮卡指责阿宝。

"为什么工厂的门会被打开了?"小天指着前面说。

他们一群人冲进工厂,发现里面一片狼藉,皮卡的键盘、小天的架子鼓、阿宝的贝斯、皮卡的吉他、桃子的麦克风全都被砸了扔在地上。

他们每个人都惊讶愤怒,皮卡气得说不出整句:"他妈的,这到底是谁干的?"

这时有三四个人从楼上下来,走在前面的是一个四十多岁,精明强干的中年女人,厉声道:"皮卡,马上跟我回家。"

"妈,你怎么来啦?"皮卡指着凌乱的地面,"这些都是你们干的?"

"你马上跟我回家,以后不许再搞什么音乐。"皮卡妈妈说。

"阿姨,真都是你们干的?"阿宝指着他心爱的、已被砸弯的贝斯说,"阿姨你知不知道这么做是违法的?故意毁坏他人物品是违法行为。"

"你们有没有搞清楚,这工厂是我的产业,我的地盘,我没告你们非法侵入就不错了。"皮卡妈妈冷笑着说。

"妈,你们不是说过,只要我同意申请出国留学,就答应让我继续参加比赛的吗?"皮卡皱着眉头。

"我答应让你参加比赛,可没答应让你和这女人在一起。"皮卡妈妈直指向桃子,"据说你可厉害了,专门挑富家子弟下手。前秦太太,秦总那边挣够了,就想向我家皮卡下手。"

"皮卡妈妈,你在说什么?"桃子不明所以。

"我说什么,你心里明白。"皮卡妈妈拿着手机向她展示热门新闻话题。

上面第二位是"枫林集团总裁恋上安泰太子女,双方见家长,好事将近",配图是秦野与安莉出席婚礼的照片,还有秦家和安家在婚宴坐在一起的照片。

第一位是"前枫林总裁太太参加歌唱竞赛,火速搭上天恒保健太子爷,两人相差十三岁",配图是今天在商场演出时,桃子和皮卡一起的合影。

"秦野,你快看看新闻。你们又上热门话题了。"秦母在电话那

头说,"新闻里印证了我所有的话,你的头顶早是绿油油一片。我说你赶紧签了离婚协议,免得什么事都带上秦家。"

秦野挂了电话,看了一眼发过来的新闻链接,又看了一眼坐在包间里的女儿。

"妞妞,一会儿吃完爸爸先送你回家,爸爸还有些事要回公司处理。"秦野回到包间和女儿说。

秦野身体向前倾,目光扫视现场参会的人,手里一下一下转动着手机,手机接触桌面发出的声音显得异常响亮。

"上次我让你们查到底是谁写的这些报道,你们查到了吗?"秦野沉着脸说。

参会的人噤若寒蝉,公关部主管何琪硬着头皮应道:"秦总,我们查过这些新闻来源,都是国内媒体同时收到的匿名电子通稿,再往下就找不到具体发通稿的人。"

"我一贯秉承低调原则,十多年都没上过一次热搜,现在可好,这一个月都上了几回了?"秦野真想知道是谁在推波助澜,"这是不是有人要搞我搞枫林?"

何琪连忙应道:"秦总,律师函会正常发,这件事我们一定会彻查到底。我们分析了这件事的利益链条,有以下几种可能性人群,一类是秦太太……姚女士的参赛对手,为了打击她参赛制造恶评;二类是举办赛事的节目组,为了宣传比赛,恶意消费了你们;三类是有可能是枫林的竞争对手……"

秦野回到家已经十一点,女儿房间的灯还亮着,他觉得想要和女儿谈一谈。

"妞妞,还没睡?"

"嗯，我刚练完钢琴。"女儿走过来说，"爸爸，我想和你商量件事，我想回学校上课，自己一个人在家太无聊了。"

"妞妞，现在舆论环境不是很好，爸爸希望你还是在家里待一段时间比较好。"

"爸爸，你不是教过我要直面困难的吗？我也不能一有什么事就躲起来。你放心吧，我相信我有能力面对这些流言蜚语。"

秦野摸了摸女儿的头，欣慰地说："妞妞长大了。"

"爸爸，请不用担心我，你要照顾好自己。"女儿张手抱着秦野。

秦野努力地舒展眉头："你放心，爸爸没事，这些对爸爸来说算不上什么。"

秦野回到房间，又回到了一片寂静之中。

他坐在沙发上，在黑暗中又打开新闻链接，点击一张照片放大，里面的她很瘦，笑得却很自然，和旁边的青葱男生站在一起，眼里散发着亮光，是他不曾见过的。他心里很不是滋味，她是找到她要的幸福了吗？

手机振动，微信家族群里有新消息，这一个月这个群基本没有动静了。秦母在群里说："你看你干的那些事，丢不丢人？那男的比妞妞能大几岁，你都能当人家妈了，还老牛吃嫩草。你不想着点自己，你也该想着你还有女儿。拜托你带着钱安生点过日子吧，马上退出那个什么比赛，免得以后每次都带上秦家和枫林给节目做宣传。不要再给我们添堵了，知道了没有？"

说完，还特意圈了桃子。

桃子没有回复，秦野点开群成员列表，她居然退群了？她又这么悄无声息地走了？

秦野忍无可忍，他打给妻子："你为什么要退群？你是心虚了吗？你就那么迫不及待地和我撇清关系了吗？"

妈妈的梦想 MOM'S DREAM

"我不知道还能做些什么。"妻子淡淡地说。

"你是不知道，还是装不知道。"秦野继续发难。

"秦野，唱歌是我的梦想。"妻子试图解释。

"那你能不能找个切合实际的梦想？你考虑过你去唱歌，成为公众人物，会给我和孩子带来什么影响吗？"

"那些年你为你的梦想四处奔走，长年不着家，你有考虑过为了我和孩子换一个梦想？"妻子说完就挂断电话。

说到底人都是自私的，桃子失望至极，无论对前夫还是前夫家人。现在的她和当年的秦野一样，奋不顾身地追随梦想，为什么她得到的评价和支持会不一样？性别是女性会成为追随梦想的劣势吗？

她和秦野都上了新闻，为什么婆婆就光贬损她？婆婆说话总是能那么理直气壮，有钱就可以有理地活着了吗？

她嘴上说着没关系、不重要，可每次看见秦野和安莉的合影，都足以在她的心里掀起一场波澜。

这么多年来婆婆的指责，桃子从不回应，将自己武装得严严实实，可是内心早已经是千疮百孔，一片狼藉了。

东泽从后视镜里，看见桃子坐在车后排挂完电话，用手背拭擦着泪水，问了一句："桃子，你还好吧？"

时间回到两个小时前，皮卡妈妈过来闹，任凭东泽、阿宝、小天、伊春站出来解释，皮卡妈妈都不听，将他们都赶出了工厂，为了缓和关系，东泽劝皮卡先跟妈妈回去了。

大家站在工厂门口，看着地上被扔出来的毁坏了的乐器，士气十分低落。

"还有两周就比赛了，还比个啥劲？"阿宝一脚踢飞地上的贝斯，伊春急忙跑去捡回来。

小天这个坚强的孩子低着头也忍不住哭了，蹲在地上一一捡起他的架子鼓残骸。

面对突如其来的变故，桃子心也很乱："东泽，你有办法找个练习的场地吗？"

"我想想办法。"东泽说。

"我不参加比赛了。"阿宝指着伊春抱着的被砸弯的贝斯，"装备成了这样，皮卡也不知道能不能来。我不参加了，我宣布退出。"

"阿宝哥，你别说气话。"伊春劝道。

"阿宝，你先别冲动。"东泽上前劝慰。

"我不是冲动啊，东泽老师，你看我们，我们现在这个状态。"阿宝双手摊开，又指了地上的乐器，"皮卡要不来，键盘手还得现找。"

"我走了，不陪你们了。"阿宝说完就走了。

"阿宝哥，你回来，你不能就这么走了。"伊春站在原地喊。

"伊春，你跟阿宝先回去吧。"东泽说，"今晚发生这么多事，大家都要冷静一下。"

后来，东泽开车载着桃子把小天送回家，小天一路上反反复复问："我们不会就这么散了吧？"

"不会的，小天，你放心。"桃子一路安抚。

送完小天，东泽又把桃子送回家，结果桃子在路上接到了丈夫的电话。

"我没事，东泽。"桃子擦着眼泪，努力平复心情。

妈妈的梦想 MOM'S DREAM

"那是你亲近的人打给你的吧?"东泽一边开车一边说,"刚刚皮卡妈妈这么说你,你都没哭。"

桃子没有回应,她就是这么一性格,外人怎么说她都还好,要是亲近的人说她,她就觉得难过想哭。

到了以后,桃子下车,走了一会儿,东泽在后面叫住她:"桃子,你还是和以前一样,有什么事都憋在心里。"

桃子回过头,只见东泽走过来,桃子说:"中年人的烦恼哪能都挂在脸上。"

"你想哭就大声哭出来,被人这么诋毁,心里难受很正常。"东泽说。

"委屈只是一时的,我更担心会影响到比赛。"

"放心吧,还有我呢。"东泽拍了拍胸脯。

这是我这半个月来第一次踏入校园,环境很亲切,同学们见到我也很热情。

"秦筝,你来上课了?"丽兹放下书包就过来围着我。

"太好了,秦筝。"露露也过来了。

"给你们看看这个。"安琪拉起校服,亮出了她的小熊手链。

"哇,这是限量款,我在杂志上看过。"露露说。

"老师来了,你们快坐好,开始晨读。"班长敲桌子说。

大家一下子散去,我很高兴一切如常。

课间休息,我上洗手间,在隔间里听见外面有几个同学议论。

"我看到你们班秦筝来上课了？"

"是呀，今天过来了。"

"她没事吧？"

"我怎么知道，我和她又不熟。"

"她真可怜，父母离婚了，还各自找了新欢。"

"哎哟，你还担心她，瘦死的骆驼比马大，她家这么有钱，她能可怜到哪儿去。"

"是呀，她来上课之前，我们班老师还特意开了班会，提示我们不许议论同学家庭。父母不在，特权还在。"

"钱归钱，没有父母爱也是很可怜的。"

"这也是，万一父母再婚组建新的家庭，各自再生个孩子，真的连钱都没了。"

"所以说，离婚家庭的孩子像根草啊。"

我突然推开厕所隔间的门走出去，她们都吓了一跳，一下子散去。

我强忍着愤怒，到水池洗手，抬头看了看镜子里面的自己，没想到自己竟然成了大家可怜的对象。

下了课，我收拾书包，极速离开学校，没想安莉阿姨居然站在校门口向我招手。

"我听你奶奶说，你来学校上课了，特意来接你放学。"安莉阿姨想接过我的书包。

"安莉阿姨，我自己来吧。"我紧握住了书包的肩带。

"也好。今天在学校过得怎样？"安莉阿姨走在我的旁边。

"挺好的。"我不愿多谈，埋头快走，离开校门口。

"妞妞，你今晚想吃什么？一会儿你上完补习班，我带你去

妈妈的梦想 MOM'S DREAM

吃。"安莉一边开车一边说。

"我想回家吃饭。"我应道。

"好呀,那等你上完补习班,我送你回家。"安莉阿姨说。

"不用了,安莉阿姨,你先回去吧。陈叔会来接我的。"我说。

安莉阿姨后面没再说什么,就在我下车的一刻,她说了一句:"妞妞,你不用担心,以前你有的,以后你也会有,未来只会更多,不会变少。"

我回到家,家里静悄悄的,鉴于我奶奶时不时到来的卫生检查,张姨热好饭菜就去打扫卫生了。

我坐在餐桌上,一口一口吃着,想起了我妈妈在的场景,爸爸忙于工作,还是妈妈和我两个人吃饭的时候多。

小时候吃饭,妈妈总是往我碗里夹菜,以至于我六岁都不会自己伸筷子到碟子里夹菜。直到我第一次参加夏令营,因为抢不到菜,只能干吃白米饭,我才意识到自己的问题。

我妈妈总是说:"做父母的,哪样不是为了子女?"

她总是说:"妞妞,别怕,万事有妈妈在。"

妈妈在?我冷笑了一声,结果她说走就走。

还有安莉阿姨,她说我拥有的一切不会变。万一她和我爸爸又有了孩子,他们还会爱我吗?

大人们说的话真的可信吗?

第十六章

东泽说到做到,第二天就找了一个音乐室让桃子过去看。

"怎样,还好吧?"东泽问,"不少歌星过来录歌。"

这个音乐室大小话筒和话放就有七八个,还有调音台和监听音箱等,设备齐全,比在工厂时好多了。

"这全天租下来应该不便宜吧?"桃子说。

"钱的事你别管了。"东泽说,"你喜欢就好。"

"这哪能行?我付就好了。"桃子说。

"桃子啊,当年我是没钱帮不了你,现在我有钱了,不怕。"东泽说。

这时一个扎着小马尾的精瘦男人走过来:"东泽老师,不好意思,这里不能租给你了。"

"为什么,董哥?昨晚不是说好了吗?"东泽奇怪。

"有变化。你们再找找看吧。"董哥含糊地说。

"不,董哥,咱们这么多年交情,有什么变化,你得说清楚了。"东泽说。

"有人不让租给你们。"董哥掏出一根烟点上。

"谁啊?"

董哥看了一眼东泽,烟雾从嘴里吐出:"是天恒保健的刘根上。刘根上在娱乐圈也有点影响力,现在他放话不让他儿子参加比赛,现在估计谁也不敢把音乐室租给你们了。"

果然,后来东泽问遍了熟人,又跑了几间音乐室,都没人愿意租给他们。

"昨晚我看皮卡妈妈那架势就知道不是善类,谁一上来就砸东西。"东泽说。

"其实我们就是找个地方练习,只要不扰民就可以了,其他要求没那么高。"桃子说。

东泽突然灵机一动:"我家在老城有个旧平房,因为说要拆迁,附近的人都搬走了,要不去那里看看。"

"我小时候就住在那儿的,住了十几年,我们搬走后就出租给别人当仓库。这两年因为说要拆,也没有往外租了。"

平房也不难找,出了四方街右转两百米就能见到,是一间白色的房子,配了一扇红色的铁门,门前写着大大的一个拆字。

南方潮气重,平房因为日久失修,打开门时有股霉味,桃子鼻子敏感打了几个喷嚏。

房子七八十平方米,之前租出去当仓库,把非承重墙都拆了,成了一个大开间。

桃子在空间内比画器材摆放："地方应该够大。"

东泽过去把窗户打开透气，铁窗都长锈腐蚀了，使劲推开就掉了："呀，不中用了。"

"没事，回头拿木板封上就行。"桃子回头看他，笑了笑，"我觉得这里可以。"

"嗯，这附近没人住，也不怕吵到别人。"东泽将头探出窗外。

"那我们先收拾收拾，在群里说一声，让他们明天过来。"桃子兴奋地说。

"好，我让人今天把设备运过来，让他们明天来就可以练。"

小天第一个赶过来的，一起帮他们打扫场地。阿宝说了不来，被伊春拽着过来了。

"这也太简陋了吧，为什么不找间音乐室？"阿宝说。

桃子和东泽对视一眼，桃子开口说："我们去看过了，不好找，时间又紧，音乐室又贵，按小时收费，我们经费一向紧张，你也知道的。"

"那这个设备也太简陋了吧？"阿宝拨了一下贝斯。

"这些都是我找朋友借的，你的贝斯，桃子的麦克风，小天的架子鼓，皮卡的键盘，我全都下单了，跟原来的一模一样，过两天就到货。"东泽说。

"哎呀，阿宝哥，全场就你问题最多。赶紧把你的贝斯调音吧。"伊春说。

"也不知道皮卡那边怎样？"小天突然说。

"在群里发的消息，皮卡应该能看到，要是他能脱身一定会赶过来的。"桃子说，"我们先在这儿安顿好，等待他吧。"

不知道是因为皮卡不在，还是因为挪了地方不适应，还是因为大家情绪不好,练了几次效果都很不好,大家有点丧。

东泽劝说:"慢慢来吧,这事急不来。"

这天晚上,桃子被父母召回家吃晚饭,太久没回了,桃子也知道躲不过去。

起初,父母表现得很平静,加上弟弟也在,插科打诨活跃气氛,一切还算正常。

变化是从大家坐上饭桌开始,因为和桃子相关的话题乏善可陈,以往涉及桃子的话题,孩子、家庭,一个都不能聊,现在涉及桃子的话题,唱歌、绯闻,更是不能聊。

一家人只能弯弯绕绕把话题引到说到弟弟的婚事上。

"你也老大不小了,该找一个了。"桃子妈妈说着。

"妈,我知道了。"桃子弟弟说。

"知道知道,我一说你们就知道。"桃子妈妈说着,"一个是这样两个是这样,真要愁死我了。"

桃子终于被点名了:"妈,你不要担心我,我没事。"

她知道父母应该也是看了不少网络新闻,吸收了不少负面的信息:"网上说的那些都不是真的,你们不要看,也不要信。"

"我们不看不信就不存在了吗?"桃子妈妈终于忍不住了,"桃子啊,即使是离了婚,你还有女儿的,你想过妞妞要怎么办吗?"

"妈,不是说好了不提的吗?"弟弟也加入了。

"不提怎么行?妞妞现在好不容易开始去上课了,你就不担心她在学校会被指指点点吗?"桃子妈妈说。

"妈,你怎么知道妞妞情况的?"桃子问。

"今天我去她学校看她了。"

"妈,你怎么跑去学校了?"桃子弟弟问。

"我之前都去过好几回了,今天才见上。我真的想孩子了,今天在学校门口看她垂着头走出来,无精打采的,她看见我叫了一声外婆,她说她挺好,让我别牵挂。这么懂事的孩子,我看见她就心疼。"桃子妈妈吸了吸鼻子,"你说你为了这个比赛,搞到婚也离了,孩子也跟着遭罪,真是造孽啊。"

"妈,姐离婚也不光是姐一个人的问题。"弟弟说。

"我知道,我今天也见到那个女人来接妞妞了。你和秦野怎样,我也不怪你,终究是门不当户不对。但是离了婚,孩子还是得管的吧。"桃子妈妈一直说,"你退出那个比赛好不好?那些新闻这么说你,我看着就难受,亲戚朋友也爱打听,我和你爸现在出门遇见熟人都抬不起头,更别说妞妞一个孩子要面对这些了。"

"桃子,你去比赛唱歌是为了挣钱吗?"桃子爸爸也说,"我和你说不用担心,爸爸这些年开便利店也挣了不少钱,你不去工作,爸爸也能养活你。"

"爸,姐是喜欢唱歌,不是为了钱。"弟弟说。

"爸妈,我觉得我作为一个女人,首先是一个独立的个体,再才是为人母,为人子女,要是我都没办法做自己想做的事,追求幸福,我想我也没办法让身边的人幸福。"

桃子平静地放下碗筷,挽起手提袋离开。

弟弟执意开车送桃子回家:"姐,爸妈说什么你不用在意。"

桃子倚靠车窗:"爸妈说得对,我参加比赛,确实给大家带来困扰了。"

"其实比赛本身没什么,就是那些无中生有的绯闻让人觉得可恶。"弟弟说。

"我下周就比赛了,我是打算比赛完再去找妞妞的。"

"那就按原计划走好了,妞妞这么聪明,估计可以应付这些。"弟弟说。

这时,桃子的电话响了,是方医生打来的:"太太,小姐出事了。"

"妞妞,刚刚那位是谁?"安莉阿姨问。

"我外婆。"我钻进了车子里。

现在安莉阿姨每天都来接我下课,和妈妈以前一样。

"你外婆还有脸找你啊?"

我吓了一跳,才发现奶奶坐在了后排,她总是神不知鬼不觉地出现。

"奶奶,你怎么也来了?"

"今晚你安伯爷举办生日宴会,我来接你一起过去。"

"我一会儿还有补习课。"我推托说。

"我已经帮你和老师请假了。"奶奶说。

"你怎么可以随便帮我请假?"我生气了,奶奶真过分,没有问过我就随便给我做主。

"你这课天天上有什么不一样的?安伯爷的生日能天天有吗?"奶奶还在说。

"奶奶,你也天天吃饭啊,哪能有什么不一样的?"我顶回去。

安莉阿姨打了了圆场:"妞妞,没事先和你说,是我不好。一会儿我带你去店里试衣服,这回来了好几件新款。"

我看在安莉阿姨的分上,没再说话。

"安莉,你别惯着她,她读书是好,现在看来是读傻了,一点人情世故都不懂。"奶奶说着。

安伯爷的生日宴会是在枫林酒店举办的,现场有钢琴现场演奏,踢踏舞表演,还有京剧演出。

我身穿着华丽的礼服,抬头环视周围,发现今晚二叔二婶,许多秦家的亲戚以及枫林的高管都来了。

"妞妞,快过来见过你安伯爷吧。"奶奶举着酒杯招呼我过去。

我乖巧走过去:"安伯爷,祝您生日快乐。"

"妞妞乖,听说你最近除了上学都待在家,回头我让你安莉阿姨多带你出去玩玩啊。"

"安伯爷,我是在家学习的,没有时间去玩。"我说完就走开了。

听见奶奶在后面说:"这孩子什么都好,就是不太礼貌,都是她妈给惯的。"

"独生子女多少有这个毛病,可以理解。"安伯爷说。

"所以回头安莉能给她添个弟弟,没准就好了。"奶奶说。

安伯爷听了,哈哈大笑,还笑了好久好久。

气死我了,奶奶居然这么说话,我今晚都不要再见到她。

"妞妞,怎么今晚你也来了?"二婶拿着餐盘走过来和我说。

我也看着她,一副"怎么你也来了"的表情。

"你奶奶让我来的,像是要宣布什么大事的样子。"二婶说。

然后,我们不约而同地向站在宴会核心位置正得意着的奶奶望去。

这时,安莉阿姨也过来了,身穿了一袭淡黄菊色长裙,绾了一个低盘发髻,打扮得十分漂亮。

"妞妞,今晚你喜欢的一个主持人也来了,我带你过去拍个合照?"安莉阿姨过来和我说。

"不了,阿姨。"我说,"我有点恶心,想歇一会儿。"

"哦?你是怎么啦?"

"可能我穿少了,有点着凉了。"我随便找了个借口,"阿姨你先忙,我坐一会儿就好了,二婶会陪着我的。"

"那我让人把温度调高一点,你好好歇一会儿。"

安莉阿姨走后,二婶问我:"妞妞,你是真恶心还是假恶心?"

"真恶心。"我觉得这里的人和事恶心到我呼吸都要困难了。

爸爸是很晚才到的,他一来就万众瞩目了,尤其是安伯爷笑得见牙不见眼,向安家的所有亲戚都介绍了一遍我爸爸,连切蛋糕都想叫上我爸爸。

听见旁边的人说:"你看,秦总为了未来岳父办了一个这么大的寿宴,看来也是好事近了。"

"妞妞,这宴会是你爸给办的?你妈真的又找了一个年轻小伙?"这时候,三姑奶奶冒出来了。

明明是我父母的事情,为什么大家都爱来问我呢?好像默认我都知道和应该知道一样。其实我什么都不知道,我父母不和我说,我就什么都不知道。

"我不知道。"我气得气都要喘不过来了。

"啊,妞妞,你的脸怎么啦?"二婶看着我,吃惊地捂住了嘴巴。

秦野开完会才到的宴会现场,差点连切蛋糕环节都错过了。

秦母一见他来就不高兴:"你最近事情很多吗?参加个宴会都拖拖拉拉才到,大家都在等你呢。"

"今天又不是我生日,等我做什么?"秦野从服务员举着的托盘上随手拿起一杯酒,走向安以杰。

安以杰见着他自然高兴,就好像这个宴会就是为秦野而设的一样,拉着他与安莉和许多亲友见面,这让秦野很不舒服。

"妞妞也来了,在芙丽那边。"安莉与他说。

他远远地见着女儿坐在长椅上,低头玩着手机。

切生日蛋糕的时候,安以杰让秦野上台和他一起切,秦野自然不肯,他知道这意味着什么。

"妞妞,你怎么啦?"秦野听到芙丽的尖叫声,立即拨开人群冲到女儿身旁。

他见到女儿脸部肿胀,颈部和手部可见的皮肤出满红疹,倒在沙发上喘息,他发了狂,抱起女儿往外冲。

虽然听过无数次妻子跟他描述女儿吃芝麻过敏的恐怖场景,但他还是第一次见到。

看着女儿一下一下喘息,他的脖子也像被绳子紧紧勒住,一下一下,勒得他也喘不过气。他只有一个念头,妞妞不能有事,他的宝贝女儿绝对不能有事,只要女儿能没事,让他去死都愿意。

"妞妞,没事的,爸爸在这里。"他紧抱着女儿,一边大喊,"小杨,到了吗?"

"马上到了。"小杨已经连冲三个红灯了。

车子停在急诊门口,医生和护士早已候命,将女儿放到救护床上,推进了急诊室,秦野想要跟进去,被护士挡在了门外。

他站在门外,脑海浮现过往记忆的片段和各种奇怪恐怖的想法。

妈妈的梦想 MOM'S DREAM

"爸爸。"他想起了妞妞小时候第一次软糯糯地喊他爸爸。

"再见。"他又想起了妞妞第一次出门上幼儿园向他挥手说再见。

不能再见,他的妞妞一定要平安,他捧在手心上的乖女儿一定要平平安安活得比他还长。

要是女儿有事,妻子会彻底和他没完的,又或者妻子和他就会彻底完了,女儿回不来,妻子再也不会回来了。

不一会儿,方医生、秦母、安莉、秦峰、芙丽都赶过来了。

"方医生,不是妞妞长大了,就对芝麻不过敏了吗?"秦母急着说。

"老夫人,这还是有量的区别,小姐长大只是增加对芝麻的耐受度。按理说只是摄入少量芝麻,是不会导致过敏反应的。现在这种情况,应该是摄入一定量的芝麻才会有这样的反应。"方医生说。

安莉站到秦野旁边安慰道:"妞妞会没事的。"

秦野回忆起妻子在的时候,无论是参加宴会,还是外出就餐,她定会询问食物是否会带有芝麻,确保那些含芝麻成分的食品离得女儿足够远,还会随身携带抗过敏药。

如果妻子在,根本不会发生这样的事。

他转过身,以为自己眼花了,妻子和她弟弟正跑过来。

妻子先去问方医生,又冲到自己面前责问:"你是不知道女儿对芝麻过敏?你怎么能让她接近带芝麻的食品?你为什么不随身带抗过敏药?"妻子面红耳赤。

秦野沉默以对,反而是秦母过来说:"你别在这里撒野,妞妞这样谁都不想的。我们也不知道宴会的食品有芝麻。"

"那个,太太,因为这个宴会不是我们主办的,我一开始也不知道小姐会过来,所以没有交代后厨准备不带芝麻的食品。"小杨过来解释。

"今晚是我爸爸的生日,是我临时请伯母也带上妞妞的,秦野事先不知道妞妞会过来。我不知道妞妞对芝麻过敏,这是我的疏忽,很对不起。"安莉过来道歉。

妻子冷冷地说:"我问的是孩子她爸,你们为什么要挡在他前面?"

面对妻子的质问,秦野想起女儿虚弱喘息的样子,妻子离去后他生活上的种种不顺,存在他心上的那股怨气,他终于爆发了。

"今晚的事,都怪你。"

"怪我?"

"如果不是你一意孤行要走,如果不是你抛弃了孩子,如果今晚你在妞妞身边,根本不会发生这样的事。"秦野说。

"你说我抛弃了孩子?我以为你有能力保护她,我才把她让给你。要是你根本不在意孩子,你就把她还给我!"

"把妞妞给你?你有什么资格说这话?你嫁给秦野十几年就生了妞妞这根独苗,你哪有脸说这话?要是你能多生两个孩子,不吊死在一棵树上,至于现在这样抓瞎吗?"秦母又过来插话。

听了这话,妻子几近疯狂:"你是什么意思?你是说如果现在多两个孩子,妞妞的命就不重要了是吗?妞妞出事就可以不悲伤了是吗?"

"你知道为什么我不愿意多要一个孩子吗?就是因为我讨厌你,我恨你!我才不会蠢到再给你多生一个姓秦的孙子!"

桃子接完方医生的电话,心急如焚地和弟弟赶到医院。在医院她

妈妈的梦想 MOM·S DREAM

见到推卸责任的丈夫,还有嚣张跋扈的婆婆,那些年抑压在心底的往事,如潮水般汹涌在眼前。

自从丈夫向她普及作为妻子必须履行的基本义务后,她心里就害怕。桃子还在给孩子喂奶,她去找了医生,医生说皮埋很安全。她一开始做皮埋不是为别的,就是担心再次怀孕影响给妞妞喂奶。

复杂的是后来,妞妞拽了拽她的衣服,懵懂地问:"妈妈,什么是吸血鬼?奶奶说外婆全家都是吸血鬼。"

她蹲了下来,望着女儿清澈的眼神,也不知道怎么回答。

还有她忙前忙后帮婆婆张罗策划茶话会,可在茶话会上婆婆莫说向别人介绍她,就连距离都离她远远的,像是她得了什么传染病。

或许,婆婆觉得她真的是得了一种病,而且终身无法治愈,那就是穷病。

在得知丈夫想多要一个孩子后,桃子也曾犹豫过,让她坚定想法的是那一次。

"妞妞,你在说什么?你说你长大以后想当一个钢琴家,这不是一个笑话吗?"婆婆轻蔑地笑。

"奶奶,我是说真的。"

"真的什么呀?妞妞,你以后也要和你爸爸一样成为一名企业家,你是女孩,哪怕以后不接管枫林,也要继续将枫林发扬光大,世代传承下去。"

"妈,妞妞只是一个孩子,她喜欢钢琴,所以她才想成为一个钢琴家。"

"什么孩子不孩子的,你应该从小就纠正她。家业都是世袭的,就像你爸是卖猪肉的,以后你弟也是卖猪肉的一样正常。"

"可如果她的梦想就是弹钢琴呢?"桃子小声说。

"那你就从她小时候开始别让她抱有不切实际的梦想,秦家的人都是为了枫林而活的,你没看她二叔虽然不掌管枫林的主要产业,可是把枫林系其他的产业发展得多好。"

"奶奶,我就是想当钢琴家,我要告诉爸爸。"

"妞妞,你怎么这么不听奶奶的话。你去说吧,你爸以前还想当昆虫学家呢,你看看他现在在干什么。"

"妈妈,妈妈,我就是想弹钢琴。"妞妞扑到桃子怀里大哭。

"妞妞,我和你说,你爸四岁的时候就能说出一百种昆虫的名字,你看看你爸爸现在在干什么。"

妞妞放声大哭,婆婆那摧毁梦想、摧毁爱,面目狰狞的脸刻画在了桃子的心中,丑陋至极。

那天晚上,女儿直到睡前还在问:"妈妈,以后我还能当钢琴家吗?"

桃子摸着女儿的脑袋:"可以的,我们可以一边弹钢琴一边当企业家。"

晚上丈夫回来了,她接过丈夫递过的大衣,轻轻地说:"你小时候的梦想是什么啊?"

"你怎么问起这个?"丈夫奇怪。

"听妈妈说起你小时候的梦想是当一个昆虫学家?是真的吗?她还说你四岁就能说出一百种昆虫的名字。"

"哦,我都忘了,我小时候好像确实对昆虫很感兴趣。"丈夫苦笑。

原来生长在这个家庭的人都是不自由的,不能有自己的梦想,不能顺应自己的内心去做想做的事。

桃子家贫,以为只是她不配有梦想,她一直忍气吞声,画地为牢,她努力地让下一代去自由飞翔,可是原来下一代也是一样的。如

妈妈的梦想 MOM'S DREAM

果孩子无法按照他自己的意愿成长，长大后不能做自己想做的事，为什么要自私地将他们带来世上？

桃子对着婆婆咬牙切齿："你知道为什么我不愿意多要一个孩子吗？就是因为我讨厌你，我恨你！就是你对我说过的那些话，你对我造成的心灵上的创伤，我一辈子都不会忘记，我才不会蠢到再给你多生一个姓秦的孙子。"

秦野过来抓住桃子的双臂："你冷静一点。"

"你别碰我！"桃子甩开秦野的手，"你这么多年来，除了会给钱，你还为我做过什么吗？你妈这么多年来这么对我，你都视而不见，你是瞎了吗？还是你觉得我就应该仰视你，仰视你全家，你给我什么，我就应该高高兴兴地拿着，不能提需求，连一句抱怨都不能有，是吗？可你知道我真正需要什么吗？……"

"你这个卖猪肉的，你知道你在说什么吗？"婆婆手颤抖地指向桃子。

"你错了，我家是卖牛肉的！我曾经那么努力地改变自己去融入你们，想得到你们的认可，可每次你责备我都会回到我的出身，我的出身是我永远无法改变的。"

"没错，我家就是卖牛肉的，可我求你们让我嫁入秦家了吗？"桃子歇斯底里地说，"你以为我嫁入秦家是我的无上光荣吗？对于我来说，这就是一个诅咒，活生生的诅咒。你们把我的人生都毁了！"

桃子说完这句话，秦野整个人定住了，只有婆婆捂住心脏，气得上气不接下气："你，你居然敢说嫁入秦家是诅咒？"

"如果不是因为妞妞，我才不会站在这里，跟你们这些自以为是的上等人扯上半点关系！"

"你……"婆婆一口气没喘上来,晕了过去,现场乱作一团。

恰逢其时,医生从急诊室里出来了,桃子和秦野迅速都围了上去。

"刚刚的情况还是挺危险的,我给注射了肾上腺素。现在病情已经控制住,要观察几天才能出院。"急诊医生说。

"医生,我想看看孩子。"桃子哭着说。

"病人还没醒,一会儿会转到特护病房。"医生说。

女儿恹恹躺在病床上,全身红疹未褪,戴着氧气罩,被推了出来。

桃子一见女儿魂都没了,身旁纷纷扰扰,婆婆晕倒被拉去急救,方医生在她耳边解释病情,她全置若罔闻,只管跟着病床走。

桃子站在病床前,痴痴地看着女儿,不知过了多久,弟弟进来了。

"医生说,妞妞没那么快醒,要不我们先回去吧,明天再过来。"

"不,我要在这里等着,等到她醒过来。"桃子说。医院这么大,这么阴冷,她怎么舍得把女儿一个人留在这里。

"姐夫说,他留在这里等就好了。"弟弟说。

桃子回头看了一眼站在门口的秦野:"你让她爸回去吧,我不想见到他。"

弟弟叹了一口气,转身走开了,过了一会儿,弟弟又进来了。

"给。"弟弟给桃子递过去一瓶冰水,"到外面坐一会儿吧。"

桃子到走廊的休息椅边坐下,拧开了瓶盖,仰头喝了好几口。

"姐,你还记得吗?十年前妞妞掉进水里那次,好像也是送来这个医院。"

"嗯。"桃子说。

"所以说，妞妞一定会像上次那样，福大命大，很快就没事了。"

弟弟又过了许久才说话："姐，你真的是因为你婆婆，不要二胎的吗？"

"嗯。"桃子说。

"这样对姐夫是不是很不公平？"

桃子看向弟弟，神情木然，吓得弟弟连忙说："我不是在说教，我只是觉得婚姻是两个人的事，包括要孩子也是，你却因为一个婚姻以外的第三者，拒绝再要一个孩子，这样对姐夫是不是不太好？"

桃子低下头，没有争辩。

"还有，你刚刚说嫁入秦家对你来说是个诅咒，这是真的吗？"

"我就是当时气急了，口不择言。"桃子说，"在妞妞小时候，在搬离老宅以后，我还是快乐的时间比较多。"

"哦，那就好。"弟弟说，"不过你这么说，我见姐夫真的很受伤的。"

"有吗？他还在乎这个？"桃子说，"我们的婚姻早已变得满目疮痍了。"

"也许没你想象中的那么坏吧？"

"谁知道呢？不过，这已经不重要了。"桃子又站起来，隔着玻璃看着躺在床上的女儿。

"给。"秦峰在医院的花园里见到秦野，给他递了一根烟。

"妈打了降压针,没什么事了。"秦峰给自己也点了一根,"嫂子,还好吗?"

"不知道。"秦野吸了一口烟。

"哥,你还好吗?"

"我还好啊。"秦野说,"人在一帆风顺的时候,是看不到自己的问题的。今晚的事就是一面照妖镜,把我的婚姻家庭照了个底儿掉,原来以为是岁月静好,其实早已是一地鸡毛了。"

"哥,如果你在乎她,为什么不和她说?"

"说什么?"

"你为她做过的事。"

"什么事?她说得对,我也没为她做过什么。"秦野回忆这十多年,他脑海里浮现的全是工作。

"不对吧,我记得就有一次。"秦峰说。

"哪一次?"

"就那一次,妞妞掉水里的那次。"

那会儿正是枫林重组的关键时刻,秦野每天出差见投资人,见律师,见审计师,还要天天和父亲搞对抗。

有晚秦野出差回来,秦峰见着他说:"哥,嫂子好像有点不太对劲?"

"什么不对劲?"秦野揉着脑袋。

"她昨天倒在二楼的走廊上,王妈在一旁叫着她,我刚好上楼看见,吓了一跳,正要叫救护车。结果,嫂子忽然睁开眼坐起来,'呀,我怎么在这里睡着了?'

"事后,王妈偷偷和我说,嫂子最近有好几次和她说着话,忽然晕倒在地上,醒了以后还以为自己是睡着了。

妈妈的梦想 MOM'S DREAM

"嫂子可能是因为最近压力太大了。王妈说,自从妞妞掉水里以后,妈每天都要说一遍妞妞掉水里的事,还让嫂子每天抄佛经谢罪。"

秦野知道妞妞掉水里的事,那会儿他还在外地出差,秦母当时就给他打电话抱怨了一大通。后来,他打电话问妻子,妻子说没什么事,让他别担心。

秦峰还把秦母在医院对妻子说过的话,复述了一遍:"看来妈这次是存心和嫂子过不去了,你看该怎么办吧。"

秦野大概花了一分钟来思考这个问题,就有了答案。

秦野隐约记起,去看新房子那天,桃子穿着一件七彩斑斓的长裙,像花蝴蝶一样围着房子转了一圈又一圈:"你是说以后我们搬到这里住?"

"妈妈那边知道吗?"

"她真的不反对?"

她挽起他的手,一遍又一遍地和他确认,裙摆迎风飞扬,笑颜如孩童般灿烂。

"你曾经为了她,搬离老宅,远离妈的控制。"秦峰说。

"现在说这个,还重要吗?"秦野走到垃圾桶前,熄灭香烟扔了进去。

"重要的,如果你在乎她,就应该说出来。"

"她不在乎我,她在乎的只是孩子。"

秦野心里很清楚当年要不是妞妞这根定海神针,桃子不可能嫁给他。只是在往后的岁月里,他见她总往他的行李箱塞些奇奇怪怪的平安符,对着电视里的养生节目做养胃食谱,跟在他身后碎碎念地送他出门,对他百依百顺、无微不至,他以为她终于和那些嫁给爱情的女人无异了,她和他可以相处到白头了。

而今晚她说出来了,过了这么多年,她还是说出来了。

"妞妞,你醒了?"桃子站在床边,见女儿睁开眼,"我去叫医生。"

医生和护士都过来了,给妞妞检查身体情况,医生说:"目前看来情况良好,下午可以转去住院部了。"

"医生,她现在可以吃点什么吗?"桃子问。

"我们会先给她输点营养液,"医生说,"可以给她准备些流食,易消化,清淡的食物都可以。"

"好的,谢谢医生。"桃子连忙道谢。

"妞妞,医生说你没事了。"桃子高兴地对女儿说。

可女儿别过脸,好像不愿意理她:"爸爸呢?"

"我让他先回去了。"桃子说,"你醒了,他一会儿就会过来。"

桃子弟弟买完早餐回来,看到妞妞醒了也很高兴:"妞妞,你想吃点什么?舅舅买了白粥和包子,你要是都不喜欢吃,舅舅再去买。"

"我什么都不想吃。"女儿说。

"一会儿医生会给她输营养液,等输完液再吃吧。"桃子说。

"我想再睡会儿,你们太吵了,先出去吧。"女儿闭上眼睛说。

"哦,那我们先出去。"桃子说。

桃子和弟弟在医院守了一个晚上,见到女儿醒了是满心欢喜的,

妈妈的梦想 MOM'S DREAM

现在两人沉寂地站在医院走廊。

"你打电话让她爸爸过来吧。"桃子对弟弟说,"她想见她爸爸。"桃子又说,"一会儿你先回去吧,一晚没睡你也累了。"

"不,姐,我陪着你。"弟弟说。

"姐,姐夫一会儿就到了。你要不要先找个地方吃早餐?"弟弟又问。

"哦,好呀。"

桃子拎着弟弟买的包子和白粥到了楼下的花园,她坐在长椅上,嚼着包子,味同嚼蜡。

在斜对面的长椅上,坐着一对母女,妈妈在低头刷着手机,女孩四五岁,头上贴着退热贴,手上捧着一盒牛奶在吸。两人挨在一起,许是妈妈觉得挤了,往边上挪了一挪,女孩也跟着挪了一下,还是贴着妈妈。明明是那么宽的长椅,孩子就喜欢靠着妈妈,和妈妈挤在一起。

桃子不自觉地笑了,这种孩子对母亲的依恋,桃子在妞妞小时候也感受过,记忆尤深。

桃子回到病房,看见弟弟守在门口:"刚刚姐夫来过了,妞妞奶奶和安莉也来过了。"

护士正在给女儿挂输液袋,桃子推门进去把窗帘拉开,嘴上说着:"今天天气真好呢。"

等护士走了以后,她过去问女儿:"妞妞你想吃点什么吗?"

这时,桃子才发现女儿红了眼睛:"妞妞,你怎么啦?"

"你把一切都搞砸了。"女儿含泪说。

桃子愣住了:"你怎么啦?"

"要不是你坚持参加那愚蠢的比赛，要不是你坚持离开家，我根本不会这样，你把我原来的生活都毁了。"女儿大哭起来，"你不是我妈妈，你不配做我妈妈。"

"原来你是这么想的，我很遗憾你是这么想的。"桃子忍了一个晚上的委屈、疲惫到达了临界点，泪水溃堤而下，"很可惜，我是你妈妈，你是我女儿，自我生下你的那一刻起，到你老，到我死，这一生都不会改变。妈妈有自己想要做的事，也有追求梦想的权利，如果因此影响到你，我更希望获得的是你的理解和支持，而不是指责。"

"姐，你累了一个晚上，该回去休息了。"弟弟上前拍了拍桃子，然后又看着妞妞说，"姐夫说，一会儿张姨会过来照顾她。"

"我们走吧。"弟弟推着桃子离开了。

是奶奶和安莉阿姨先到的，奶奶一见我就抱怨："妞妞，你都十多岁了能不能懂点事？你明知道自己对芝麻过敏还吃那么多含芝麻的酥饼，万一有个什么事，让我怎么跟你爸交代啊。"

"还有，你知道我昨晚是在哪里过的吗？就在你楼上的病房。因为你这事，我被你那个没本事的妈说了一通，气得我血压飙到一百八，幸好有你安莉阿姨陪了我一个晚上。"

我别过脸，奶奶絮絮叨叨的，真让人心烦："我要知道里面有芝麻，我还能吃吗？"

"阿姨，你别说妞妞了，是我不好，我没有照顾好她。"安莉阿姨说。

"安莉，这事跟你没关系，她的命是她自己的，自己不爱惜怪不得别人。"奶奶安慰安莉阿姨。

这时,爸爸风尘仆仆赶来了,一脸憔悴:"妞妞,你醒了?还有哪里不舒服吗?"

"爸爸,爸爸。"我噘着嘴,眼泪就下来了。

爸爸用手轻抚我的泪水,痛心地说:"妞妞,爸爸对不起你。"

"你们这是干吗呢?一大早个个都在做检讨。"奶奶上来说爸爸,"我说妞妞都这么大了,应该学会照顾自己了。"

"妞妞,现在你爸和你妈已经离婚了,你那个妈以后不会跟着你了,你以后要照顾好自己,别给大家带来麻烦了。"

"你说什么?"我惊住了,我第一次从别人口中证实我父母离婚的消息。

"妞妞,这事怪不得你爸,是你妈自己作,非要参加那个什么比赛,和你爸离婚的。"奶奶说,"所以,你要多体谅你爸……"

"妈,你血压正常了吗?你要好了,就回家休息吧。"爸爸不耐烦地说。

"阿姨,我们还是先出去吧。"安莉阿姨过来劝奶奶。

"我怎么啦?我说错什么啦?"奶奶义正词严,"我不是为了你好吗?你以后也会再婚再要孩子的,谁有空成天围着她转啊?"

"妈,你出去,以后不要再管我的家事了。"爸爸下了逐客令。

"你反了你,居然敢这么和我说话。"奶奶捂着胸口大口喘气。

"阿姨,您别激动,我先带您回病房休息。"安莉阿姨扶着奶奶一起离开了。

"奶奶说的话是真的吗?"我边哭边问爸爸,"你和妈妈真的离婚了?"

"妞妞,爸爸一直想找时间和你聊一下。"爸爸神情严肃,"我和妈妈之间存在的问题,比想象中的要复杂。也许……也许我和你不得不面对只有两个人的生活。不过,不管我和妈妈怎样,爸爸一定会好好照顾你,请你相信爸爸。"

护士进来输液了,爸爸离开了,妈妈又进来了,他们是不是永远都不会一起出现在我面前了?

妈妈像从前在家一样,早上走进我的房间,拉开窗帘,让阳光进来。一刹那间,我仿佛回到了从前。

然而,过往那些安谧平静的日子仿佛遥不可及了。

我将这一切责怪到妈妈头上,要不是妈妈的愚蠢行为,要不是她坚持离开我们,这一切根本不会发生的。

我对妈妈说了狠话,她走后,我也痛哭了一场,不知道是为了妈妈,还是为了自己,还是为了过往那些美好的日子。

第十七章

桃子从医院出来没有回家，叫了车直接去东泽的旧屋。

车窗外下起了细雨，桃子迷迷糊糊地睡过去了。

"到了。"师傅一声把她叫醒。

桃子打开车门，发现细雨已变成瓢泼大雨了，她用手虚虚地挡在头上冲入房子，东泽、阿宝、小天都在，见她进来瞬间安静了，她觉得整个气氛不对。

"你们怎么啦？"桃子向前迈两步发问。

"我说不练了。"阿宝站起来拿起背包要走。

"你怎么啦，阿宝？"桃子过去挡在他前面。

"我刚刚已经说过了理由了，不想再说一遍。"阿宝执意要走。

"屋里进水了。"小天说,"阿宝哥说这里的环境太恶劣了。"

桃子注意到靠窗的地上潮湿,雨从破掉的窗户里飘进来了:"还好吧,回头我拿个塑料膜封上就行。"

"还有皮卡呢,现在影都没有,下周就比赛了,键盘手还现找啊。"阿宝说。

"我相信皮卡一定会来的。"桃子说。

"桃子姐,相信没有用。你看看现实情况。"阿宝指了一圈周围环境,"我们还是散了吧,你回去做你的总裁夫人,皮卡回去做他的太子爷,我回去找我的实习单位,小天回去读他的书,各自归位就好了。"

"不就是漏了点雨,缺了个人吗?这些都是可以解决的。"东泽也一起劝。

"东泽老师,你说得容易。"阿宝继续说。

"本来就不难,漏雨把窗户封上,皮卡不来我顶上。"东泽说。

在场的三人转脸看着东泽,分别咽了一下口水,阿宝低声说:"这个……键盘手的门槛也没有这么低吧。"

"我以前也学过两下的……"东泽说得也有点心虚。

桃子继续说:"阿宝,有困难我们解决困难,唱歌是我们的梦想,不能这么轻易就放弃了。"

"桃子姐,梦想归梦想,现实是现实。你放着总裁夫人不做,这么坚持又是为了什么?"阿宝说。

"你说唱歌是你的梦想,你为你的梦想付出过什么?"桃子耳边响起女儿的问话。

"我坚持是因为不想后悔,如果以后有人问我为梦想付出过什么,我可以问心无愧地说,我付出了所有。"

"阿宝,你放弃梦想回去,肯定比你留下坚持要容易得多。你就这样回去,过着日复一日可以预见的日子,你就不怕哪一天自己会为当年没有迎难而上后悔吗?"

桃子说完后,现场一片静寂,被情绪控制的人们,慢慢地回归理智。

这时,门被打开了,皮卡跳了进来:"同志们,我回来了。"
大家看了他一眼,又移开视线,表现近乎冷漠。
没有迎来想象中的热烈欢迎,皮卡有点失落:"你们怎么啦?"
阿宝突然上前对皮卡拳打脚踢:"你这兔崽子,终于回来了。"
小天也上前抱住皮卡:"哥,你终于回来了。"
东泽上前拍了一下皮卡的头:"臭小子,你终于回来了。"
桃子站在一边看着众人环绕的皮卡,笑着说:"欢迎回来。"
皮卡的目光穿过人群,久久地停留在桃子身上。

我住院的日子,爸爸、安莉阿姨每天都来,田老师、丽兹、露露、安琪也有来看望,只有妈妈再也没有出现过了。

我临近出院的一天,舅舅过来了,拎着大包小包,依旧露着笑脸:"妞妞好多了吧。"

"这些都是你妈做的吃的,让我带过来给你。"舅舅说,"外公外婆都很挂念你,他们还不知道你住院,等你出院了,有空要回去看看他们。"

我别过头,没有说话,最近外公外婆给我的微信消息,我一条都没回。

"这是给你的，"舅舅拿出一本红色的笔记本放在我床头，"你有空可以看一下。"

"还有，这也是给你的。"舅舅从口袋拿出两张票递给我，"虽然你妈什么都不说，但我知道她很想你去。"

我接过来看，是下周末在北京举办的《超越梦想》决赛的门票。

"我不去，她就是因为这个比赛，和我爸离婚，连我都不要的。"我斩钉截铁地说，"我绝对不会去。"

舅舅顿了顿，认真地看着我，语气很平和："妞妞，你一直都在责怪你妈妈参加这个比赛。可你了解过你妈妈为什么一定要参加这个比赛吗？"

"或者说，你有去了解过你妈妈吗？"

你有认真地听过她说一句话吗？
你了解过她每天都在想什么吗？
你知道她喜欢什么颜色吗？
你记得她每年的生日吗？
你知道她的过去吗？那些成为你妈妈之前的过去。
……
舅舅一连串的发问，把我问住了。

舅舅走后，我靠在窗前翻开那本红色笔记本，上面是我妈妈的字迹，这应该是她的日记本。

"这样的日子真难熬。"开篇第一句。

"也许我不该这么想，毕竟和我在一起的，还有肚子里面的小生命。"

日记记录很零散，没有逻辑，有些是叙事，有些是感想，时短时长。

"你怎么一天到晚都苦着脸,跟个丧门星一样,生出来的孩子能好吗?要笑一笑,笑一个,你会吗?"
(奶奶真的一如既往地可恶。)

"我要去长留山了,过两个月再回来,你要照顾好自己。"他于我就像个陌生人一样。

有时我躺在床上,会希望自己这辈子都不会醒来。

呀,她真可爱呢,这就是住在我肚子里,老踢我肚皮的小家伙吗?

她笑了,她怎么睡着都会笑,是梦见什么好事了吗?

胖嘟嘟的脸蛋,每天亲一百遍都不腻。

5月18日,妞妞出第一颗乳牙了。

长长的睫毛,大大的眼睛,薄薄的唇型,她长得真随她爸爸呢,这也大概是她奶奶这么爱她的原因吧?

她怎么还不睡啊?孩子夜里不睡觉,会不会长不大啊?

妞妞睡着掉地上了,哭得我心肝都疼了,妈妈对不起

妈妈的梦想 MOM'S DREAM

你，我的乖宝宝。

6月7日，妞妞会坐起来了。

为什么要我给妞妞断奶，去长留山照顾他？他有手有脚的为什么不能照顾自己？
（原谅我看到这里不厚道地笑了，怎么看起来我妈和我爸不熟？）

我不能离开妞妞，绝对不可以。

我真不知道他在外面是这么辛苦的，我老想着自己，是不是太自私了？我有什么可以为他做的吗？

他老这么弄我，我都坐不起来给孩子喂奶了。
（这句什么意思？）

9月2日，今天妞妞能清晰地叫出一声妈妈了，真让人感动呢。
我爱她，我永远爱她。

妞妞今天拿着她的娃娃，奶声奶气地对小朋友说，这是我的，这是我秦筝的。小妞开始有自我意识。
我爱她，我永远爱她。

今天差点要了我的命，妞妞居然对芝麻过敏，那可怕的样子我再也不要经历第二遍了。上天呀,求求你保佑我女儿平安。

我爱她,我永远爱她。

"妈妈,什么是吸血鬼?奶奶说外公外婆一家都是吸血鬼。"

这个问题让人怎么回答呢?真让人惆怅。

我爱她,我永远爱她。

都怪我,是我没照顾好妞妞,妞妞才掉下水的,要是妞妞不在了,我也不活了。

我爱她,我永远爱她。

妞妞今天跟我说,她的梦想是长大以后当个钢琴家去弹钢琴。可是她前两天才说过,以后要当个科学家研究地球的。

也不知道她爸爸听了会有什么感想。不过只要孩子长大以后是个优秀的人,无论梦想是什么,父母都应该支持的,不是吗?

我爱她,我永远爱她。

在每一篇提及我的记录都会以"我爱她,我永远爱她"这一句结尾。

我放下笔记本看向窗外,凉风拂过脸庞,幼时和妈妈共度的岁月在脑海中时隐时现。

妈妈的梦想 MOM'S DREAM

门被推开了，秦野心头一颤。

进来的不是他以为的人。

"小姐又一上午没说话，吃过午饭就睡了。"进来的张姨悄声告诉他。

他回望熟睡的女儿，女儿手里还握着一本红色笔记本。

女儿最近是越发闷闷不乐了，怎么她也不来看看女儿？生他的气，也不该连孩子也不管了吧？

女儿翻了个身，笔记本从手上滑落，他眼明手快，在落地前接住。正欲合上放好，他却瞥见了熟悉的笔迹。

他屏住气，密密看，翻了几页，又几页，又急又恼，脸上又红又辣，心里又冷又暖。

"爸爸……"女儿揉着眼睛醒来。

他一步跨到床前将笔记本放好，却像在烈日下完成了百米冲刺，喘着气说："妞妞，你醒了……"

秦野思绪不定，心神难宁，脑海里不断浮现笔记本上的字，和模糊的旧事，串成了一串。

他想起有一年在北海道度假，菲力也一起去了。

他和菲力夜里才从滑雪场回来，山下太太伺候他们泡过温泉，两人又坐在被炉上看着窗外纷飞的雪花喝起烧酒。

"我们好久没一起滑雪了，你还记得我们在美国读大学的时候吗？年年约着一起去滑雪。"菲力说。

"记得，我还记得有一次在惠斯勒你撞树上了。"秦野说。

"不是，你记错了，那是在阿拉斯加。"菲力纠正。

"是你记错了，阿拉斯加怎么会有树呢？"秦野抿了一口酒。

"我自己撞的树，我还能记错。"菲力争辩。

秦野仰头笑开来，也不接话了，好朋友之间也不能太分对错。

"看你这次出来很高兴，最近公司没什么事啊？"菲力说。

"没事是不可能的，没有糟心事就是了。"秦野抓了两粒花生放到嘴里，又觉得无趣。他唤来山下太太，让她告诉妻子，他想吃栗子。

约莫过了半小时，妻子就捧着一盘栗子过来了。壳上抹过蜜糖的栗子是粒粒金灿灿的，气味香甜。

妻子穿着睡袍披着头发，蛾眉素脸，应该是陪女儿躺下了。她跪坐下来，全神贯注剥着栗子，看不出有任何情绪。

菲力拿起栗子烫得左手倒右手，看着就不爽："桃子，你别给他剥，他有手有脚，他自己会剥。"

妻子将剥完的栗子送到他嘴边，他懒洋洋地张开嘴，将软糯的栗子含入口中，满足感从他口腔蔓延。

秦野早就被伺候惯了，才不管旁人怎么看，吃进嘴里，落到胃里才是实在："你也老大不小了，也该找一个了。"

"哪有这么好找？"菲力闷了一口酒。

"你也别要求太高嘛。"秦野顺势将头枕到妻子的腿上，嘴皮一张又将一粒栗子收入口中。

"你别站着说话不腰疼。"菲力将咬烂的栗子壳扔他身上，不屑地说。

电视上正播放着红白歌会大赛，菲力又说："桃子，记得第一次见你，你就是唱歌的。你现在还能唱吗？给我们来一曲吧。"

妻子还在剥着栗子，连眼皮都没抬起，说了一句："我早就不会唱了。"

她的内心究竟有没对他敞开过?

这时,他的手机屏幕亮了,是桃子爸爸发来的信息:"秦野,今天是我生日,你今晚有空带妞妞上家里吃饭吗?"

"喂,桃子,今天我生日,你晚上记得回家吃饭啊。"

正在练歌的桃子接完电话,翻开手机日历,想来想去都不对,打给弟弟:"爸的农历生日不是在月底吗?怎么今天是他的生日了?"

"他今年想过新历的吧。"弟弟说。

"那新历的也还有两天啊,他是不是看错日子了?"桃子不解。

"哎,老人家想啥时候过生日就啥时候过吧。我不和你说了,正开着车呢。"

如今的人过生日都这么随意了?

"我说最近卷纸怎么用得这么快?原来是因为你,上厕所这么多。"皮卡挠头记完账。

"你有毛病吧。我最近肚子不舒服,多跑几趟厕所,都值得你说。"刚拿起卷纸要上厕所的阿宝委屈。

"你不知道我们经费紧张吗?你肚子不舒服,就少吃点,少吃还能少拉。"皮卡说。

"你这主意好,既能省伙食费,还能省卷纸费。按你这道理,我不吃还能不拉呢,我要当神仙了。"

"你们别吵了,缺多少,我补上。"桃子过来说。

"还是桃子姐大气,有总裁夫人气势。哪像你成天抠抠搜搜,就没有个富二代的样子。"阿宝说。

"阿宝哥,你不是上厕所吗?"小天问。

"你们都别闹了,马上过来集合。"东泽看着他们就气急,"桃子,你能在转折的踢腿动作前加入两个转圈吗?"

"但是桃子姐在做踢腿动作的时候是要同时开唱的。"小天说。

"你们在和音的时候可以拉长一点,给她争取点时间。"东泽说,"桃子,你可以吗?"

"是这样吗?"桃子演示了一下。

"这样,再快一点。"东泽上前示范。

"这个太难了吧?"皮卡说,"我觉得在现有基础上把舞蹈动作完成就好了。"

"我把视频给专业舞蹈老师看过,她说加入这组动作会更紧凑,也更有动感。"东泽说。

"那曲子是不是又得改?"阿宝问,"我觉得我们把太多的精力放在了首轮比赛的歌曲上,第二轮歌曲都没练几遍。"

他们第二轮比赛歌曲是《你的答案》,桃子在这次比赛之前从未听过这首歌,听过之后就爱不惜口。当桃子提议这歌时,东泽是反对的:"我不同意,你以为是开演唱会,这类抒情类歌曲在竞技类比赛不占优势。"

"其实都到了最后阶段了,也无所谓了,唱点自己喜欢的歌也没关系。"皮卡说。

"就是到了决赛阶段才更希望你们可以赢啊。"东泽说,"我们投票决定吧。"

结果,四比一,东泽落败,决战歌曲敲定。

"其他选手也多是这样的,你们得先保证还能有机会站在这个舞台上。"东泽说,"这样吧,我们每天上午和晚上练习首轮歌曲,下午练习第二轮歌曲。"

"我没意见,我要上厕所了。"阿宝说完就跑掉了。

第十八章

岳父搬到这个富丽小区，秦野就来过三四回，每次都是跟着妻子走，他也不认路。正当他在小区门口犯难的时候，就碰见远远迎上来的岳父："秦野，你能来，我太高兴了。"

"爸，本来过年的时候，我应该要过来的……"秦野正要解释。

岳父似乎并不在意，又往他身后寻觅，他顿然明了："妞妞，她今天没来。"

"她是上补习班了吧？我一会儿让小龙去接她。"岳父嘀咕着。

"不用了，她……"看来岳父母还不知道妞妞住院的事，他反应很快，"她去夏令营了，要过两天才回来。"

他们一进门，岳父就扯着嗓门喊："你说巧不巧，我一出小区就见到秦野了。"

"呀,秦野你来了。"岳母围着围裙就从厨房出来,原本喜出望外的神情,看他孤身一人,笑容就减了一半。

岳父连忙解释:"妞妞去夏令营了,今天来不了。"

桃子弟弟闻声出来解围:"姐夫,快进来吧。"

岳父的房子是南北向的四居室,客厅朝南十分开阳,客厅阳台还能看见大梅山,岳父招呼他坐下:"来,快坐,小龙给你姐夫倒茶。"

桃子弟弟看出了他的心事:"我姐还没到呢。"

秦野呈上价值连城的翠青玉壶,岳父接过只看了一眼就合上放在一侧。他知道岳父并不在乎礼物贵重。

岳父为人朴实,从不向他提条件,即使后来他有能力让他们衣食无忧,他却坚持开着便利店,勤勤恳恳做着他的小买卖。

每次妻子提出让他安享晚年,他总是说:"我现在还有能力赚点小钱,能自给自足挺好的。何况我劳动了一辈子,真闲不下来。"

"秦野,你看我养的火焰龟都这么大了。"岳父展示他养了好几年的龟。

"哪天拿去炖了,给我们补补。"桃子弟弟说。

"我炖了你都不炖它呢。"岳父说。

秦野也笑了,眼前的父子关系让秦野感慨。他想起了枫林重组改制那两年,秦父日夜防着他夺权,看他的眼神感觉不是父子,而是仇人。

"我说过,枫林早晚都是你的,你何必急在一时?"

其实秦野那时已功高盖主,很多枫林的核心成员包括股东都只认秦野,秦父感觉自己被架空,通过不断否定秦野来证明自己的权力。

而秦野一开始也不是要逼宫的，正是秦父不断否定自己，导致重组方案没法落实推行，而且只要秦父一日在位，那些裙带关系的人就赶不走，他最后不得已而为之。

正因为如此，他父子之间的隔阂才如此之深。

桃子提前结束训练，风尘仆仆地赶到父母家，进门一边换拖鞋，一边嚷嚷着："你们没等我吃饭吧？"

"你爸哪能不等你啊？"迎门的桃子妈妈嗔怪。

桃子手捧着小区门口买的鲜花进了客厅，看到爸爸、弟弟，还有……西装革履的丈夫。

她心中一惊，他怎么来了？

"呀，桃子你这花真漂亮。难得今天人齐，我们来个大合影吧。"

弟弟设置好相机自动摄影走过来："姐，你站到姐夫那边去。"

本来桃子父母站到中间，桃子和丈夫各站一边的，桃子结果被弟弟赶了过去，和丈夫站在一起。

相机咔嚓一下照完，桃子爸爸又说："我和你妈拍一个吧。"

"我和你弟拍一个。"

"我和你们夫妻拍一个。"

"你们夫妻照一个吧。"

桃子快被绕晕了，照啥照，都要离婚了："爸，我俩就不照了吧。"

"桃子你干吗呢？快过去，听话啊。"桃子妈妈说。

妈妈的梦想 MOM'S DREAM

桃子不情愿地靠近丈夫,丈夫手搭在她的肩膀上,又是"咔嚓"一声。

弟弟接住话:"姐夫,我把你拉到家族群里,我一会把照片发到群里。"

桃子一直没有把丈夫和女儿拉到娘家的微信家族群里,一是因为爸妈经常发老年养生保健视频,怕影响到他们;二是因为丈夫在,他们说话也不方便。怎么现在她都要离婚了,她在夫家的家族群都退群了,还把他拉进自家的家族群?

桃子没有挨着丈夫坐下,而是坐到妈妈旁边。丈夫挨着爸爸坐在斜对面,他坐得笔直,眼皮都没有抬一下看桃子。

桃子爸爸先开口:"呀,我今年都六十六了,真开心啊。秦野,我们先喝一杯吧。"

"爸,我敬你,祝你六六大顺。"秦野举杯。

两人碰杯,一饮而尽。桃子眉头皱了一下。

"秦野,你带的这酒真好,香醇不上头。"桃子爸爸举着酒杯说,"真可惜今晚妞妞不在。"

"怎么还没到暑假就去夏令营了?"桃子妈妈也说。

妞妞去夏令营了?桃子心中疑惑,她看了一眼丈夫,丈夫向她使了个眼色。

"爸,我再敬你一杯,祝你松柏常青。"秦野满上酒,再举杯。

是的,妞妞去夏令营比妞妞进医院要好。要是父母知道,肯定干煎了她。

"爸,我也祝你福如东海。"桃子也举起了手边的茶杯。

"呀,你们夫妻敬我,我更要喝了。"桃子父亲说,"我祝你们举案齐眉。"

桃子尴尬地说:"爸,先吃点菜吧。"

"好,吃菜吃菜。"桃子爸爸给秦野夹了一块萝卜炖牛腩,突然说道,"我说,回望我这一生,也没啥遗憾的了。"

"爸,你才六十六,说这话也太早了吧。"桃子弟弟说。

"你别打岔。"桃子爸爸清了清嗓子,接着说:"我娶了一位好老婆,有一双好儿女,有一个好女婿,还有一个乖巧的外孙女。"

桃子爸爸突然又举杯:"说实在话,秦野你真是我们家的贵人。自从遇见你,我们家就特别顺,特别感谢你这么多年对我们、对桃子的关照。来,爸敬你一杯。"

桃子看着这场景直汗颜,爸爸这是要闹哪出?她拧着眉瞪了一眼餐桌对面的弟弟,示意他劝阻爸爸。

弟弟摊开双手,回了一个"你看我做什么"的表情。

"爸,你别这么说,能遇见你们也是我的福气。"秦野也举杯一饮而尽。

"这也是,说实在话,我家桃子漂亮懂事,从前在这十里八乡也是百里挑一。从小到大,她就没让我和她妈操心过。就唯独这一次,这一次她就是任性了,请你多多包涵。来,爸敬你一杯。"桃子爸爸又举杯一饮而尽。

未等秦野反应,桃子爸爸又说:"只不过,这夫妻之间有矛盾是正常的,我和你妈在年轻的时候还天天吵、月月吵呢,这么多年不也就这么过来了。"

"是呀,哪对夫妻不是床头打架床尾和?"桃子妈妈也憋不住了,"哪能动不动就离婚的,不想想自己也想想孩子,你说以后妞妞单亲家庭,也不好找对象吧。"

"爸妈,你们在说什么呢。"桃子也急了。

"桃子,今天是爸爸生日,我就想说说心里话。"桃子爸爸说,

"我不想管你和秦野之间到底发生了什么事，家也不是分对错的地方。我希望你们能一起再敬我一杯，喝过这一杯，之前的事就一笔勾销，你们一起回家好好过日子。"

至此，桃子也明白了父母组这局的意思。

"好的，爸。谨遵教诲。"秦野率先表态。

这人真是别人敢敬，他就真敢喝，也不掂量掂量他们之间的事，是一杯酒能解决的吗？

桃子就是不举杯，这时，整晚存在感极低的弟弟，突然举杯："来，爸，我敬你一杯。祝你寿与天齐。"

"秦野，你吃大闸蟹啊，你爸一早到市场挑的。"桃子妈妈也缓和气氛。

桃子看着那只静止的大闸蟹，丈夫哪会剥大闸蟹，和她一起这么多年，他早就丧失剥大闸蟹的能力了。

桃子目光上移，发现秦野也在看着她，她连忙别过脸收回目光。

"爸，我敬你一杯。"秦野说，"祝你生意兴旺。"

桃子见秦野一杯一杯喝着，就觉得他是成心，她不爱他喝酒，他就偏喝给她看。

"爸，你们别喝这么多了，一会还要切蛋糕呢，喝醉了怎么切啊？"桃子又说。

"桃子，爸今天高兴啊，蛋糕留着明天当早餐吧。"桃子爸爸又干了一杯。

最后，桃子爸爸和秦野都倒下了，弟弟直接将秦野扶到自己的房间。

桃子想让老陈过来送秦野回家，被妈妈制止了："他都醉成这样了，你就让他在这里睡一晚吧。"

桃子越想越生气，凭什么每回都是她收拾他烂醉的残局。

她拎起包，被妈妈看见了："你就想走啊？"

"不然呢，你和弟弟照顾他吧。"桃子可不想背这锅。

"你别走啊，谁的老公，谁照顾。"桃子妈妈说完就拔脚回房，"我看你爸去了。"

桃子气得将包包甩到沙发上，从房间出来的弟弟看见，呵呵直笑："我和你说，爸妈为了今晚还写了台词，排练了好几遍。"

桃子更气急："那你也不帮帮我，劝劝他们。"

"早劝过了，爸妈为了今天蓄谋已久，不达成功誓不休的态势，谁还敢拦着他们啊？"

"那今晚你去照顾你姐夫吧。"

"不行，姐，我也怕死，只能照着剧本演了。"弟弟端着一盘瓜子就回房了。

随即，桃子听见房间的浴室有声音，她以为丈夫要吐了，以百米冲刺速度冲了过去……

今晚岳父让他来，意图十分明显，要是能把握住这次机会，也许他和妻子还有转机。

就是妻子那扭扭捏捏的态度，让他怒火中烧。拍照时他的手不经意触碰到她，她居然迅速移开一步外。吃饭时也不靠近他落座，他是洪水猛兽吗？她就这么怕他？

岳父让他陪酒，他一饮而尽，这酒一点味道没有，怎么和白开水一样？

只见岳父朝他眨一眨眼,咧嘴一笑,他顿时心领神会,人生如戏,全靠演技。

他立马给自己加戏,又敬了岳父一杯,对面的妻子坐不住了。看来她也不是完全不在意自己的,好,气死她最好。

席间,秦野一直不断给自己满酒,只是平时喝的是真酒,这假的也不知道喝多少合适,直到岳父从桌下踢了他一脚,他与岳父双双"醉"倒在餐桌上。

此后,桃子弟弟以迅雷不及掩耳的速度,将他扶进了房间。

秦野平躺在床上,喝了一肚子水想上厕所,于是进浴室开灯如厕。谁知妻子直接开门冲了进来,他急中生智,前倾扶墙做醉酒状,待他如厕完,妻子连忙过来扶他,他顺势整个人压在妻子身上,任妻子扶他回床上躺下,为他脱掉西服,解开衬衫纽扣,松开腰间皮带,脱掉袜子,一套醉酒服务如行云流水。

"唉。"只听见妻子坐在床边,弓着腰背对着他,重重地叹了一口气。

"你为什么叹气啊?"秦野忍不住问。

妻子吃惊转身站起来,看着他:"你没醉啊?"

他觉得这时没有装的必要,手撑着身体坐起来。谁知道妻子重重地给了他肩膀一拳,他吃疼:"啊,疼。"

"谁让你骗人。"妻子说。

"我又不是主谋,顶多只算从犯。"他辩解。

"是不是你撺掇他们的?"

"这是民心所向。"

"你总把错的事说得冠冕堂皇。"

"本来就是这样,我这么多年来有什么对不住你的?"

"你说这话问过安莉了吗?"

"我和安莉一点关系没有。"

"你以为我是三岁孩子？"

"那你先和我解释一下那个皮卡？"

"有什么好解释的？事实就是你们见到的那样，没什么事我先走了。"

"你……"

秦野辩论赛出身，他不怕打破砂锅辩到底，最怕对手弃权不玩了，感觉就像一拳打在了棉花上。

桃子真的很讨厌丈夫任何时候都是理直气壮的样子。

她都累死了，白天唱跳了一天，晚上回家配合父母演出，现在还要拉着她加班开辩论会。

她转念一想，和丈夫争下去的意义何在？还不如她早点回去倒头睡一觉来得实在。

桃子走了两步，听见秦野说："我知道你以前受了很多委屈，我也有不对的地方。妈那边我会和她说清楚，不许再干涉我们的生活。以后你想做什么就做什么，只要你回到我身边。"

这是丈夫第一次开口挽留她，给出一个极具吸引力的承诺，桃子沉默了，问题又回到了原点，如果没有爱，这日复一日的意义何在？重复的日子只会像黑洞一样将她吞噬。

"我们之间最大的问题不是这个，我要的也不是这些。"

"那是什么？"

"记得有一年，我的额头磕到了，贴了一块胶布，直到快好了你

妈妈的梦想 MOM·S DREAM

才发现。"

"哪一年啊？"秦野努力回忆，"你是不是记错了？你额头磕到的时候，我在出差，你快好了，我才回家的。"

这桃子也想不起来了，继续说着："还有，还有那次度假，坐游艇出海超载了，妈妈让我下来，你也没有为我说话。"

"那次我记得，我一直戴着耳机开电话会，我也是开完会了，才发现你没上来的。后来，我也提前坐快艇回来陪你了。"秦野解释。

桃子又说起了好几件事，秦野都一一辩解。

怎么自己一点都想不起来？难道自己的记忆发生了偏差？她曾看过一个电视节目说，人总是倾向于记忆符合个人主观意识的部分，而忽略事实的全部。难道这是自我认知和他人认知的区别？

"还有那次在尼亚加拉大瀑布，我一直在张罗你们吃饭，自己一口饭都没吃。"

"你没吃饭？"秦野似乎被难住了，"不，你没吃饭，为什么不直接和我说？你心里积攒了那么多的不满，你为什么从来不和我说？"

"你是觉得我在无理取闹吗？"本来听完丈夫的解释，桃子都有些动摇了。

"我的意思是，你就对我那么没有信心？"

"那你有给我过信心吗？" 面对丈夫盛气凌人的质问，桃子突然清醒过来，她真是脑子瓦特了才会和他掰开揉碎了说。

"我怎么没给你信心？我的所有财产都是和你共享的。"秦野觉得不可理喻。

"又是钱，是的，你也就是给过我钱而已。"

桃子气得拉开门，结果看到父母贴在房门口，四人八目相对，桃子更生气了，越过父母就走。

"桃子，你别走啊……"桃子妈妈跟在后面追。

"秦野，你等等啊，我去叫桃子回来。"桃子爸爸尴尬地留下一句话，也走了。

为什么女人回答问题，不能给出概括性的答案？

需要什么直接说出来就好，非要举例子，让人去揣摩，这不是乘人之危吗？

幸好他记忆力强，不然就真担了这些莫须有的罪名了。

女人总纠缠于小事，看不到大的方向。他对她，对家庭，在大的方面从来没有出过差错的。

那晚岳父岳母空手而返，她就这么走了。

她真以为没有她，他就活不下去了吗？

秦野心烦意乱地按了一下喇叭。

"爸爸，什么是上天的选择？"坐在副驾驶的女儿突然问起。

女儿出院这天，妻子也没来，秦野也不去提及。

"上天的选择？"

"奶奶总是说，你娶妈妈是上天的选择。"

秦母指的应该是那场游戏吧？秦野懊恼，她为什么要对孩子提这些？

"上天的选择应该是指人和人之间的相遇吧，这个世界很大，上天会选择让我们与哪些人相遇。而我们一生遇见的人中，多数都是匆匆相遇，昙花一现而过，只有少数人能留下来陪伴我们很长的时间。上天只是选择了让我和你妈妈相遇，是我选择了和你妈妈结婚。"

女儿对这个回答似乎很满意，没有再追问。

妈妈的梦想 MOM'S DREAM

秦野和女儿一起进入家门,有几个身着制服戴着手套的人正在庭院修剪绿植,在客厅打扫,在厨房料理食物。

"爸爸,他们是谁?"女儿问。

"他们是每天过来为我们收拾家里的工作人员。"秦野说,"以后家里会像以前一样干净整洁。"

他立定主意,哪怕只有他和女儿两个人,他也要恢复以前有条不紊的生活。

于是,他开始寻求外援,来打理房子收拾家务。

他从不觉得这是一个艰巨的事,毕竟以前都是由妻子一个人来完成的。当他向小杨提完需求,没想到第二天小杨就带着这么多人出现在他家门口。

"秦总,我给您介绍一下,这是酒店派来的管家,园艺师,插花师,收纳师,保洁员……"

"哦。"秦野有点惊讶地点点头。

这些人鱼贯而入,开展工作,秦野坐在庭院里,看着那么多人在他家各司其职为他服务。以前这些都是妻子的工作,见她每天忙来忙去,他也问过要不要请人帮忙。

"不用了,我能行。"妻子轻而易举地说。

现在他觉得妻子幻化成眼前的所有人,管家过来给他递过一杯咖啡,恭敬地问:"秦总,您觉得怎样?"

"你让我终于感觉到自己活得像个富人了。"秦野抿了一口咖啡。

"桃子,你别走啊!"

桃子头也不回地加快脚步，听见后面传来"哎呀"一声。

她扭过头，看见妈妈坐在小区里的鹅卵石路上，一条腿光着脚掌，爸爸捡起另外那只拖鞋追上来。

"妈，你没事吧？"桃子连忙折返。

桃子妈妈顾不得脚疼拽着她的手："桃子啊，我听秦野的意思，你们还是有戏的，你赶紧跟他回去吧，你听话啊，别闹了。"

"妈，你的脚怎么样啊？"桃子关切问。

"桃子，你听妈说，你别参加什么比赛了，快回家踏实过日子啊。"桃子妈妈答非所问。

此情此景，桃子深深呼了一口气："爸妈，你们不要再劝了，我不会退出比赛，我和秦野也回不了头。"

"你为什么要这么拧啊？你怎么老想着当什么女明星？我和你说，女明星到了你这个年纪也得要嫁人生孩子。"

"妈，我说过我是因为喜欢唱歌。"

"我知道，你为什么非在唱歌这个槛上过不去？你喜欢唱歌，我和你爸陪你去卡拉OK厅唱唱就好了，为什么非要到电视上唱？我也喜欢跳舞啊，我现在每天吃完晚饭就到旁边的广场上跳舞，也很开心啊。"桃子妈妈苦口婆心。

"妈，我喜欢唱歌。"

"你这孩子，为什么老重复这一句呢？"

"因为你从来都没有听进去过我的话，我二十岁的时候说过，你没听进去，我三十五岁又说，你还是没听进去。你只管说你的话，让我按着你的老路走，事实上我也按照你的路走了。我曾经多么努力地想成为另外一个你，可我不开心啊。难道我这么多年为家里的付出还不够吗？我也有我自己的人生。"桃子呐喊。

桃子从未在父母面前这样失态，桃子妈妈吓住了。

"不,桃子,你对家里的付出太够了,是爸妈对不起你,我们太对不起你了……"桃子爸爸咬紧牙关,"你去吧,爸爸支持你啊。"

"老头子,你怎么倒戈相向了?"桃子妈妈说。

"你别闹了,这次听我的,孩子喜欢干什么就干什么。"桃子爸爸硬气地说,他双手扶着桃子双肩,"桃子啊,爸爸挺喜欢听你唱歌的,你唱歌的视频,我每一条都看过了,还都点赞评论了。"

桃子眼睑往上抬,顷刻投入爸爸的怀抱。

爸爸在她耳边说:"希望你能原谅你妈,你妈之所以让你按照她的路走,也是因为她走过,她觉得很安全。"

第十九章

　　国际青少年艺术家钢琴比赛每两年一届，获奖者有机会申请免试入读国外知名大学。我们学校作为国内数一数二的私立学校会有一个参赛名额，学校一般指派高中部的学生参赛。今年学校推荐的原本是高二的艾伦，我是病愈复课后才知道临时换了我。

　　今天午休的时候，我随田老师来到了校长办公室。

　　校长正细心修剪着办公桌上的盆栽，见我进来放下了剪子，推了推鼻梁上的眼镜："秦筝同学，下月的钢琴比赛要好好加油。"

　　校长又低下头剪着盆栽："我可是顶着压力把你推上去的，你是历年来唯一一个初中部就代表学校参赛的学生，也是本次比赛年龄最小的选手。"

"我一定全力以赴，不负所望。"口号总是要喊的。

"田老师，最近你多担待些，实在不行就把秦筝同学的文化课先停了，让她专心练琴，等比赛结束，再把课补上。"

"校长，不用停课，我能应付过来。"我连忙说，我才不要停课呢，算下来这学期我就没上几节课。

"秦筝同学，这次事关学校的声誉，希望你可以重视。"校长停下手中的动作，抬头眯眼看着我。

田老师给我使了一个眼色："好的，校长。我会和秦筝同学再商量一下。"

校长对这个回答似乎满意了，又低头继续剪盆栽。

我见那盆栽都要被剪秃了。

从校长办公室出来，田老师对我说："秦筝，你确定不用停课？我不担心你的成绩，我担心你的身体。"

"田老师，我先正常上课，等真应付不过来，我再申请停课吧。"我说。

下午课间，有两个高中部的学姐在洗手间拦截我。

"听说你是用了家里的关系，才可以取代艾伦参赛的。"高的学姐说。

"我没有。"我想躲开她。艾伦是学校的风云人物，在学校有不少的粉丝，这两位想必是为他出头的。

"谁相信啊，在这个论资排辈的学校，就算你能力到了，也得去排队，何况你的能力和艾伦根本没法比。"矮的学姐说。

"随便你怎么说吧，请让开。"我应道。

"我看你还挺跩的。"学姐揪着我的衣领。

"你别动她。"丽兹刚好进来，喊道，"我马上让老师过来。"

我十分冷静地背出了校规："校规第十条，凡使用校园暴力欺负同学，最高处罚是勒令退学，情节严重的，移送公安机关处理。"

"你别拿这个来吓我。"高的学姐嚷嚷。

"要是留有案底，以后升学就业都会有影响。"我冷冷地说，"想想你的父母吧，这值得吗？"

果然这还是有震慑力的，学姐放开了我，指着我的额头说："你好啊。"

丽兹过来扶着我："你没事吧，那班女的都疯了，为了艾伦啥都能干出来。"

我也一度怀疑这是爸爸的安排。但当我把代表学校参赛的消息告诉爸爸，爸爸的神色自然，这应该与他无关。

那就是学校认可我的实力，我也应该对自己有信心。

吃过晚饭，乐老师一过来，我就把这个好消息分享给她。

乐老师是我的钢琴启蒙老师，从我五岁起指导我练习钢琴，也是相伴我最久的老师。

乐老师在师范大学任教，虽然在钢琴演奏上不太知名，在教学上却有自己的一套理论方法，所教的学生不乏在大赛中获奖的。

我妈妈曾说过，我和乐老师很有缘分。我初学钢琴老坐不住，哪个老师都管不了。最后，换乐老师往我旁边一坐，我就老实了。

乐老师与我相识已久，也很珍惜与我的感情，不然以她现在的教授身份，花再高的价钱，也请不动她上门授课。

乐老师和我爸爸比画着："当年妞妞才五岁，她妈妈第一次带着她来找我，我心里还犯嘀咕，我没教过这么小的孩子。谁承想一眨眼就长这么大了，还这么优秀。"

"那也是感谢您这么多年的悉心教导。"爸爸客套地说。

"哪里,主要是她……"乐老师欲言又止,"她的努力。"

我和老师到了琴房,乐老师感慨道:"妞妞啊,我知道最近你家里有变故,但是你妈妈依然很关心你,每周都会问我你的状态如何。"

"不管怎样,你妈妈为了你的成长付出很多,你有空也要多和她联系。"乐老师语重心长地说。

练完琴,我回房洗完澡,坐在书桌前,拿着手机在想要不要告诉妈妈,我参加钢琴比赛的事。

我正犹豫着,又瞥见了书架上舅舅给的《超越梦想》决赛门票。我神使鬼差地打开电脑,搜索《超越梦想》比赛的相关资料,决赛一共有十二位选手/乐队,妈妈的乐队属于华南赛区,我随手打开了一个比赛选手的宣传视频。

再一看时间,快十一点了,我赶紧去刷牙洗脸,没想出来的时候,爸爸进来了正盯着屏幕,我摘下耳机,尴尬地过去合上电脑屏幕。

爸爸失落地离开了,他不会觉得我背叛他了吧?

我拿起手机,屏幕还停留在那条待发出的信息上。我犹豫片刻,撤销了信息发送。

女儿上次的意外,要了秦野半条命。

他觉得自己过往对女儿的关注太少,亏欠女儿太多了,他现在有时间都会多陪女儿。怕再有意外,去爱都来不及了。

这天，天还光亮，他提前结束工作到家，循着琴声到了琴房。

正好一首曲目练完，女儿停了下来，看着他说："爸爸，我会作为学校代表参加国际青少年艺术家钢琴比赛。"

秦野惊喜："那是世界权威的赛事，能代表学校参加比赛证明了你的能力。"

"这次原本是艾伦代表学校参赛的，不知道为什么会选我了。"

"艾伦的妈妈是那位著名钢琴家新若诗吗？"秦野也听过那位钢琴家的演奏。

"是的，艾伦比我大两届，论资排辈应该他去。"女儿说。

"既然学校推荐你，就是对你的认可，你要加油哦。"

"我会的，爸爸。"女儿指尖放在琴弦上，愉快地舞动起来。

在悠扬的钢琴声中，秦野想起女儿小时候初学钢琴，老师对她的评价是，手指的灵敏度和对乐理的理解，都比不上同龄的小朋友。

当时仅仅因为女儿喜欢，妻子就支持她去学了。

他曾质疑过女儿是否适合学钢琴："也许她该把时间，花在她擅长的事情上。"

妻子一边叠着被子，一边漫不经心回道："我觉得有些孩子学得快一些，有些孩子学得慢一些，这都很正常，能坚持下来才是最难能可贵的。"

"孩子的成长是一份礼物，好的事情是值得我们去等待的。"

"喂，你怎么还不过来？"

吃过晚饭，与乐老师寒暄过后，秦野回到书房，接到菲力的电话，想起他之前提过聚会的事。

他看一眼时间："太晚了，我不去了。"

"你不是吧？现在才八点。你需要放松一下，生活总要过下去的。"

"和你们聚会又不是生活过下去的必备条件。"

"至少是迈出第一步啊。甄妮回来了,罗杰也在,好不容易大家才能聚一起。"

枫林酒店十八层的露天酒廊是一个特色景点,能俯瞰S城的霓虹夜景。

南部临海的城市,四月的天气坐在室外也只觉凉快。秦野一出电梯,服务员一见自家老板来了,马上打起了十二分精神:"秦总,这边请。"

还没走近,秦野就听到众人爽朗的笑声,菲力、罗杰、甄妮、露丝,还有安莉都在,秦野脱了西服,坐到菲力身边。

"你们在乐什么呢?"秦野问。

"在说你呢。"甄妮说。

"说我什么?"秦野问。

"说你和当年一样,又迟到了,自罚三杯吧。"罗杰对一直守候的服务员说,"给你们老板倒酒吧。"

服务员有些为难,秦野拿起酒瓶:"我自己来,你们忙去吧。"

秦野给酒杯满上,正要往嘴边送,倒是安莉压住他的手,细声问:"你吃饭了吗?"

"安莉,你不能这么早就护着他吧。"露丝说。

"不是,他胃不好。"安莉解释。

"我也胃不好,你刚也没心疼我。"罗杰说。

"不是,秦野前一阵还住院了。"菲力也说了。

"我吃过了,没事,我能喝。"秦野说完,连干三杯。

"其实我们刚刚是在感慨,十多年没聚一起,大家都变老了。"

菲力说。

"看看这是十五年前安莉生日的照片。"甄妮亮出手机说,"你看我们那会儿多青涩,现在都老了。"

"还好吧。"年龄对于秦野只是一个数字,只是身体机能下降会提醒他,岁月正在流逝。

"那你们说如果人生能重来,我们会不会和现在不一样?"菲力问。

"当然会,早知道这十几年国内形势发展这么好,我就不去新加坡了。"罗杰说。

"如果能再来一遍,我就不会嫁给我老公了,太软弱了,一事无成。"露丝说。

"如果可以再选的话,我一定不会选择自己创业,太累心了。"甄妮说。

"你呢,秦野?"菲力问。

"我没想过。"秦野拿起酒瓶又给自己倒了一杯,他平常也不主动喝酒,但酒真是个好东西,一碰就停不下来了。

"安莉呢?"菲力又问。

"如果人生可以重来,秦野,我想和你再赌一把。"安莉直直地对秦野说。

在场的人都安静了,包括秦野,顷刻过后众人开始起哄,露丝说:"这可以有,我们说的都很难实现了,你这个还有机会。"

"为什么不呢?反正你和秦野都单身,你们再来一遍,看看会有什么不一样?"罗杰说。

"是呵,今晚的感觉很像回到了那个晚上。"露丝说,"服务员帮我们拿个骰盅过来。"

秦野放到嘴边的酒杯,又扬高缓缓喝下。

妈妈的梦想 MOM'S DREAM

"这次我们换过来,要是我赢了,你就要和我结婚,要是我输了,要是我输了,这支笔转到谁,我就跟谁结婚。怎样?"安莉拿起骰盅,盯着秦野说。

"那不行,罗杰已经结婚了。"露丝反对。

"没事,安莉,我可以离婚娶你。"罗杰打趣说。

"你想得美吧,娶安莉。"甄妮说。

"你们慢慢玩,我先走了。"秦野突然站起来说。

秦野坐上了车,可思绪还留在那骰盅上。

如果人生可以重来,这是个多么富有想象力和创造力的问题,它赋予了无限种可能性。

他怀疑自己真是醉了,才会纠缠着这个唯心主义的问题。他转脸,看着车窗上映着的自己,也有不少白头发了。这些都是事业奋斗、岁月磨炼,留下的痕迹。

那些艰苦奋斗、辗转难眠的日子,他从不敢忘。

还有她,那个与他忧患与共的人。

如果人生可以重来,他是否会选择不一样的目标,不一样的人来度过此生?

他到家已经十一点了,路过女儿的房间灯还亮着,门是虚掩着的,他敲门进去,没有人,书桌上的电脑屏幕是亮着的,上面有个扎着马尾,穿白衬衣的女生在腼腆地说着话,因为静了音不知道在说什么。

秦野看了两眼,有些晕乎,自觉这女生还挺漂亮的。

他转身离开了,走了没几步,又折回来看了两眼。

这是上次在宴会上见到的女儿的数学老师吗?还挺清新自然的。

女儿头戴着耳机,从浴室出来了,见着秦野有些惊慌失措,横着移动过来,挡住笔记本电脑屏幕。

秦野正要问,这是她的数学老师吗。

"爸爸,对不起。我只是随便点开了妈妈的采访视频。"女儿摘下耳机说。

"哦。"秦野张了张嘴,转身走了。

秦野失魂落魄地回到房间,沮丧,失落,无力感环绕着他。他苦笑,他还以为他的人生重来会有什么不一样。

一曲跳完,桃子拿起一瓶矿泉水狂灌,抬眼看表已经十二点多了。

做自己喜欢的事,真不觉得时间的流逝。

"桃子姐,我点的外卖,刚好送到了。"皮卡走了进来。

桃子边喘着气,边用毛巾擦着汗:"你也还没走啊?"

"是呀,我觉得改编的曲子有几个调总是唱不顺,想多练练。"

"哦?是哪几个调?"桃子问。

皮卡拿来曲谱指给她看,演示了一遍。

"要不这里试一下换颤音?" 桃子想了想,又亲自试唱一遍,"怎样?"

皮卡盯着桃子的脸看得出神,答非所问:"那个桃子姐,你吃烤翅吗?还是先喝糖水?"

桃子意识到不对劲:"我不吃了,我想先回去了。"

这次皮卡回来以后,桃子很注意,从来不和皮卡单独相处。一方面是担心那些流言蜚语，一方面是皮卡偶尔流露出那种炽热的眼神，让桃子感到害怕。

"桃子姐，我喜欢你。"

桃子背对着皮卡，那种猝不及防，使得她后背僵硬。

"我也喜欢你。"桃子缓缓转过身，皮卡眼里浮现了狂喜。

"还有小天，阿宝，东泽，伊春。"桃子接着说，"你们是我最好的朋友。"

皮卡深吸一口气："我的意思是，我爱你……"

桃子看着面前憋着一股劲儿的皮卡："你知道你在说什么吗？"

"我知道，我知道你比我大十三岁，我知道你有一个十四岁的女儿，我知道你离过婚，但我还是爱你。"

桃子曾如此地执着被爱，现在有人来爱了，却想逃离。

"皮卡，我想我们不太合适……"桃子说出心中所想。

"桃子姐，我答应了我父母，在比赛以后就到国外读书。"皮卡制止她说下去，"现在每次见你，我心里都会默默进行倒数，这是倒数第十次，第九次见面。我之前都压抑着自己，我担心我再不说就没有机会了，看见你为这些流言蜚语疏远我，我真的控制不住地想让你知道我真实的想法，我并不惧怕别人怎么说怎么想，我就是爱你。

"桃子姐，要是你愿意，我可以把你带到我父母面前，带到所有人面前，宣告我们的关系。"

"皮卡，很感谢你不顾一切来爱我……"

"不，桃子姐，我不是要你现在就回复我。"皮卡仿佛害怕被拒绝，打断了桃子的话，"我们现在先以比赛为重，一切等到赛后再说。只是在此之前，我希望你不再避讳和我单独相处。"

"好，我答应你。"

"咦？这么晚了，你们还在呀？"这时，东泽走进来打破了尴尬的气氛。

"我准备走了。"桃子借坡下驴,"你怎么回来了?"

"我忘带手机了回来拿。那我刚好送你。"

回家路上,东泽开着车忽然说:"刚刚皮卡对你说的话,我都听见了。你怎么想?"

"有什么可以想的?"桃子叹气,半晌补了一句,"男人也就这个年纪,才会把女人放在心上。"

"不是呀,你一直都在我心上。"东泽说。

"你嫌现在不够乱吗?还来插一脚。"桃子苦笑。

"我是说真的,我以前就喜欢你,碍于自身的条件,没敢和你说。刚来北京那几年,我也会常常想起你,想知道你过得好不好。后来有一次,赵哥,对了,赵哥你还记得吗?我介绍你去唱歌的那间餐吧的经理,他给我发了一张网球赛场上的照片,你们一家三口坐在观众席上,你老公抱着女儿,手放在你大腿上。"

"在这之后,很奇怪,我就没再想起你了,一次都没有。"

"还有这么一件事?"桃子开始搜索记忆。

"你爱你老公吗?"东泽话题一转。

"我不知道。"

"怎么会不知道呢?他这么优秀。"

"怎么说呢,如果社会是以挣钱能力来衡量一个人的话,他是优秀的。"

"哈哈,你是在埋怨你老公吗?"

"不是,他确实给我们创造了很好的生活条件,这一点很重要。我只是觉得在广义上的优秀应该还有其他指标的吧。"

"哈哈,你悟得比我要深。"东泽说。

妈妈的梦想 MOM'S DREAM

"以前我生活在家庭这一方天地,人际圈很简单,有深入交集的基本都是亲人,或者被过滤过地位相当的人。后来遇见了你们,我觉得优秀不是单以财富来衡量,还有尊重、体谅、隐忍、善良等很多的美德。我是走出来了,才发现这个世界这么大。"

"你拒绝皮卡,会后悔吗?"

"不会,我根本不喜欢他。皮卡未来的路还有很长呢,还会遇到很多有趣的人,生活在更广阔的天空之下。"

"你真的很好,不知道我还有没有机会?"

"得不到才是最好的。你看我老公把我娶回去,时间长了,连看都不愿意多看一眼。我情愿成为皎白的月光,都不愿意成为蒙灰的摆设。"

"妞妞,听说你要参加国际青少年艺术家钢琴比赛?"

周二放学,我在学校门口见到了言笑晏晏的安莉阿姨,我局促地点点头,没想安莉阿姨的消息这么灵通。

"来,我给你介绍一位钢琴老师。"安莉阿姨说。

"我已经有钢琴老师了。"我应道。

自从乐老师知道我要参加比赛,十分重视,她匀出时间,现在每天晚上都来我家辅导钢琴。

"乐老师那边,我会向她解释的,上车吧。"安莉阿姨说。

我随安莉阿姨到了一个市政音乐厅,在后台化妆间见到了艾伦的妈妈钢琴家新若诗。

"新先生,这次请您多多指导秦筝。"安莉阿姨手放在我的后背，将我往前推。

"放心吧，安莉。"新若诗上下打量着我，"我一会儿有演出，先失陪了。"

"我们先吃个简餐吧，我已经和你爸爸报备了今晚带你来听演奏。"

我无心听新若诗的演奏，借口离开会场，在玻璃连廊上来回踱步，犹豫着要怎样拒绝安莉阿姨的好意。

忽然看见对面商厦的巨幅银幕，上面正播放着《超越梦想》歌唱比赛的决赛宣传片。

身边有两个身穿工作服的年轻女生路过，也看着屏幕讨论："现在官网开通投票通道了，你支持谁啊？"

"当然是Z乐队，主唱超帅的。"

在某一瞬间，我看见了妈妈占据屏幕一小角的脸。

我回到家，爸爸书房的灯光已经亮着。

我想和爸爸说，我不想换老师。

正当我要敲书房的门时，里面传来奶奶的嚷嚷声，我将耳朵贴近门板。

"你以为躲着我就完事了，我电话你不接，约你也不见，你眼里还有我这个妈吗？"

"妈，你别激动，你吃过降压药了吗？"是爸爸的声音。

"我不用你关心我，我来就问你一句，你什么时候签字和桃子离婚？"

"妈，要是为了这事，你就早点回吧。"

"儿子啊，她在医院说的话你都听见了。这些年我扑心扑命为你，为你们这个小家操了多少心？她居然敢那样说我。"

"你的问题不是做得太少，而是做得太多了。有很多事，你根本不应该管，尤其是我的家事。"

"什么叫你的家事？我不是你妈吗？我不算你的家人吗？我让她多生几个孩子有错吗？"奶奶越说越激动，"要不是她，你早都有儿子了。我想起就来气，这个女人真是蛇蝎心肠，居然想断我们秦家的后。"

"够了，妈。"爸爸厉声说，"我家祖上三代都是农民，没有皇位要继承。"

"看你说的，那你爸、你辛辛苦苦打下的家业以后要给谁？我说句不好听的，妞妞毕竟是个女儿家，难当大任啊。你跟妞妞这般大的时候，早跟在你爸身边做生意了。何况她还不务正业，还学个什么钢琴。"

岂有此理，我怒上心头，奶奶居然在背后这样说我。

"妞妞是我女儿，她以后想干什么就干什么。几十年后的事，我都看不见，你操什么心。"

"好了，我不说妞妞了。儿子啊，她说嫁入秦家是个诅咒。儿子啊，这其实是在说你啊，说你毁了她的人生。她也不想想她爸的命是谁救的，她家的荣华富贵是谁给的。现在她过河抽板，真的是蹬鼻子上脸。"

"妈，这么多年桃子从来没有在我面前说过你的不是，你为什么老是要针对她？"秦野反问，"那么多年，她对我好不好，我自己不知道吗？"

"不是，你都被她骗了……"奶奶大口吸气，"你怎么油盐不进啊……"

"妈，你怎样了？我给你叫救护车。"

"不用了,你这孝顺都用不对地方。"

我听见奶奶要出来的声音,赶紧躲回到房间里……

秦母走后,秦野拉开抽屉,妻子已签署的离婚协议平静地躺在里面。

天空忽然下起瓢泼大雨,噼里啪啦地拍打着窗户,他忽然想起了那年清明回乡祭祖,雨也是这样绵密地下着。

因为枫林上市,券商访谈突然改期,他需要尽快赶回S市。

仪式过后,他抱起女儿一路快步走向车,上车后他电话催促。过了一会儿,妻子才慌忙地从祠堂里出来,乡路泥泞,她撑着伞一路小跑,还不小心摔了一跤。

"你怎么这么慢?"他语有责备。

"你也得等我和祖先说完话才行。"妻子上车后气喘吁吁,"我在求各位列祖列宗保佑枫林上市顺利。"

他觉得她不可理喻。

等待红绿灯时,他从后视镜留意到,妻子的裤子在膝盖处满是泥渍。

他在想,如果当时他有问过她一句疼不疼,是不是现在就会不一样了呢?

午后,秦野靠在办公椅上小憩,迷迷糊糊听见有人叫他,"秦总……"

"荟萃陶瓷的小莫总过来了,要见您。"小杨俯身说。

一见这位披着长发，挺着大肚子，踩着高跟鞋的女人，秦野就回忆起在上海枫林的见面，当时就觉得这个女人不好惹。

"幸会，蒋太太。"因为与蒋澄思关系较亲近，秦野还是称呼她为蒋太太。

"秦总，很抱歉冒昧拜访。"莫茹开门见山，"我这次过来是有件事想请教，莲花湖酒店重装的陶瓷供应商中标的是荟萃，为什么突然间又换成方大了呢？"

"哦？"秦野奇怪，"换供应商了？"

"是呀。不瞒您说，我们已经合作多年了，虽然最终的采购协议还没签，但是中标以后我们就开始生产备货了。中间这么一换，导致我们非常被动的。"

"这事我去了解一下情况，稍后给你一个回复。"

"好的，秦总。说实话，我爸磨不开面子来找您，但我想枫林和荟萃合作多年，不能因为一两次合作不成，就破坏了彼此的信任关系。我只想知道原因，以便荟萃后续改进。"见秦野应得爽快，莫茹又往回说。

"我明白的，我一定会给你一个合理的解释。"聪明人过招，一般不会费太多唇舌。

"好的，谢谢您，秦总。"莫茹站起来，又抚着肚子坐了下去。

"你怎么了？"秦野关心。

"没事。"莫茹皱着眉，又试着站起来，结果又坐下去了。

"蒋太太，你别着急，先坐一会儿。"秦野见她面色都不对了。

"我肚子好痛啊，可能快要生了。"莫茹面部表情扭曲。

"我现在送你去医院。"秦野唤来小杨，"你赶紧去把车开到公司门口。"

"秦总，那我找个人来陪小莫总去医院。"小杨说。

"这一时半会儿你找谁,别磨叽了。"秦野说。

秦野又回到办公室:"蒋太太,你现在能走得动吗?"

莫茹捂着肚子,疼得嗷嗷直叫,秦野又瞧她那双高跟鞋:"得罪了。"

他将她打横抱起,一路往外走,穿过长廊,下了电梯,越过公司的大堂,直到上了车。

路上,秦野打电话给蒋澄思:"小蒋,你的太太可能要生了。我现在送她去医院。"

"你和莫茹在一起?"对方似乎十分惊讶,回过神又赶紧问,"你们去哪间医院?"

"希和医院。"

"好的,谢谢秦总,我马上去医院。你方便把电话给我太太吗?"

"喂,我肚子好痛。"莫茹先发制人,"哎呀,你别说了,我肚子好痛。"

秦野估摸着蒋澄思并不知道莫茹擅自一个人出来,正在数落她,难怪她肚子疼也没有找蒋澄思。

"我知道了。"莫茹直接把电话挂了。

车子停在医院门口,医生和护士将莫茹放上救护病床就往急诊送,秦野跟着到了急诊门口。

小杨说:"秦总,要不您先回去吧?我在这里守着就好。"

"不用,我也在这儿等等吧。"

"秦总,我怕影响不好。"

"迂腐。"秦野回道。

过一会儿医生出来了:"请问你是病人家属吗?"

"不是,家属要一会儿才到。"秦野上前问,"现在什么情况?"

"现在病人宫缩厉害,伴有出血,但是胎位不正,预估无法顺产,要马上转去产科剖宫产,现在需要家属签字进行手术。"

这时,蒋澄思从远处奔跑过来:"医生,我太太怎样?"

于是医生又重复了一遍刚刚的话,蒋澄思上气不接下气:"我可以签字。"

秦野也问:"产科那边主刀医生是谁?能请卢医生过来吗?"

"当然不可以,卢医生在会诊呢。"急诊医生不知道秦野是谁,直接就回了。

秦野亲自给张院长打了电话,请来卢医生主刀。

在等待期间,蒋澄思又急又气:"我这次来S城出差,莫茹坚持要陪我过来,没想到她是为了去找您。她都足月了,还自己一个人到处跑,真是主意大着呢。"

"小蒋,你别太紧张,卢医生曾接生过我的女儿,经验很丰富。"秦野安抚道。

不一会儿,卢医生穿着绿色的手术服,戴着口罩和医护帽来了。

"我可以进去陪着她吗?"蒋澄思追着问。

"不可以,因为是紧急手术,大家都在里面紧急准备。"卢医生说,"放心,我们会尽力而为的。"

秦野有一丝恍惚,因为这句话卢医生也曾对他说过。

下课铃声一声,我收拾书包离开教室,在快出校门的时候,有个男生拦住了我的去路:"你为什么不选我妈妈当你的导师?"

今早我回绝了安莉阿姨的好意,继续跟乐老师学琴。

拦住我的是艾伦学长,他眼神冰冷地盯着我。

我停了下来,双手握住书包的肩带:"这和你有什么关系吗?"

"当然有。"艾伦学长说,"培养出国际青少年比赛冠军对于我妈妈的声望很重要。"

我感觉好笑:"你说得好像我选你妈妈当导师,我就能拿冠军一样。"

"我妈本来是可以成为冠军导师的。"

"你说得那么容易,那你为什么要放弃参赛?"

"还不是因为你?"

"因为我?"我追问,"因为我什么?"

"你是装不知道还是真不知道?"

"妞妞,妞妞。"我扭头看去,是我奶奶在扯着嗓门喊,"你快出来。"

艾伦学长恶狠狠地瞪了我一眼,走开了。

我走出校门,奶奶上来第一句:"妞妞,你怎么能拒绝安莉给你找新若诗当老师呢?"

见着奶奶,我就想起那晚她和爸爸的对话,我迅速绕开她坐上车。

奶奶跟着坐上了车:"妞妞,你别不知好歹了,安莉给你找来新若诗来当老师,你好好练,没准还能拿第一。"

没准能拿第一?奶奶是什么意思?

"奶奶,我不想换老师。"

"妞妞,你怎么能辜负安莉的一番好意呢?"奶奶还是跟聋了

141

一样,听不见我的回答,自顾自地继续质问,我戴上了耳机,没有再理她。

奶奶居然粗暴地摘下了我的耳机:"妞妞,你是什么态度啊?奶奶在跟你说话呢。

"你是不是故意和安莉阿姨搞对抗?你是不是不想安莉阿姨当你后妈?是你那个妈指使你这么做的对吗?"

我奶奶有妄想症吧,把人想得那样坏:"奶奶,我已经把理由说过了,不想再重复一遍。你把耳机还给我。"

我伸手去要回耳机,没想,奶奶摁下车窗,拿着耳机往外一扔。

奶奶面不改色地看着我,我气得满脸通红,拿出手机拨给爸爸:"爸爸,奶奶把我的耳机扔了,她非让我跟新老师学钢琴。"

奶奶抢过电话:"秦野,你听我说,那是安莉的一番好意,多少人想请新若诗都请不来。"

"妞妞要跟谁学琴,是她的事情,由她自己决定。"爸爸斩钉截铁。

"你就是太溺爱孩子了……"奶奶还想说。

爸爸直接把电话挂了,奶奶气得大喊"停车",然后气急败坏地下了车。

艾伦学长的话一直盘旋在我脑海中,我与他素不相识,他放弃比赛怎会是因为我?

"妞妞,你是有心事吗?"乐老师打断我的演奏。

我意识到自己走神了,停下游走在琴键上的手:"我可能是有点累了。"

"那我们今天先不练了。我和你说件事,今天安莉找过我,说她已经给你找了新若诗当这次比赛的老师,不过你念旧情拒绝了,她觉得这样会对你参赛不利，比赛机会难得，让我也多替你考虑考虑。"

"乐老师，我们师徒多年，在教学上亲密无间，过去您也指导过我多次比赛夺冠，我拒绝新老师是因为觉得您更适合我，而非其他。"

"那就好，我说出来也是怕你有思想负担。"

"不会的，我之所以没和您说，也是怕您有思想负担。"我笑了笑，"我只是没想安莉阿姨还找您了。"

"新若诗目前在钢琴界风头无两，可能她也是费了好些周折才拜托新若诗当你老师。"

"明白，我会找个机会向她道谢。"

我送乐老师到门口，乐老师又回头问了一句："这周六是你妈妈比赛，你会去看吗？"

秦野回到办公室，靠在办公椅上，他已经很疲惫了。

未几，堂哥永林敲开了门。

他强打精神坐直："荟萃和枫林合作多年，为什么莲花湖酒店要更换陶瓷供应商？"

"你上次说把方大加入供应商名单，后来安总找到我，说你已经授意把荟萃换掉了。"

"什么？我根本没说过这话。"他吃惊。

"我本来想找你确认的，后来婶婶也找到我，说安总是你未来的亲家，都是一家人，就这么办了。所以，我才……"永林言语吞吐。

"大哥，你怎么这么糊涂？荟萃是这次中标的单位，他们是可以

妈妈的梦想 MOM·S DREAM

分分钟告枫林毁约的。我再重复一遍,枫林是有规章制度的,不是某个人的一言堂,你马上换回荟萃。"

秦野气得站了起来,转身叉腰背对永林。

彼时,夜幕降临,落地窗对面楼宇的大屏幕上正播放着《超越梦想》歌唱决赛的宣传片,他留意到了妻子一闪而过的唱跳片段。

他摇摇晃晃,摇摇晃晃地坐了两个小时的飞机,三小时的汽车,来到了医院。

"我们判断产妇是不能自然生产了,请你们尽快签字给产妇进行手术,不然大人和孩子都会有危险。"卢医生说。

"不行,顺产好。"秦母强烈要求顺产。

"亲家,医生说胎儿太大,桃子自己生不了。"岳母急着说。

"千百年来女人不都这么生孩子的吗?"秦母说。

"我签。"他终于赶到了。

"现在产妇已经出现宫缩乏力,生完以后很可能会大出血。"卢医生进一步阐述。

桃子从产房被推进手术室,脸色比纸还白,一丝生气都没有。

"医生……"他的心堵得慌,叫医生却又不知道说什么。

"不好了,产妇大出血了……"护士慌忙跑出来说。

秦野骤然惊醒,坐起来抹了一把汗。

他拿起枕边的手机,显示好几个新消息和未接来电。

先是蒋澄思的报喜:"喜得千金,母女平安。"

再是安以杰的邀请:"阿野,方便今晚到我家吃个饭?"

然后是秦母转发的消息——"亿万富豪二婚妻子临产",还配上他在枫林集团大堂抱着莫茹奔跑的照片。

秦野被这喜当爹的新闻气着了，怎么不写他见义勇为呢？

键盘在别人手上，怎么敲，真的与人心很有关系。

今天是工作日，秦野早起下楼，张姨准备好早餐就忙去了。

秦野吃着早餐，门铃声响起，他唤张姨，无人应声。

他打开门，只见门把手上挂着一只乌鸡，一袋生蚝，两根大葱和三个茄子。他走出门外，见到上次来过的竹地市场的荣婶已经转身走远。

他将菜从门把手上摘下，转念一想，拿起手机给妻子打电话……

第二十章

桃子昨晚到的北京,一早起来神清气爽地对着窗拉伸筋骨,电话响了,是丈夫,不对,是前夫打来的,自从上次在医院见过后,他们再也没有联系了。

桃子担心是女儿有事,她不敢不接:"喂。"

"你在哪里?"秦野在那边问。

"你有什么事吗?"

"竹地市场的荣婶给你拿了几袋菜过来。你在哪里?我给你送过去。"

"不用了,我没在S城,你们留着吃吧。"

"你去哪里了?"

妈妈的梦想 MOM'S DREAM

"我来北京比赛了。"

"你什么时候比赛?"

"明晚。"

桃子挂了电话,觉得秦野这个人真是捉摸不透,居然要送菜给她。

今天的计划是前往场馆做彩排,再配合主办方录制一个赛前采访的视频。

到达场馆门口,桃子他们一下车便有许多歌迷纷纷围上来,给他们送鲜花玩偶等各式各样的小礼物。

他们寸步难行,着实被这阵仗吓到了,幸好有保安上来解围。

"天啊,你到底花了多少钱请这么多人来?"阿宝冲入场馆后,质问皮卡。

"我没花钱啊,一分钱没花。"皮卡冤枉。

"那他们是不是认错人了?"阿宝说。

"不会啊,我听着他们喊的就是我们乐队名字。"小天说。

"啊?那是我们红了?我们是真的红了吗?"阿宝欣喜若狂。

东泽卷着乐谱敲了敲阿宝的脑袋:"这不是很正常吗?根据主办方公布的最具人气得票情况,你们目前是排在第四位。"

"是吗?在哪里可以看到?"阿宝问。

"别看了,赶紧去换衣服彩排吧。"东泽催促。

比赛的衣服是自行准备的,化妆师由主办方统一安排,今天彩排只需要换好衣服走过场。

为了减少选手互相之间的影响,在赛前选手们彩排是完全隔离的,一名彩排完再到下一名进场。

桃子他们换好衣服等候入场,阿宝还在拿着手机刷:"我看到了,看到了,原来是在这里看的票。"

"我也看看。"桃子平常只注意练习,也没怎么关心这些的数据。

她拿过手机看,里面还有比赛最受欢迎选手,她的得票居然是最后一名。

下面的评论是:"这么大年纪了,还跑来唱歌,丢人。"

"该名选手证明了全职太太真是世界上最危险的职业,随时都会被抛弃。"

"豪门弃妇,中年靠卖唱谋生,她活成女人的耻辱。"

……

"这些赛前投票都是预热的,也不会影响比赛结果。"皮卡没收了手机,"你别扰乱军心了。"

"你们上台一定要留意站位,只有一次机会啊。"东泽一再叮嘱。

桃子走在最前面,她是第一次站在如此广阔的舞台上,团团围绕的是黑漆漆的座席,聚光灯打在她的身上。

音乐响起,她有些迷离,那些恶评言犹在耳,仿佛黑漆漆的座席上坐着的都是嘲笑她的人。

她的舞蹈动作从开始就慢了半拍,彩排时间又紧凑,唱跳半首歌就让下来了。

下台后,他们去接受赛前采访,前几个问题还算正常,话筒一给到桃子,画风又开始变了。

"听说你是参赛年龄最大的选手,和年轻人一起比赛,你有什么感想吗?"采访的女记者问。

桃子瞪大眼睛,有些尴尬:"首先,很感谢赛组委,没有对参赛

妈妈的梦想 MOM·S DREAM

年龄设限制,让我这个岁数还能站在台上和大家一起奋斗。"

"作为一个曾经的全职太太,你有什么想对全职太太说的吗?"

桃子是彻底蒙了,皮卡抢过话筒反问:"这个问题应该和比赛没有关系吧?"

桃子显然闷闷不乐,回到酒店也不吃午餐,就独自去健身房练舞。

她跳了一遍、两遍、三遍,她已经很努力屏蔽那些负面的舆论,当不得不直面时,没想外界对她的敌意有那么深。她到底做错了什么?大家那么讨厌她。

"你再这么练下去,明天就要废了。"在门外看了很久的东泽忍不住进来劝说。

桃子渐渐放缓舞步,停了下来张口喘气。

"你还真上心了,狗咬你,你还能咬狗吗?"

"你走到这一步,已经舍弃这么多,还在乎别人怎么说吗?"

"我不明白他们为什么要这么评价我……"

"桃子,我一直有个问题想问你,你为什么会想重新唱歌?"

"当时我身处人生的困境,过往的梦想像一束光照亮了我,让我重新有了力量去面对未来。"

"那你重拾梦想,你希望他们怎么评价你?"

桃子一时语塞,听见"啊"一声,阿宝、小天、皮卡叠罗汉似的半个身子倒在了舞蹈室门口。

"我好难过,我一直以为桃子姐唱歌是为了我。"压在最底下的皮卡尴尬地说。

"我还以为是为了我。"中间的小天拍着脑袋说。

到了最上层的阿宝:"那肯定不能是为了我啊。"

桃子看了扑哧笑出声:"能遇上志同道合的你们,一天天地朝着梦想迈进,我感受到无比的幸运和幸福。"

今天是周六,我一早起来了,清点物品,收拾好背包,一出房门就见到了爸爸。

"你要出去吗?"爸爸忐忑地问。

"我……我今天上乐老师家练琴。"我舌头打结。

"我送你吧。"

我坐在车上,如坐针毡,看着时间一分一秒过去,都快要急死了。

我爸还一反常态,一路说着话:"妞妞,那个新闻是假的,那是爸爸的一个客户,当时我和她在谈事,她突然临产了,我着急送她去医院……"

他说的是什么新闻啊?我也没看。眼看就要错过飞机,正当我鼓足勇气想向爸爸坦白时,突然听见爸爸问:"妞妞,你想去看妈妈吗?"

我眼前一亮:"爸爸,你说什么?"

"你想去北京看妈妈比赛吗?"

我点点头,简直有如神助,幸好我没招出来。

爸爸随即打给小杨叔叔:"帮我准备两张《超越梦想》比赛的门票,还有去北京的机票。"

"爸,我有门票,也不用买我的机票了。"我脱口而出。

"所以,你早就计划好要去看妈妈了,要不是今早爸爸来找你,你就会一个人去看妈妈。"爸爸挂掉电话问我。

我小心翼翼地"嗯"了一声，结果还是穿帮了。

爸爸和我同一个航班飞北京，一路上又变得沉默，和早上的活跃截然不同。

距离比赛还有三个小时，场馆门口已经排起了长队。

没有贵宾通道，没有专人带路，我和爸爸排了好久才进到场馆。

"喂，你们走快一点，别挡路。"排在后面的观众催促。

我和爸爸的冷静与这里狂热的氛围显得格格不入。

几经周折才找到位置，舅舅见着我们时，面露惊讶，一同惊讶的还有身后的外公外婆。

舅舅笑着说："姐夫，妞妞，你们终于来了。"

爸爸点点头，又朝着外公外婆喊了："爸，妈。"

外公外婆笑容僵硬，应了一句："阿野，快过来坐。"

"妞妞，你快过来，来这儿坐，这位置好。"外婆招呼我坐过去，"老头子你起来，到那边去坐。"

"爸妈，你们都别动了，我和妞妞坐边上就行了。"爸爸说。

"那怎么能行？"外婆一声令下，外公灰溜溜绕到最边上，在我爸爸旁边坐下，我坐在最中间，挨着舅舅。

"给，带了你爱吃的薯片和巧克力豆。"外婆翻出一包零食隔着舅舅递给我，又埋怨道，"你外公也不带多一些。"

"我也不知道妞妞来不来啊。"外公委屈地说。

舅舅给我递了根荧光棒，还有横幅，上面写着"梦想力量"。

"妞妞，一会儿镜头拍过来，我们就举起来哈。"舅舅指过去，"哇，要开始了。"

比赛开始，桃子他们死死盯着实况直播大屏幕。

第一位选手表演完，东泽就上前关掉了他们候赛室的电视。

"哇，大家都很厉害啊。"小天紧张地说。

"台下一分钟，台上十年功。你们不要紧张，就当平常练习就好了。"

"久经沙场的东泽老师，你话都说反了。"阿宝说。

"怎么感觉你比我们还紧张？"小天笑说。

"东泽老师，你就对我们那么没信心？"皮卡逗趣。

"是对我这个家庭主妇没信心对吗？"桃子乐了。

"我是对自己没信心。我就是太希望你能中年出道，你能光宗耀祖，你能少年成名，你能衣锦还乡，太希望你们赢了……"东泽看着他们一个一个地说，越说越激动。

桃子、皮卡、小天、阿宝一个一个将手叠放在东泽肩上："东泽老师，我们会加油的。"

音乐响起，桃子从幕后走到台前，光线由暗到明，呼吸由浅到深，心跳由平静到澎湃，她的身体时而如一条有力的钢索，随歌声展现无尽的力量和动感，时而如流动的画卷，随韵律描绘着温婉的柔美和细腻。她的歌声有起有伏，有松有紧，有放有收，层次感丰富，台下观众，纷纷用掌声为其拍打节奏。

她仿佛回到了小时候，光脚踩在乡间的田埂，在蓝天白云下尽情地舒唱……

曲毕，迎接她的是万众欢呼，她不再为妻子、母亲、女儿的角色所累，她终于成为这个世界的中心，成为自己生命的主角。

下台后,东泽吆喝他们赶紧去换衣服。

"比赛还没结束呢,你就这么着急让我们走。"阿宝说。

"不是呀,你们表演成啥样,心里没点数吗?"东泽皱着眉头笑着问。

大家心领神会,梦想乐队果然毫无悬念地进入了决赛轮。

桃子迅速地换好衣服,重新造型,趁间隙看了一下手机,家族群里弟弟发了一张大合影,是秦野、女儿、爸爸、妈妈、弟弟坐在观众席上照的。

东泽走过来,帮桃子理了理衣襟,不无感慨地说:"桃子啊,你早十五年站在这个舞台上就好了。"

"东泽老师,桃子姐不是一个人参赛的,早十五年就遇不上我们了。"皮卡纠正。

桃子上台前抱了抱东泽,在他耳边说:"东泽,即使是十五年后的今天,我也不会让你失望的。我保证。"

桃子站在台上回忆起,每次提起自己的梦想是唱歌时,最亲的人给她的反应,她感到莫名地忧伤。

> 也许世界就这样
> 我也还在路上
> 没有人能诉说
> 也许我只能沉默
> 眼泪湿润眼眶
> 可又不甘懦弱

桃子闭上眼睛,耳边响起网络上那些对她的恶评,她感到愤怒而后迸发出一股力量。

低着头 期待白昼

接受所有的嘲讽

向着风 拥抱彩虹

勇敢地向前走

黎明的那道光

会越过黑暗

打破一切恐惧 我能

找到答案

……

比赛结束，他们获得了亚军。

主持人特意在台上采访桃子："我觉得今晚你们的表演很出色，只获得了亚军，会不会觉得有些遗憾？"

桃子接过麦克风说："我觉得心怀梦想，付诸努力奋斗的过程，就是我得到的最好的奖赏。过程就是意义，我没有遗憾。"

"你是本次比赛备受关注的选手，网络上对于你有很多争论，请问你有什么想说的吗？"

"我想说的是，我三十多岁还站在这里，是希望能成为所有全职太太的榜样，无论何时跌倒都能顽强站起来，随时都能靠自己重新开始，永远都不放弃追寻自己的梦想。"

"别人妈妈的梦想都是物理学家、企业家、舞蹈家，我总不能写我妈是个买菜做饭洗衣服的吧。"

妈妈的梦想 MOM'S DREAM

"妈,你别逗了,你一中年妇女唱歌有谁听?"

"你说唱歌是你的梦想,你为你的梦想付出过什么?年轻的时候不努力,到了这个岁数才说这话,你不觉得很丢人现眼吗?"

"你这不是梦想,简直是妄想。"

"妈妈,I am shame on you!"

我在台下,看着妈妈光芒四射地在台上唱着我最喜欢的歌手的歌曲,耳边回响起我对妈妈说过的话,泪水滑落我的脸庞。

镜头扫过来,舅舅让我举起画板喊"加油,加油"。

"对不起。"我脱口而出。

"楼下你是不是喊错了啊?"坐上面有个女孩说。

舅舅看向我,我掩饰道:"我刚不小心踢到前面的座椅了。"

妈妈的乐队以小组第一晋级决赛轮。

"妈妈喜欢唱歌,又唱得这么好,她年轻时为什么不去当歌手?"我问舅舅。

"妞妞,你是幸福的,你可以做自己喜欢的事情。"舅舅说的话很轻,"然而,并不是每个人都有选择的权利。"

等妈妈在决赛演唱完后,一直沉默的爸爸站起来离开现场了。

我也跟在爸爸后面,没有等待比赛结束,没有等待宣布结果。

在去机场的路上,爸爸越发低沉,他与外界几乎进入零交流状态。

在机场,我收到消息推送,妈妈的乐队获得了亚军。

我拿起手机想给妈妈发一条祝贺微信,编了又删,删了又编。

在飞机起飞前,最后只发出了五个字:"妈妈,对不起。"

我想起了一句话,人最艰难的不在于犯下错误,而在于我们认识到自己的错误,并且不断地去修正。

从北京飞回，一路上几千公里，爸爸一直闭着眼睛，他是不是也被我妈今晚的表演震撼到了，看来我妈和我爸的实力是旗鼓相当啊。

不过舅舅的话是什么意思？我突然对父母的婚姻很好奇，奶奶说是我妈处心积虑怀上了我，逼我爸娶她的。

"爸爸，你和妈妈结婚几年了？"我忍不住问。

"你今年十四岁，我们结婚十六年了。"

"那妈妈是不是因为和你结婚，怀孕生我才放弃唱歌的？"

她责怪过他阻挡了她的梦想吗？

秦野反反复复思考的这个问题，其实他心中早有答案。

看着舞台上光彩夺目的妻子，她说过他摧毁了她的人生，如果没有遇见他，她也许会成为一个明星吧？

她会凭着自己的能力，受到大众的喜爱，不用卑躬屈膝，获得各方的赞誉，顺从自己的内心，拥有随之而来的财富和社会地位。

他一直以为他是给予方，给了她钱，给了她尊贵的身份，给了她想要的生活。

"我有让你为了我换个梦想吗？"他耳边响起妻子的质问。

她真的为了他背弃了梦想，她有万众瞩目的才华，却为他生儿育女买菜洗衣做饭了这么多年。

没有了他，她也许能活得更好吧。

黎明的那道光

会越过黑暗

妈妈的梦想 MOM'S DREAM

  打破一切恐惧 我能
  找到答案
  哪怕要逆着光
  就驱散黑暗
  有一万种的力量
  淹没孤单
  不再孤单
  ……

  秦野生在秦家,又是长子,他的梦想和他的出身绑定,从来没有人问过他是否愿意继承家业,因为这是他的使命,他的孤独是必然的。

  然而,他十分在意,他是否曾让她感受到温暖?她和他一起是否见过生活的光?

  飞机上,女儿问妻子是不是因为结婚怀孕才放弃梦想?

  "是的,你妈妈比我强多了,你妈妈会向现实屈服。"秦野回答得很坦然。他不知道她是怎样在固定节奏流逝的时光中过来的,按照时令烹饪当季限定的食材,按照季节更替出行的衣物,按照节气布置家里的装饰。浇灌嫩绿的枝芽,打扫庭院的落叶,既缺乏掌声,也无人喝彩。正是她的妥协让他们的婚姻走向正确。

  "妈妈年轻的时候是不是很漂亮?"女儿的问题天马行空,让他找不着北。

  "和现在差不多吧。"说起来也奇怪,秦野很少意识到自己或者妻子在变老。

  这十多年间,无论妻子以什么样的形象出现在他面前,他脑海每每浮现的妻子都是二十出头的模样,雪白的肌肤,大大的眼睛,薄薄的嘴唇,扎着整齐的马尾,穿着白色的雪纺连衣裙,笑起来淡淡的。

只有偶尔看到她和女儿的合影,女儿从她怀中的婴儿,长得比她还高了,才惊觉她也不年轻了。

"那你选择娶妈妈是因为妈妈长得漂亮吗?"

秦野想否认,又觉得不够客观,勉强地答一句:"不完全是吧……"

"爸爸,妈妈……她还会回来吗?"

"妞妞,你能帮助爸爸吗?"

第二十一章

桃子回到后台,有不少工作人员找她合影,她一一配合。她拿起手机,发现收到许多祝贺的信息。

有乐老师的,芙丽的,小杨的,管家的,王妈的,张姨的,居然还有小叔子秦峰的,原来这么多人都在关注她。

弟弟在后台找到桃子,桃子妈妈过来激动地抱着女儿:"桃子啊,妈真的是说错你了,你的坚持是对的,你唱得很好。"

桃子爸爸说:"桃子你真给爸妈长脸了。"

"他们呢?"桃子还在往后看。

"走了,看完你的演出就走了。"

桃子纳闷,怎么秦野带女儿过来也不和她说一声?他们现在在哪里？她正要打电话问女儿，却收到一条新信息，是女儿发来的。

她看完将手机贴近胸前，蹒跚地走到化妆台前坐下，身体不由自主颤抖。弟弟发现异常，走过来看她泪眼婆娑。

"姐你怎么了？"弟弟吓了一跳。

桃子一把眼泪，一把鼻涕，将手机递给弟弟。弟弟看完，也眼含泪光，抱着桃子。

主办方正在邀请他们出席庆功宴，东泽奇怪道："桃子，刚刚颁奖，也没见你哭成这样。"

"没事，我姐就是太开心了。"弟弟打圆场。

庆功宴上，东泽领着他们先去拜了一遍山头，结识音乐圈的几位大咖、节目负责人、赞助商等，还没两下大家就喝大了。

好不容易回到自己桌，刚坐下皮卡又举杯："对不起，东泽老师，我们没有拿到第一。我自罚三杯。"

"别说第一了，赛前我觉得你们进入前三都难。"

"啊？那你还老逼着我们去争第一？"阿宝拍打东泽。

东泽眼圈发红，手摸着眼皮："要是我不逼着你们去争第一，你们第二都拿不到好不好？"

"这就是你的策略对不，东泽老师？"一直喝果汁的小天倒是很清醒。

桃子喝了两杯有点晕，起来上洗手间洗把脸，结果从洗手间出来就被皮卡堵住了。

酒醉厌人胆，皮卡说："桃子姐，我之前和你说的事……"

桃子也不躲避："皮卡，你真的是一个很好的男生，不过，我们之间不可能。"

皮卡双手捂住通红的脸，挫败感十足："为什么？是因为我们之间的年龄差,还是因为我的父母,还是你的女儿?"

"都不是,皮卡,我对你根本没有关于那方面的感觉。我一直把你当成弟弟了。"

"那你能不能试一试?把我当成一个男人,试着和我在一起?"

"对不起,皮卡,我做不到,爱不爱都是心里明白的事。"桃子也不知道自己想要什么,不过她一直知道自己不要什么。

"为什么?"皮卡这个二十二岁的大男孩,伏在桃子的肩头痛哭失声。

桃子没有推开他,轻轻拍着他的后背:"对不起,皮卡,我没有办法和不爱的人在一起。"

那晚,桃子累极了,回房倒床就睡去了。

闷雷一响,桃子睁眼,牙牙学语的女儿还在熟睡,她起来走近窗边,伸手拨开窗帘,大雨倾盆而下,田间的农民将锄头扛在肩上四处散去,挑着担的农妇一路小跑,池塘边的孩童随手摘了块大荷叶遮雨,很快外面就白蒙蒙一片。

她听见钥匙旋动门锁的声音,是丈夫回来了,他身上都湿透了,她拿了毛巾让他擦干头发和身体,又拿过一身干净的衣服给他换上。

"吃过午饭了吗?"

"吃过了。"

"下午还去工地吗?"

"等雨停了再说。"

丈夫对她总是惜字如金,她也慢慢习惯了,将丈夫换下的衣服放进脸盆,准备拿去搓搓,家庭妇女总有干不完的家务。

丈夫从后面一把抱住她,桃子脸皮薄,吓得脸盆都拿不住,蜷缩着身体躲闪。

"别动，让我痛快一会儿。"

桃子果然就乖乖不动了，任由丈夫拿捏，丈夫将她扳过来，她看见那张脸是皮卡，吓得她瞬间惊醒过来……

她坐起来，揉了揉脑门，宿醉后的感觉难受至极。

窗帘拉得严密，房间里黑漆漆的，她拿起放在床头的手机，原来已经十二点了。弟弟给她发了消息，说他有事先回S城了，让她陪父母一起回。

飞机落地，已经深夜。

秦野送完女儿回家，就回到办公室，打开电脑修修改改，又约了律师和税务师开电话会。等他布置完所有工作，天色已白。

他靠在转椅上，迷迷糊糊听见敲门声，他以为是要见的人来了，马上坐了起来。

只见张利胆战心惊地进来说："秦总，安泰那边还没有支付23号地块的尾款。"

"什么？"秦野反应了好一会儿，"这都拖了一个多月了吧？"

"是啊，我们都催了好几轮了。这次安泰给出的理由是，最近资金去做理财了，要等下个月才能付。"

"开玩笑吧，这不是拿着我们的钱去做理财吗？"秦野说，"支付违约的条款是怎么写的？"

"这是法律部草拟的催款函，上面有，你看一下？"张利说，"要没问题，我们就发给安泰了。"

"我不看了，我还能给你审文件啊？你怎么做事的？怎么现在才发律师函？"

秦野一夜未眠，加上这糟心事，脾气额外急躁。

小杨在门口吓得都不敢吱声，等到张利灰溜溜地走后，才走过来细声说："姚总十分钟后到。"

秦野收回心神，平息心情。他昨夜回到S城，第一时间给桃子弟弟发去信息，请弟弟今天上午务必见面详谈。

桃子弟弟如约而至，见了面，还是毕恭毕敬地叫他姐夫。

他示意弟弟坐到他身边，他打开电脑向弟弟展示一副土地规划图，拿着一支笔在地图上圈了圈，"这一块是84号地，位于西部湾北面。当年我借钱给荣盛地产，后来他们还不起钱，就把这块地给我抵债了。"

"当时23号地块拍卖，你找到我，我就想把这块地转你了。但是我作为枫林的高管，如果我和枫林同时卖地，可能会涉及同业竞争，就想等到和安泰交易结束后再和你说这事。"秦野诚恳地说。

"这块地虽然面积小一些，但位置更优于23号地，也更利于你们小开发商开发。"

"姐夫，恐怕我不能接受……"弟弟很犹豫。

"小龙，你不要有压力，我把这块地转给你，跟你姐没有关系。"秦野发挥他超高的谈判技巧。

"姐夫，话不能这么说……"

"也是，我和你姐是夫妻关系，这块地有你姐一半的份额，你这边可能会涉及关联交易，可能对你也会有影响。"

"什么？你和我姐没离婚啊？"弟弟笑逐颜开。

"离婚？我和你姐没离婚啊。"秦野终于找到弟弟纠结的点了。

妈妈的梦想 MOM'S DREAM

"不,姐夫,这地我还是不能要……"弟弟再三推却。

"小龙,要是你不想你姐和我离婚的话,你就收下吧。"秦野说。

"那姐夫,价格是多少啊?"弟弟战战兢兢地问。

秦野心下大喜,记得第一次上桃子家时,桃子父母过分的热情与弟弟冷淡的态度形成鲜明的对比,可见弟弟对她姐这门婚事是持保留态度的。加之上次他约见弟弟被拒,此前他对拿下这事并无十足的把握。

兵贵神速。

他又叫来小杨询问进展情况,一切安排妥当后,他活络脖颈,打了一个大哈欠,站起来舒展身体,穿好外套,熄灭灯关上门。

他十多年如一日地拖着疲倦的身躯,拎着公文包,穿过长长走廊,步入他的专属电梯,结束他一天的工作。

秦野下到停车场,只见小杨从专车上下来,给他开车门。

"你去忙吧,我自己开车回家。"

"秦总,事情都安排好了。"小杨站在车侧,执意让秦野上车。

"秦总,我给您转了一则新闻。"小杨说。

"哦?"秦野拿出手机。

"秦总,您现在已经成为媒体的新宠了,一举一动都受到关注。"

"我还不配拥有自己的姓名了,每则新闻提到我都用亿万富豪代替。"

小杨从后视镜里看见,秦野脸上流露出罕有的笑意。

"亿万富豪携家人观看妻子演出",我点开新闻,上面配了一张昨晚我和爸爸、舅舅、外公外婆坐在一起看妈妈比赛的照片。

我现在已很习惯，我爸和我妈已经是娱乐热搜的常客了。

我中午练完琴，心有记挂，爸爸怎么还没有回家？

屋外有汽车引擎的声音，我跑到窗边张望，是安莉阿姨的跑车，但是她并没有下车入屋。

又过了一会儿，屋外又有车声，我又跑到窗边张望，是爸爸回来了。我注意到安莉阿姨此时也下了车。

我走到楼梯旁细听，楼下大门打开，然后响起爸爸和安莉阿姨一前一后的脚步声。

"你怎么过来了？"爸爸的声音。

"我找不到你，所以来了。"

"抱歉，我今天有点忙，没有及时回你信息。"

"你知道吗，我当年拒绝你的时候，没想到以后要见你一面这么难。"

"你找我有什么事吗？"

"是的，安泰今早收到了枫林的催款函，我希望你能宽限安泰支付23号地块尾款的时间。"

"抱歉，我没有这样的权力。"

"你是在报复我，报复安泰吗？"

"当然不是，安莉你应该清楚，Business is business。"

"我清楚，可我已经没有办法了。近年来我爸沉迷于风险投资，投资的项目大多数一分钱都收不回来，安泰现在负债高达数十亿。最近两家银行停止给安泰授信，安泰的现金流都快要断裂了。"

"安泰的财务状况有这么差？那为什么还要斥巨资买地？"

"当时安泰投了一家国外的社交软件企业在美国上市，想着限售期结束就能卖掉回笼大批资金，结果今年初这家企业涉及非法收集

妈妈的梦想 MOM'S DREAM

用户数据，接受政府调查，股价大跌。安泰投资损失严重，预期的资金无法回笼，巨额债务的窟窿填不上，安泰已经金玉其外败絮其中了。"

安莉阿姨抽泣的声音响起来："我爸说现在只有你能救安泰了。"

"你爸太高估我了。"

"是的，正如他当年低估你一样。"

"安莉，我还有事。"爸爸下了逐客令。

爸爸上楼了，我迅速回房，他敲门进来，我得意地向他展示了手机。

傍晚，我和舅舅一起到机场接妈妈和外公外婆，还第一次见到了和妈妈传绯闻的年轻男生皮卡。

他的模样不及我爸俊美，个子倒比我爸要高，戴着墨镜，潮感十足，和我妈站在一起也不违和。难怪我爸会有危机感。

妈妈见到我手捧鲜花来接机，显得分外高兴，跟乐队成员道别后，和我们坐上了车。

"我太高兴了，今天我们一家齐齐整整的，一会儿上哪儿吃晚饭？我请客。"外公说。

"早都安排好了，我带你们过去吧。"舅舅开着车说。

"妞妞，你的钢琴比赛准备得怎样？"妈妈果然一秒回到从前，无缝衔接到离家前状态。

"还行。"我回道。

"乐老师说你这次的几首选曲很有难度，要加油哦。"

"你别一见孩子就提学习比赛。"外婆说我妈。

"妞妞，你最近身体怎样？吃得好吗？"外婆问。

"还行。"我回道。

"你还不是一见孩子就问吃穿。"我妈说外婆。

久违的家庭温馨感，在这局促的车厢内蔓延开去……

第二十二章

弟弟推开包厢门,桃子和女儿说着话,头也没回地走了进去。

里面人声鼎沸,当她进来的那一刻,掌声四起。桃子吃惊细看,堂皇的宴会厅里,觥筹交错,衣香鬓影。

走错了?桃子看向弟弟,只见弟弟比了一个"请"的手势。

这时,西装革履的秦野举着酒杯,穿过人群,牵起她的手进场。

桃子发现这些人都很眼熟,只是她穿着T恤短裤经过他们时,他们面露诧异。她凑到秦野耳边说:"你有病啊。"

"刚好你有药。"秦野说。

"你放开我。"桃子想挣脱手,却被秦野紧紧抓住。

"你别动,女儿就在后面看着。"桃子感觉秦野说得很斯文,一点都不像败类。

两人一直来到台前,秦野自然地说:"很感谢各位今晚莅临现场。"

"桃子一直很喜欢唱歌,只是因为平常要照顾我和女儿,没有时间去实现她的梦想。现在她能重新走上舞台,还取得这么好的成绩,我和女儿都很高兴,特意为她举办了今晚这场庆功宴。"

秦野拿起酒杯一扬:"希望大家今晚能够尽兴。"

这时,主持人上台说,下面有请秦筝为妈妈献上《第九号钢琴奏鸣曲》。

女儿学琴多年,第一次为她献奏,桃子看得目不转睛,十分感动。

曲毕,主持人采访:"女儿这么优秀,妈妈有什么想说的吗?"

桃子愣着接过话筒:"作为一个妈妈,其实我现在能对女儿说的已经很少了,因为我女儿的学识已经远远在我之上了。但是,我希望我女儿意识到,她之所以有今天的成绩,除了因为天赋和勤奋,还因为她是站在父辈的肩膀上,她拥有的资源和头顶的光环是先天而来的,她要更加谦逊和努力,获得别人的尊重。"

桃子寄语感人,下面都安静了,主持人又将问题抛给秦野:"那爸爸希望女儿以后是接管家族产业当个企业家,还是做个职业的钢琴家?"

"我会尊重我女儿的选择,希望她能活出自我,未来越走越远,越走越开阔。无论何时何地,我们都会永远爱她和支持她。"

一家三口从台上下来,众人围上去向他们敬酒。

桃子终于体会到夫妻离婚有孩子和没孩子的区别了,没孩子的早就拍屁股走了,有孩子的还要在孩子面前做个体面人。

终于敬完一轮,桃子逃离秦野,回到父母身边。

这时，有个孩子扑进桃子怀里："伯母。"

"阿毛是不是长个了？都到伯母肚子了。"桃子比画着，她好久没见这个小不点了。

这时，芙丽也过来了："嫂子。"

芙丽穿着紫色的V领礼裙："这是伯父伯母吗？"

桃子连忙介绍，说来也许奇怪，她和芙丽做了这么多年妯娌，芙丽还没见过她的家人。

因为秦母并不待见桃子家人，觉得他们的出身配不上秦家，从不邀请和允许桃子父母出席任何场合，甚至是妞妞的生日派对。

"伯父伯母、弟弟好。我是芙丽，秦峰的媳妇。"芙丽自我介绍。

"你好，你好。"桃子父母局促地回应。

芙丽寒暄了几句，让桃子父母轻松不少。

"嫂子。"秦峰也过来了。

"我说哥哥也挺有心的，在这么短的时间内为你筹办这么大的庆功宴，我们也是今天中午才接到通知。"芙丽说，"爸妈也过来了，在那边呢。"

站在不远处的秦父秦母过来了，秦母先开口："呦，你们穿成这样就过来了。"

桃子父母有些局促地退后，桃子并不畏惧："我们穿成这样挺好的。"

桃子根本不在乎，反正现场的都是秦野的亲戚朋友，丢也是丢他的脸。

秦母顿时哑口无言，秦父倒是说："桃子，祝贺你。"

"谢谢叔叔。"

桃子没想这一句"谢谢叔叔"，被赶来的秦野也听进去了。

她又被秦野拽到一边:"你当着这么多人的面是想让我难堪吗?"

"你在说什么?"

"你喊我爸作'叔叔'是什么意思?我问你,我和你离婚了吗?"

"离婚了,我之前签署离婚协议了。"

"你有没有法律常识?你以为你签了协议就离婚了?协议离婚是需要到民政局领离婚证的,你和我去过民政局了吗?"秦野冷冷地说。

这怎么和电视剧演得不一样啊?不是签了离婚协议就算离婚了吗?桃子这会儿才知道原来自己没有离婚,那这人还是她的合法丈夫啊。

"那实质重于形式不是吗?"桃子嘴上不认输,"那我们约个时间去民政局吧。"

丈夫似乎被气到了,一语不发走开了。

桃子留在原地郁闷,这是什么意思?离婚离到一半是什么事?

在宴会上和父母分开后,我找到丽兹聊天,我把她也邀请过来了。

"恭喜你,终于一家团圆了。"丽兹说。

"现在还不好说。"我察觉我妈和我爸在一起还是很别扭。

"我说妞妞啊,你也该谢谢你安莉阿姨。"

我转过身,安伯爷和安伯奶正站在我身后:"没有安莉,你也参加不了那个青少年钢琴赛。"

为什么安伯爷说话阴阳怪气的？真让人莫名其妙。

这时，安莉阿姨走过来笑着说："妞妞能参加比赛全靠实力，与我有什么关系。"

"安莉阿姨，我很感谢你对我的支持和鼓励。"我接过话。

"秦筝，我想上洗手间，你和我一起吧。"丽兹识时务地把我拉走了。

我站在洗手间门口等丽兹，看见走廊的阳台有人影晃动。

我走近铺着厚重地毯的长廊，认清了是安莉阿姨和安伯爷安伯奶。

"爸，你怎么总是管不住嘴？"

"我看见秦野他们一家三口站在一起，我就来气，你为秦野做了这么多，他竟然一点都不领情，如果没有你买通新若诗，让她的儿子让出参赛名额，妞妞能去参加比赛吗？"

"老爷子，你要沉住气啊，听凤仪说是这个女的赖着不肯和秦野离婚。现阶段还是要先解决孩子的问题，等妞妞参赛得奖申请到美国读大学，这个女的自然没了依靠。到时安莉和秦野就没有障碍了。"

我捂住嘴，原来是安莉阿姨设计让我参赛，目的是让我参赛获得名次申请到国外留学，不再妨碍她和爸爸。

"是的，这个女的实在太可恶了。你放心，我已经准备给她点教训。"安伯爷咬牙切齿地说。

"爸，你打算干什么？"安莉急着问。

"秦筝。"丽兹在身后叫道，我连忙回过身，逃也似的牵着丽兹返回宴会厅。

我满场寻找妈妈的身影，在一个角落里发现了她和舅舅在一起。

妈妈气鼓鼓地说:"你卖我卖得很爽是不是?"

"姐,我知错了。"舅舅卖惨。

我扑进妈妈怀里,妈妈摸着我的发髻:"怎么啦,孩子?"

"妈妈,你要小心一点。"我极度缺乏安全感。

阴魂不散的奶奶又出现了:"妞妞,你都多大了?还动不动就趴你妈怀里?"

我没有搭理奶奶,佯装镇静地脱离妈妈的怀抱。

只听见奶奶对妈妈说:"你看,虽然你离开了秦家,我们还是一如既往地栽培妞妞,所以请你放心吧。"

妈妈没有接话,谁知奶奶下一句是:"我知道你这些年为秦家付出很多,也祝贺你能有个新的开始,希望你未来越来越好。"

妈妈有些不知所措:"谢谢……"

"我过往待你确实有不周之处,也请你多多包涵了。"

这时,奶奶煞有介事地伸出友好之手,妈妈显然有些迟疑。

这位准前婆婆是转性了吗?居然会对她说好话?祝贺她?还要和她握手言和?

桃子担心她不伸手不够大度,但过往的伤害历历在目,并不会因为一句道歉而消散,可她毕竟是女儿的奶奶,以后还会有再见的时候,于是她缓缓伸出手与她交握。

这时,丈夫气急败坏地冲过来对着婆婆嚷嚷:"你和她握什么手啊?我和你说过多少遍?让你不要管我的事。今天我把你请过来,就是想告诉你,我是不会和她离婚的,为我豁出性命生儿育女的是她,与我在长留山同甘共苦的是她,我为什么要和她离婚?

"我娶她不是因为什么游戏,我娶她是因为我爱她!"

桃子猝不及防听见丈夫说"爱",极为震撼。

婆婆刹那间满脸通红:"你居然为了她这么冲我说话……"

两方剑拔弩张,宴会上的人纷纷看过来,桃子夹在这对母子中间实在为难,留下一句"你们别吵了"就走了。

今晚的宴会给了桃子一种无形的压力,她一晚上胸闷气短,只想赶紧离开这个鬼地方。

她快步到走廊上按电梯,听见后面有人叫喊:"姚小姐,请问能和你合影吗?"

桃子转身,结果对方朝她泼了一瓶墨水,还用手机拍下她的丑态。

桃子吓得倒地用手去挡脸,紧随而至的丈夫在后面叫喊,对方听见动静,马上逃进旁边的安全楼梯间。

丈夫蹲下来检查她没事,就跟着追去。

"你别追了。"桃子拦不住丈夫,她一边大喊安保,一边追进安全楼梯间,一层层往下,在某层的拐角处见到扭打在一起的二人,丈夫揪着对方的衣服,怒斥:"快说,是谁让你干的?"

桃子向上叫喊:"你们快来,在这里……"

大部队的脚步声轰然而至,桃子见丈夫突然吃痛地松开手,对方逃脱了。丈夫用手捂住腰间,鲜血溢出,染红了白色的西服,她吃惊地上前扶住丈夫,慌忙叫道:"救……救命啊……"

赶来的人们纷纷围上前,有人去打电话叫救护车,有人打电话报警,有人拿出手机拍照。

还好方医生在场,紧急给丈夫做了止血处理,秦峰、桃子弟弟等疏散围观的人,跪在地上的桃子脸色煞白,丈夫疼得皱着眉头,还要安慰她:"我没事……"

到了医院,丈夫被推进了急诊室,桃子失魂落魄地坐在门口。

不到一会儿,弟弟、女儿和公公、婆婆、秦峰、芙丽、方医生全赶到了,桃子上前抱住女儿,哭出了声。弟弟心疼地为她擦拭脸上的墨迹。

婆婆问:"医生怎么说?"

"医生还没出来呢。"桃子泣不成声。

"医生都还没出来,你哭什么?"婆婆用手捂着心脏。

"妈,你少说两句,嫂子是担心哥。"秦峰说。

芙丽安慰她:"嫂子,哥一定会没事的。"

"妈妈,爸爸会没事的。"女儿拍着她的后背。

过了好一会儿,医生出来了:"伤者腰部中刀,伤口深有六厘米,初步检查没有伤及内脏,已经做了缝合处理,后面还要做进一步检查。"

"我们可以进去看他吗?"婆婆问。

"可以,病人现在是清醒的。"医生说。

一群人鱼贯而入,婆婆冲在最前面,桃子跟在最后面。

"你怎么样啊?还疼吗?"婆婆问。

丈夫视线穿过人群,发出虚弱的声音:"你怎么哭了?"

桃子眼泪忍不住往下掉:"吓死我了。"

"我说了,我没事。"丈夫笑说。

桃子哭得梨花带雨:"你还嘴硬,我叫了你别追的。"

此时,女儿也上前伏在丈夫身旁哽咽。

"你看你,把女儿都吓着了。"

不一会儿警察也来了,要询问丈夫案发经过,众人纷纷回避。

当晚桃子也在医院住下了,在特护病房搭了小床。

第二天,从早上开始,来探病的人熙来攘往,婆婆拎着保温壶过来送温暖,等了好一会儿才和丈夫搭上话。

"为什么这次来探病的人这么多?小杨,你没有封锁消息吗?"

"老夫人,新闻报道已经封锁了,就是一些圈内人士……"

没等小杨说完,丈夫就说:"还封锁什么呀?我昨晚都当着这么多人面倒下了。"

"不过,我们已经增设安保了,会确保秦总的安全。"小杨说。

"我不是说安全的问题,现在阿野恢复需要静养,你去门口拦着,再来人就让他们都回去吧。"婆婆说。

桃子在洗手间洗毛巾,她可不想出去应付这母子俩,谁知很快就听见婆婆叫唤:"桃子,你快过来。"

"把这人参猪肚汤倒出来给秦野喝。"婆婆又向丈夫说:"我早上特意让王妈熬的,养胃。"

"妈,以后你要干什么就干,不许再使唤桃子。"

"什么?我让她给你盛个汤都不行?"婆婆瞠目结舌。

"不行。"丈夫说,"除非她自己愿意。"

婆婆被气得咬牙切齿离开,桃子出来说:"你至于吗?就一壶汤,她不说我也得倒。"

"我妈这人就得时刻提醒她,不然就上房揭瓦了。"

桃子打开壶盖,一看这汤挺油腻的,丈夫有伤在身喝这个好吗?

她将汤盛出来,细心地将上面的油刮掉,一口一口喂到丈夫口里。

未几,婆婆又折回来了,看见宝贝儿子在喝她的汤,甚是满意。

这时,菲力来探望了。

"你又开启生活不能自理模式了?"菲力取笑。

丈夫说:"我伤了不是。"

"你是腰部受伤,又不是手受伤。我看你拿手机的姿势,还很正常的嘛。"

这时,女儿也来探望了。

"妞妞,你昨晚自己在家睡得好吗?"桃子担心女儿一个人在家会害怕。

"要不你也搬来医院,和爸爸妈妈一起吧。"丈夫说。

桃子瞥了一眼丈夫,还是婆婆先开口:"你没事把孩子招呼来医院住做什么?妞妞,你先回我那边住吧。"

女儿惊慌地摆摆手:"都不用了,爸爸,奶奶。我自己在家挺好的,门外都是安保人员,很安全。"

这时,枫林的股东曾叔来了。

曾叔操着闽南口音的普通话:"阿野,你一定要注意恢复身体,有需要我帮忙的随时说话。"

桃子给曾叔奉茶时,曾叔不由多看她两眼。

送走曾叔,婆婆喊小杨进来:"我让你在门口拦客,你还一直放人进来。"

小杨为难地看着秦野,秦野直接说:"不用拦了,来人就让他们进来看我一眼就好了,省得以为我伤得有多重。"

下午,桃子父母和弟弟也来看望秦野。

其实昨晚桃子父母也要过来医院的,因为人太多,又太晚了,桃子劝阻了父母。

"呀,秦野,我真担心死你了。"桃子爸爸说。

"呸呸,你会不会说话,什么死不死的。"桃子妈妈说。

"姐夫,你还好吧?"桃子弟弟问。

丈夫笑着说:"我没事。"

"我给你带了好东西,萝卜炖牛腩。"桃子爸爸亮出保温壶。

只见丈夫眼前一亮,桃子直接把保温壶收走:"爸,他还在恢复,吃不了这么油腻的。"

"是我大意了,应该做点清淡的拿来。"桃子爸爸拍着脑袋。

晚餐时,秦野划拉着他碗里那寡淡的山药小米粥,再看看妻子大快朵颐吃着岳父给他准备的萝卜炖牛腩,心里十分不是滋味。

"你看着我干吗?"妻子问,"今天检查结果出来,医生说你有胃炎,还是要养养。"

秦野没有说话,委屈地塞了一口小米粥进嘴里。

这时,妻子的手机响了,她走到窗边接电话:"我家里有事,这两天不方便过去。"

妻子扭过头,看一眼墙上的挂钟:"好的,今晚八点可以吗?"

"嗯,到时见。"妻子挂了电话。

"你要出去?"秦野问。

"嗯,我一会儿要出去一趟。"妻子说。

"你这么晚出去是为了什么事?"

"我们乐队有重要事情商量。"妻子说得十分坦荡。

妈妈的梦想 MOM'S DREAM

"你现在也业务繁忙了？"秦野酸酸地说。

"就兴你有事干啊？"妻子不屑。

"那我怎么办？"

"这里有护士啊，还有二十四小时安保巡逻，有事你叫他们好了。"

秦野的立场也是支持妻子发展自己的歌唱事业，人能有个寄托，把梦想当成事业，是一件好事。

妻子走后，秦野开始工作，不一会儿，安莉进来了。

安莉站在床边，灯光落到她的头上，她神色憔悴："你还好吗？"

"我没什么事，你坐吧。"秦野合上手上的文件，指了指窗边的沙发。

安莉没有动弹："真的很对不起，我没想到我爸居然会做出这种事。"

"我也没想到。"秦野淡淡地说。

一切已经水落石出，警方已经抓到凶手，是安以杰指使人伤害桃子的。不但如此，小杨这边也查到，之前媒体散布的秦野和桃子离婚、桃子和皮卡绯闻的假消息也是安以杰派人做的。

"你能不能签署谅解协议书？他年纪这么大了。"

"安莉，我不能答应你。"

"我爸也是一时糊涂，想简单警告一下桃子，绝对没有伤害她的意思。"安莉掩脸痛哭，"他也没想到，那人为了逃脱情急之下动了刀子。"

"我受伤只是结果，你爸初衷就是坏的。他不择手段，为了一己私利做出那么多坏事。"

"不，我爸只是为了我，他只是希望我和你能够在一起。"

"他是为了你，还是为了他自己，我心里明白。

"不过,当年你爸不让你和我在一起,你听他的。现在他让你和我在一起,你还听他的?

"安莉,你应该有自己的想法和人生。"

晚上,桃子赶到音乐室与东泽会面。

"哇,桃子姐,怎么你带着这么多人来?"阿宝见桃子的阵势惊呼。

桃子才意识到问题,转身对着安保人员说:"你们到屋外等候吧,这些都是我的朋友,不会有问题的。"

"好的,太太,能不能开着门?"领队的安保问。

桃子点头答应,除了皮卡,东泽、阿宝、小天、伊春都在。

"皮卡呢?有什么事一定要我过来当面说?"

"一会儿你们就知道了,键盘手皮卡已经不存在。"东泽神秘兮兮地说。

难道皮卡已经出国读书了?这念头在桃子的脑海一闪而过,虽然聚有时,散亦有时,但皮卡也该和她说声再见,她感到有些难过。

"噔噔噔,有请我们的投资人登场。"东泽掐着表说。

门外突然跳出一个人,是皮卡,不过被安保拦住了。

"你们是干吗的?让我进去。"皮卡蛮横地说。

"什么玩意?看不懂。"阿宝嗑着瓜子,将壳一扔。

"阿宝哥,你别乱扔垃圾。" 伊春说。

小天说:"东泽老师,你和皮卡哥的葫芦里卖的是什么药?"

皮卡好不容易被放进来,拢了拢皮夹克,东泽过去搭着他的肩膀,"现在我隆重宣布,皮卡已经成为我们乐队的投资人了。"

"那皮卡哥不当键盘手了?"小天问。

"不是,我是投资人兼键盘手。"皮卡用手摸了摸抹着发胶的大背头。

"那是什么意思?"伊春也没明白。

"那就是带资进组了呗。"阿宝上去一把挠乱皮卡的头发,"你这小子装什么装,你爸妈不是反对你唱歌吗?怎么还能突然出钱给你唱歌了呢?"

"我爸妈看了我们的比赛,觉得我唱歌唱得好,比我出国读书投资回报高,就同意我继续唱歌,还答应投资乐队了。"

"就这么简单?"阿宝问。

"当然!我妈看了……桃子姐和她老公没离婚的新闻,也放心我和桃子姐一起搞事业了。"

"啧,我觉得你妈真的想多了,就算桃子姐和她老公离婚了,桃子姐也看不上你。"阿宝说,"没准你父母是想等过两年,你唱歌挣够了出国读书的钱,再让你自己拿钱出国读书呢。"

顿时哄堂大笑。

东泽说:"我还有一个好消息宣布,周末有一个唱片公司要和我们谈签约。"

"太好了,有些弯路是要走的,只要结局是好的。"桃子说。

"这个时候是不是该吃顿消夜庆祝庆祝。"阿宝说。

"走起。"大家说。

这时,丈夫发来信息:"你怎么时候回啊?这都快十点了。"

"你先睡吧,不用等我。"桃子有种被束缚的感觉。

吃完消夜,桃子心里美滋滋的,哼着小曲回到医院。

在住院部门口,她见到了安莉。

安莉见到她,九十度鞠躬,脸色惨白:"桃子,方便说话吗?"

桃子回到病房,丈夫正坐在床上看文件:"这都几点了?"
她放下挎包,见护士送来的药包还原封不动地放着:"你怎么还不吃药?"
"你喂我。"丈夫耍无赖。
桃子眯着眼,就是不动,丈夫心虚地说:"我不是因为你才受伤的嘛。"
"是的,可这大风大浪也是你带来的呢。"桃子想,还不是因为你招惹了安莉一家。
"可我为保护你受伤是事实啊。"
"你下次还是别保护我了,但凡你不保护我,我早就没事了。"桃子想,本来她被泼墨水,回家洗个澡就没事了,现在还要陪着你,做牛做马在医院待一周。
"你自己吃吧,你再不吃,我就走了。"桃子站起来。
见丈夫慌张的样子,桃子觉得好笑:"我去洗澡。"

桃子拿着脸盆从卫生间出来,将湿漉漉的衣服在窗台展开晾好,又开始收拾病房的杂物,样样摆得整整齐齐,如同在家里一样。
"住在这里,好像回到了长留山。"
桃子停下手上的动作,丈夫这么一说好像也是,同样是局促的房间,同样是一个灯下工作,一个收拾家务。
"但是这一切真的回得去吗?"桃子自言自语。
"你说什么?"丈夫问。
桃子愣了一下,随口说起:"今晚安莉找过我。"
"哦,她找你做什么?"

"她找我劝你放过她爸。"

"这事我已经回绝她了。"

"这次不如算了,她说她爸也没想到对方会行凶。"

"不行,万一还有下一次怎么办?我就是要以儆效尤。"

"但是……"桃子还想说。

"你别说了,这不是可以商量的事。"丈夫说。

"安莉不是你喜欢过的人吗?为什么你要那么绝情?"桃子说。

"我什么时候喜欢过安莉了?"

"那场游戏你忘了?"

"我只记住那场游戏的结果,起因是什么,我早就忘了。"

"你还和她说过,你不爱我。"桃子终于说出她最在意的话。

"那是我在结婚之前赌气说的,这都过了多少年了。"秦野细心一想,"不,你是怎么知道的?"

桃子咬着嘴唇,没有回答。

"你看我手机了?"丈夫继续追问,"所以,你才要离开我?"

丈夫仿佛恍然大悟:"这十多年来,我爱不爱你,你不知道吗?"

桃子反唇相讥:"我不知道,我要知道,我还能问你?"

"那我帮你回忆一下。"丈夫说着手就袭向桃子胸前,吓得桃子连连后退。

"这就是你所谓的爱啊?"桃子哭笑不得。

"我不是一直都在做爱做的事吗?"丈夫装作无辜。

丈夫无赖得跟个痞子一样,还老把她带歪:"哼,那你和哪个女人不能做?没有我也一样。"

"没有我,你会成为大明星。但是没有你,不会有今天的我。"

桃子坐在医院草坪的长椅上,暖阳洒在她的脸上,远处的一位家长吹起了泡泡,孩童们沸沸扬扬地追逐着五彩斑斓的泡泡,桃子感受到了生的气息。

芙丽走到她的身旁坐下:"现在和哥很幸福吧。"

桃子目视前方:"没有啊。"

"我以为你已经原谅哥了,他为你奋不顾身,你这么悉心照料他。"

"我还没想好呢。"

"像哥那样内敛的人,能在公开场合说爱你,还为了你顶撞婆婆,你难道不动心吗?"芙丽说。

"他那样的男人,需要的是一个全心全意照料家庭的女人。可我真的是怕了,过了十多年那样的日子,好不容易才走出来,做自己想做的事,找到自己的价值,我真的回不去了。"

"我也支持你搞事业,女人要独立自主,不靠丈夫养,不看公婆脸色。你和哥聊过这事吗?"

"还没有,这几天他住院,我都顺着他。我想等过两天他出院再说,万一聊得不愉快,到时直接扔下他走好了。"

"那我可以给你出一个主意。" 芙丽对她眨眨眼。

第二十三章

"原来爱和不爱的区别的真有这么大。"

这天下课,我到医院看爸爸,等候电梯的人多,我走楼梯上楼,听见二婶和二叔在楼梯间说话。

"听说安莉求哥宽限23号地块的尾款支付时间,哥都不肯。这头哥把84号地块半卖半送给嫂子弟弟的公司。"

"那当然,安莉和嫂子有可比性吗?"二叔不屑地说。

"哥还坚决要追究安莉她爸的刑事责任,爸、妈,连嫂子都劝过了,都没有用。"

"要是伤害的目标是哥,没准还能有商量,可目标是嫂子就不一样了。"

"也是，如果这次受伤的是嫂子，估计哥得疯了。你说，安莉现在会不会悔死当年没嫁给哥？"

"只能说，迟来的深情比草都轻贱。"

爱情到底是什么？

我打开病房的门，看着我妈忙出忙入地照顾我爸，我爸没头没尾地说一句"帮我拿那份文件过来"，我妈就能在茶几上的一堆文件里，精准地找出那一份交到我爸手上。

一会儿，我爸又说要吃水果，正当我问他："想吃什么水果？"

我妈又从洗手间出来，湿漉漉的双手往身上的围裙一擦，从果篮里找到我爸想要的火龙果，洗干净切成一片一片捣成果泥递给他。

我爸随便一句话，我妈就能捕捉到言语里的重点，这是两人之间的默契，还是父母之间爱的表现呢？

妈妈站在窗台边收衣服，嘴上叨叨着："医生说你再不注意，回头就要开刀切胃了，你中午还得吃小米粥，别跟我提别的要求。"

爸爸低头看着他的文件，吃着他的火龙果泥，没有说话。

妈妈还在说着："下月初五，我真要上玲珑寺一趟，给你和孩子求个平安，这几个月你们轮番进医院，这是怎么回事？"

爸爸还是看着他的文件，吃着他的火龙果泥，没有说话。

我在想爸爸有没有听妈妈说的话，我爸曾当众说他爱我妈，这爱到底体现在哪里了？

我见低着头的爸爸嘴角微微扬起，我灵光一闪，回忆过往种种。

每一次爸爸回到家，只要妈妈不在，他都会问我妈去哪里了。

这十多年来，在我面前，我爸失控的情况，只有在我妈离家后才出现过。

爸爸并不迷信的,却任由妈妈将柚子叶塞进他的口袋里。如果这与信仰无关,那一定是与爱相关吧?

爸爸依赖治胃疼的神油,竟是我妈的橄榄油,只有妈妈给他涂抹才能发挥效力。根本没有什么神药,我妈才是我爸的药吧?

"爸妈,我退出青少年钢琴比赛了。"我啃着苹果说。

"为什么?"两人异口同声问。

我把我能参赛的原因说了一遍:"所以,我决定把资格让回给艾伦了。他明年申请出国读大学,比我更需要这个比赛。"

"妈妈觉得你做得对,那句古语是怎么说来着?非已什么?非已什么?"妈妈说着说着走开了。

"爸爸,我告诉你一个秘密。"我凑到爸爸耳边说。

"什么?"爸爸抬眼。

"我觉得我很幸福。"

世界上最好的家就是爸爸爱妈妈,曾经的我对于寻常的家庭生活有那么多的怨言,如今的我一心只想回归寻常。

根据妻子这段时间的表现,秦野认定自己胜券在握。

到出院这天,妻子办好出院手续,回到病房将收拾好的行李交给小杨,自己还留了一个行李箱。然后又交代小杨:"这个药还是要坚持吃,一天两次,还有一个月后再复查……"

秦野感觉不对劲:"你和小杨说这些干什么?你一会儿不也回家吗?"

"我回家啊,我回我家。"妻子说。

"什么?"这是一道阅读理解题吗?"你家和我家不是一个家吗?"

"不是啊。我们分居了,你忘了啊?"

"我们不是已经和好了吗?"秦野心情瞬间跌入谷底,这两周的经历都是幻觉吗?

"谁跟你和好了?"

听到这里,小杨已经自觉撤离战场,退出病房关好门。

"那你想怎样?"

"我不想再过这些围绕家庭的生活。"

"好,以后妞妞有老陈接送,还有安保跟着,绝对安全。家务我已经请了一个家政团队解决,一点不用你操心。还有我妈,我可以确保她会离我们离得足够远,除非你愿意,否则你可以一辈子都不见她。所以,你可以尽情去搞你的事业,完全不用有后顾之忧。"

"那你呢?"

"我什么?"秦野不理解,这是一道思考题吗?这里面还有他的事吗?

"你把所有的事都外包了,那你要做什么?"

"我自己的事情自己做,不用你伺候我。"

"不是,我的意思是,你把所有的事情都外包了,那还要你做什么?"

"我负责爱护你和孩子啊。"

"我不信,你说得容易。"

"那你想怎样?"这女人说话真像挤牙膏似的,问一点才说一点。

"我要设立一个观察期。要是你不通过考察,咱们还得离。"

"什么观察期？要观察多久？"

"我还没想好，也许是一个月，也许是一年。"

什么玩意儿？这女人脑洞大开起来，什么都能想出来。

"这一个月和一年差出了十一个月……"

"是啊。就看你表现了，你表现得好，就缩短考察期，表现不好，就加长考察期，表现得再不好，就直接离。"

这是在给他画大饼吗？秦野纵横商场和职场多年，从来只有他给别人画饼，他还没有吃过别人给他画的饼。

"那你这个考核标准是什么？什么算是好？什么算是不好？总得跟我说清楚吧。"

"我还没想好。我现在要回乐队忙了，我想好了再和你说。"妻子推着行李箱就走了。

"喂，你别走啊。"

本来以为可以速战速决，现在居然成了拉锯战。

今天，桃子他们乐队和唱片公司谈签约，接到女儿的电话，说晚上要过来和她住，她自然很高兴。

"妈妈今晚要晚点回去，我让舅舅先去家里接你。"

"那我直接打给舅舅，妈妈你去忙吧。"

签约谈判很顺利，双方还一起共进晚餐。

桃子九点才回到家，女儿已经坐在客厅看书了。

"肚子饿吗？妈妈给你做点消夜，烤栗子什么样？"

"不用了，我不饿。"女儿摆摆手。

她回到房间，发现书桌前坐着一个人在敲电脑，她吓了一跳。

"你怎么也来了？"

"你今天话还没说完，我特意过来让你把话说清楚了。"丈夫说。

"说什么？"桃子都忘了。

"对我的考核标准啊，什么情况下可以缩短考察期。"

"标准是……"桃子压根没去想，"标准就是我的心情。"

"你的心情？"丈夫不可思议，"人的心情就是没谱的事，这意思不就是你说了算吗？"

"本来就是我说了算啊。"桃子说完，也觉得自己有点无赖。

丈夫瞪大眼睛看她，深呼吸五秒："好，我明白了。"

"那你可以走了。"桃子说。

"现在太晚了，我走不了。"

"哪里晚了？你可以让老陈来接你啊。"

"现在都九点多了，你还让我压榨员工，你好意思吗？"

桃子不理解，这个经常让员工陪着加班的资本家居然说出这种话："那我给你叫个车回去。"

"那太危险了。"

"你不是有安保跟着吗？对了，你可以坐安保的车回去。"

"不行，人家是负责安保的，又不负责接送我。我不能要求人家提供额外服务。"

"那你今晚就是要住在这里？"

"是的，我要去洗澡了。"丈夫合上电脑，大摇大摆地进了浴室。

桃子气得咬牙切齿，她刚刚还为自己耍无赖愧疚，现在才见识到无赖中的战斗机。

过了五分钟，浴室传来声音："你进来一下。"

"你今天不是说，自己的事情自己做吗？"

"我的伤口进水了，你快过来帮我看看。"

十秒过后，桃子还是没忍住，进去了……

桃子给女儿收拾完床铺，陪她聊了好一会儿，等女儿上床熄灯才回房。

丈夫已经穿着睡衣，靠在床上看手机了。

他哪来的睡衣啊？桃子奇怪："你快起来，谁让你睡这里的？"

"不然我睡哪里？"

"除了我和妞妞的房间，这里还有另外两个房间，你爱睡哪个睡哪个。"

"我不去。"

"那我去，明天咱们民政局见。"

"你别老把离婚挂嘴边，你以为我真怕你啊。"

丈夫掀开被子坐起来，穿上拖鞋就走了。

第二天，桃子早起为女儿做了丰盛的早餐，有火腿三明治、餐蛋方便面、皮蛋瘦肉粥，丈夫换好西服理所当然地坐下来享用。

"我要喝咖啡。"

当着女儿的面，桃子不好发作，起来给他倒了杯咖啡。

一家人久违地坐在一起享用了早餐。

送女儿出门后，桃子直接摊牌："我今晚不想再见到你。"

"你不是说要考察我吗？你不和我在一起，你怎么考察我？"

"这一段时间，我考察你的标准是，不要让我见到你。"

"好的，我明白了。"丈夫进房间穿好外套，拿起公文包，出门了。

当晚,桃子到家没有见到丈夫,心里很高兴。

她做了女儿爱吃的菜,和女儿一起享用晚餐。

等到九点,门铃响起了,女儿去开的门。

"是谁?"桃子过了一会儿也出来了,"你怎么又来了?"

"呃,是我,"女儿举起手解释,"我发现忘了带作业本,让爸爸送过来了。"

"我加完班,刚到家就给女儿送作业本过来了,晚饭都还没吃呢。"丈夫理直气壮地说,"你们今晚吃什么?有剩菜吗?"

桃子脸色都不好了,看向女儿,女儿慌忙说:"爸爸,我们没有剩菜,不过有剩饭,我去给你做个蛋炒饭吧。"

桃子怎么可能让女儿做饭呢:"妞妞,你去做作业吧,我来。"

第二十四章

我已经彻底沦为我爸的工具人了。

我爸一边狼吞虎咽地吃着蛋炒饭,一边给我布置任务:"你和你妈说,明天你想吃海鲜沙虫粥,还有姜葱炒蟹,清蒸东星斑,对了,还有那个阳桃鸭……记得让她多做一点。"

我爸居然还点上菜了,可这不都是他爱吃的吗?妈妈一听就知道了。

"爸,不可……"我说,"我妈已经洞悉我的间谍身份,你不可再来了。"

"不怕,你是她亲女儿,她不会对你怎样。"

"但你是我爸,她是我妈,我不好明目张胆地偏帮任何一方。"

妈妈的梦想 MOM'S DREAM

我为难地说。

"那你是为了让我们和好,让父母和好做的事情具有正义性。"

我爸是不是在给我洗脑?

"你饭吃完了吗?"妈妈来到餐厅。

"吃完了。"爸爸放下勺子,用纸巾优雅地擦了擦嘴角。

妈妈扔给爸爸一把钥匙:"那你开我的车回去吧,我有两辆车,我昨天居然忘了你会开车。"

我爸瞪大眼睛看着我妈,他们这样斗智斗勇,我实在没眼看了。

此后,我爸终于安生了一段时间,消失在我和我妈的眼前。

某天放学,我接到爸爸的电话,说他出差回来了,让我回家陪他住几天。

我告诉了妈妈,乘车回到了熟悉的家,感受到了离异家庭孩子的不易。

晚上,我洗完澡出来,听见楼下有人声。

我下楼,居然见着妈妈和张姨在愉快地聊天。

"你爸说你要吃糖烤栗子和冰粉,我就做了送过来。"

我爸这样假传圣旨真的好吗?

我看着餐桌上抹过蜜糖的金灿灿的栗子,只能配合剧本,拿起一个栗子吃起来。

"你爸呢?"我妈问。

"不知道,应该在书房吧。"我说。

这时,我爸穿着睡衣闲庭信步地从屋外进来说:"外面着火了。"

"啊?"我和我妈、张姨冲到门口,庭院里的花圃着火了,安保还在围墙外正常巡逻。

"不用担心,我已经报火警了,消防员一会儿就过来。"我爸波澜不惊地吃起冰粉。

我妈跑到屋内拿起手机摁了一下,庭院里的地面突然水柱四射,眼见成团的火光一下就熄灭了。

"怎么就灭了呢?"我爸急得冲我妈喊,"你这是干什么呀?"

"家里装的智能消防装置啊,去年你让我装的,你看,打开这个App,选择这个功能,一摁就行了,屋内和屋外都有,你和妞妞的手机应该也装了。"我妈演示给我爸看。

这时,一辆消防车已经停在了我家门口。

"刚刚确实是火光冲天,遮天蔽月,但是被我家的消防装置给灭了。"我爸爸试着向消防员形容当时严峻的火势。

"那下次消防装置不管用,你再报警,不然会浪费社会资源。"消防叔叔教育我爸。

"没有下次了。"我爸爸丧气。

一会儿我爸爸过来说:"有些报道民生的媒体也过来了,说要做个实时采访,你跟我一起去吧。"

"我去干什么?你去就好了。"我妈不愿意。

"你去吧,你现在是大明星,又是这个家的女主人,出去说两句话,让他们交个差就好了,省得他们又乱写。"

第二天,我回到学校,好多同学都围过来。

"秦筝,昨晚你家着火了?你没事吧?"丽兹说。

"我没事,你们怎么知道的?"我奇怪了。

丽兹给我递过一份本市的早报,在社会新闻版面有个显赫的标题:亿万富豪深夜家中起火,携家人火海逃生。

内容是这么写的,枫林集团主席秦野接受采访表示,当时他和太

妈妈的梦想 MOM·S DREAM

太正准备睡觉，忽然看到窗外有火光，第一时间拨打火警电话，并携家人离开火灾现场。

上面配着爸和我妈的照片，我爸身穿睡衣挡在我妈前面，我妈的长发在风中凌乱，像刚做完不可描述事情的样子。

这火该不会是我爸的骚操作吧？

也许我不该这么想我爸，他只是个霸道总裁，能有什么坏心眼呢？

我妈走过最长的路，应该是我爸的套路吧？

这个小小的社会新闻又一次印证了他们的夫妻关系，还有那张随意拍摄的家居照片比任何小报偷拍的照片都有说服力。

中午在学校餐厅吃饭时，丽兹指着电视播放的画面问："秦筝，那是你爸爸吗？"

"我知道媒体这几个月对我的私生活报道特别多。"秦野笑着对记者说。

这天秦野出席一个经济论坛，在论坛结束后，记者对他进行个人专访，问起他的家庭情况。

"我澄清一下，我由始至终都只有一个妻子，一个女儿。"

他想了想，又补充道："如果未来多一个孩子，也都会是同一个妈妈。"

"您太太的乐队最近发行的单曲，非常受欢迎。您对于您太太成为一个歌手有什么看法？"记者话锋一转。

"只要是我太太喜欢做的事，我就会支持她。"

"您会动用您的资源去帮助她吗？"

"她还没和我提过，如果她有需要，我想我会的。"

论坛结束，秦野一抬表，已经是下午四点多。

"你在哪里啊？"他给妻子发去信息，"我和你一起去接女儿放学吧。"

他出差这段时间，每天都有给妻子发信息报告行踪。

"我落地了。"

"我到酒店住下了。"

"我睡了，晚安。"

这类信息内容极其乏味，妻子从来不回。他也不管，她没说错，就当对的做下去。

他为新酒店选址，有一晚在阿里暗夜公园，随手拍了一张星空照发给她。

"这里真美，以后带你和妞妞来。"

半晌，妻子居然给他回了一个"好"。

他高兴得就像个孩子，内心燃起了熊熊烈火，年轻时对必成之事的狂热，看来这次方向是对了。

妻子回他："我在玲珑寺。今天下午学校组织去市博物馆参观，妞妞说要和丽兹坐地铁回家。"

"地铁安全吗？"

"有安保跟着还好吧。"妻子说。

"那我过去接你吧。"

初夏时节，玲珑寺内的无忧树花繁叶茂，无忧花红似火焰，秦野

妈妈的梦想 MOM'S DREAM

沿着林荫拾级而上，他也很多年没来过这里了。

妻子在庙前和圆领大师说着话，大师见他过来，向他行合十礼，然后走开了。

入了佛堂，新漆的佛像巍然耸立，妻子燃香，递三支给他，他不信这个，摇摇头。

妻子没再勉强，在佛前跪下，将香举过头顶，拜三拜，只听见她虔诚地念道："愿佛保佑我丈夫秦野、女儿秦筝平安健康……"

出了佛堂，妻子与他并肩走在月台："今天是初五，玲珑寺重修开放，我特意过来祈福。"

妻子又说："我主要是求乐队事业发展顺利，顺带给你和女儿求的平安。"

"好的，我明白了。"

他们沿阶而下，一年轻僧人捧着一捆白菜走过来："秦太太，这是我们自己种的蔬菜，圆领大师让我带给你，多谢你们为寺庙捐款。"

妻子接过："帮我谢谢大师。"

僧人与秦野对视，僧人双手合十。秦野感觉此人面善，望着他离去的背影忽然想起，这不是多年前的小沙弥嘛。

秦母迷信，当年非得要了桃子的生辰八字去问过圆领大师，才能同意去提亲。他拗不过，陪着秦母去了一趟玲珑寺。

到了庙前，他却不入，站了一会儿，见一小沙弥一蹦一跳地路过，他朝沙弥招招手："圆领大师可认识？"

"认识。"小沙弥点点头。

"麻烦你帮我给大师带句话，宁拆十座庙，不毁一门婚。婚姻大事理应由当事人说了算。"

小沙弥拍着脑袋,懵懂地看着他。

"快去吧,就说是秦家长子说的。"秦野说。

"啊?你说什么?"秦野回过神。

"大师给的蔬菜很新鲜,还带土的。回家做乾隆白菜好不好?"妻子嗔怪,"你看,我和你说,你又没在听。"

"好呀,你做什么,我都吃。"秦野接过妻子怀里的白菜。

"谁说我是做给你吃。"

"你的手怎么啦?"秦野抓住她的左手。

"哦,刚刚燃香祈福的时候被烫到了。"妻子才注意她手背上的黑点。

"怎么这样不小心?"

"没事,皮外伤。"妻子不以为然,抽回手,"回家抹点药膏就好了。"

玲珑寺位于菩提山上,夕阳照在寺庙金黄的瓦顶,砖红的外墙,在层峦叠翠的叶间,优美如画。

他们并肩而下,秦野心中泛起了暖意。

"桃子,谢谢你。这么多年来,真的谢谢你。"

我妈妈年轻时的梦想是成为一名歌手,却在她最美好的年华成为我的母亲。

小时候,我以为她是天生就来当我妈妈的,她温柔善良,充满

妈妈的梦想 MOM'S DREAM

温暖。

她会变着法地给我起小名，"妞妞"、"宝贝"、"乖乖"、"小筝"……

我犯错时，她从不责备我，耐心地引导我改正。

每次我呼唤她，她都会及时回应我，使我的成长从不缺乏安全感和爱。

在我的成长记忆里，她总是以妻子和母亲的身份存在，很少显示出自我的力量。她听丈夫的、婆婆的，也有不可改变的固有思维，比如总将从寺庙求回的符纸塞进丈夫和女儿的枕头，没有道理可言。

她以家庭为中心，却不受到家人的重视。

渐渐地我长大了，我嫌弃她唠叨，对她的关心充耳不闻，觉得她配不上爸爸，甚至怀疑她作为全职太太的价值。

直到她重新站在了舞台上，成为一名歌手。

我才意识到，妈妈是那样闪耀的人，她有自己的梦想、天赋和能力，却选择了成为我的妈妈。

现在我父母还是分开住着，我还是要两头跑。

最近我爸总以为自己快要成功了，我妈却还是没有搬回来。我爸经常处于那种"行了，又不行"的状态，行走在患得患失之间。

这天周末，我爸让我回去陪他住，还打着我的旗号，让我妈过来做饭给我吃。

妈妈一早过来了，我陪她到竹地市场买菜。

妈妈口中说了很多年的荣婶、仁叔、明哥、钟姐这些竹地市场的人物都一一鲜活地站在了我的面前。

"桃子，这是刚捞上来的新鲜的鱿鱼啊。"

"桃子，我今天给你留了猪肚。"

"桃子,阳城的水蜜桃到了,记得过来拿两个啊。"

大家都亲切地招呼着我的妈妈,犹如呼唤着自己的闺女,而妈妈总是笑脸相迎,我终于知道妈妈为什么不爱去超市买菜了。

荣婶一边挑虾一边说:"呀,桃子,你女儿陪你来买菜了?"

"是呀,她今天放假,就陪我过来买菜了。"妈妈的脸上满是得意。

"我见过你,你妈给我看过你的照片。"荣婶对我说。

我接过荣婶称完的虾,道了声:"谢谢。"

回到家,几个大纸箱堆在门口,爸爸正在客厅捣鼓着他新购的电子产品。

妈妈拎着菜就进了厨房,我的电话响了,是奶奶打来的。

"喂,妞妞,你们今天怎样啊?"

"今天就和昨天一样啊。"我奶奶现在不敢随意找我爸妈,只能偶尔打电话给我刺探家庭情报。

"今天是周六你们都休息在家,怎么能和昨天一样呢?"

"奶奶,你既然知道还问?"我真的无意再成为我奶奶的间谍。

"你们今天过来吃饭吧。"

"奶奶,你问我爸吧,我说了不算。"我直接挂了电话。

我走过去看爸爸:"这是什么?"

"这是我新买的音响设备。"

过了一会儿,爸爸大喊:"你快过来。"

我发现当爸爸没头没尾使用"你"字样的祈使句时,总有人去回应他。

妈妈穿着围裙就出来了:"这是什么?"

205

妈妈的梦想 MOM·S DREAM

爸爸递给妈妈一个麦克风："我都调试好了,你试一下,以后你回来住也可以唱歌了。"

"谁说我要回来住的。"妈妈没有接麦克风。

"你不唱我唱。"爸爸对着屏幕选歌。

> 如果没有遇见你
> 我将会是在哪里
> 日子过得怎么样
> 人生是否要珍惜
> ……

我第一次听我爸唱歌,一言难尽。我可以断定,我的音乐天赋是来自于我妈。

我在客厅待不下去了,到厨房帮我妈洗菜。我发现我妈也在哼唱。

> 任时光匆匆流去
> 我只在乎你
> 心甘情愿感染你的气息
> 人生几何能够得到知己
> ……

自从我妈当了歌手以后,我和妈妈之间的话题也多了起来。

除了我的学习,我妈的厨艺,我们还会聊服饰穿搭,化妆技巧,发型设计,拍照姿势,等等。

现在妈妈和以前判若两人,她让我懂得,每个人都有自己的闪光点,这并不取决于外界的评价,而是看你怎样去"定义"自己的人生。

无论我妈是一名全职太太,还是一名闪耀的歌手。

我都爱她,我永远爱她。

(全文终)

番外

草长莺飞（一）

"四万。"

"碰。"

"八筒。"

"我胡了。"

"呀，秦太太，你手气真好，今晚都在赢。"许太太是福建人，说着夹杂闽南口音的普通话。

"哪有，前天罗太太赢得更多，你没在而已。"梁凤仪笑着收下筹码，她看一眼墙上的挂钟，"打完一圈不打了，我大儿子该回来了。"

"是你刚从美国回来的大儿子秦野吗？"李太太问。

"是啊，他天天忙到这么晚，我都担心他身体。"梁凤仪边码牌边说。

妈妈的梦想 MOM'S DREAM

"年轻人有上进心,很正常。"李太太说着,"话说我还没见过你家秦野,他应该和我家芳芳差不多年纪吧?"

"李太太你别多想,听说秦野早就和安泰的大小姐安莉好上了。"陈太太嗤笑,"对吧,秦太太?"

"哪有,他们就是打小相识而已。"梁凤仪捂嘴笑道。

"那就是青梅竹马了。"许太太附和说。

"太太,大少爷回来了。"王妈敲门进来说。

梁凤仪捧着一碗人参汤,敲开秦野的书房门。

秦野垂头弯腰坐在椅子上,神情落寞,看起来心事重重。

"还在忙啊,先喝碗人参汤,我特意让王妈煮的。"梁凤仪贴心地将汤端到儿子面前。

秦野接过汤碗吹了几口,慢条斯理喝下。

梁凤仪深知大儿子的脾性,她不问,他是不会主动说的。

"今天安莉生日,今晚你们过得怎样?"

秦野的手顿了顿,梁凤仪解释道:"今晚我打你电话没接,我打给小杨,小杨说你去给安莉庆生了。"

秦野接着将汤喝完,将碗放到一边:"妈,我有件事和你商量。"

梁凤仪眼眉一挑,儿子少有这样郑重地与她说话,她含笑将耳朵递过去。

最初那些日子,梁凤仪总不自觉地打量这位新进门的儿媳,她不施粉黛,扎着简单的马尾,穿着白衬衫、浅蓝伞裙、帆布鞋,一副学生的模样,这和梁凤仪想象中挟子逼婚的心机女不一样。

梁凤仪知道,这位新妇已经足够规矩,但也没能减轻她对她的厌恶。

她居然不能用英文交流？还不会用刀叉？连最基本的社交礼仪都不会，真是连她儿子的脚指头配不上。

她最忍受不了的，她也直接说出来了："你没衣服穿了吗？为什么总是来回穿这两身衣服？"

"我肚子大了，以前的衣服穿不下。"

"那你不会去买啊？"

"我没有钱。"桃子怯生生地说。

"你没有钱？秦野没有给你钱吗？"梁凤仪都不相信。

只见桃子摇摇头，凤仪也吃惊了："那你嫁到秦家，一分钱也没带过来啊？"

"我家的钱都留给我爸做手术了。"桃子窘迫地说。

"那看来你是吃定我们秦家了。"梁凤仪取笑，"明天我让店里上门给你做几身衣服，外人见了还以为我们秦家亏待你了呢。"

她发现儿子对这个要死要活娶来的媳妇也没有多珍惜嘛，钱也不给，看来是新鲜劲过了。

幸好这个桃子也不是聪明人，不懂得哭穷要钱。

晚上，她当笑话学给儿子听，谁知秦野恍然："是我疏忽了。她没有收入，以后我会给她生活费的。"

"唉，我不是这个意思，她住在家里也用不到钱，你不给她钱是对的。"

"我知道了，妈，你别操心了。"秦野说。

梁凤仪没想这事竟然弄巧成拙了，心下懊恼不已。

"呀，这宝宝真可爱，长得跟秦野小时候一模一样。"上门看过妞妞的亲戚都说。

"可不是。"梁凤仪抱着孙女眉开眼笑，本想等孩子出来后做个亲子鉴定的，看来也免了。

"你看她的眼睛多透亮，是个聪明的孩子。"远房姨母说。

"可惜是个女娃。"三姑又戳中了梁凤仪的心结。

"现在都什么年代了，只要是我秦家的子孙都金贵。"梁凤仪嘴上并不服气。

桃子生妞妞遭了罪，同为女人，梁凤仪自问对得起桃子，每天燕窝、阿胶一堆补品伺候，吃得桃子肤若凝脂，朱唇娇艳，原本纤瘦的身子，一下圆润起来，肉都长在了该长的地方，将妞妞喂得白白胖胖，人见人爱。

秦野长期出差在外，桃子一个女人带着孩子也是可怜的，不禁让她想起当年丈夫忙创业，自己独自带孩子的艰难。

那应该是梁凤仪和桃子相处最和谐的一个阶段吧，她能帮忙带孩子就帮，她很少挑桃子的刺，直到她让桃子去长留山。

"你去长留山，妞妞留给我照顾，我是她奶奶，难不成我会虐待她？"

"不行，妞妞还小，还没断奶，我不能和她分开。"

妻以夫为纲，她有什么可以抱怨的，没想到一涉及孩子的问题，桃子一口回绝。

气得她牙痒痒，好，那就让她带孩子一起去。看秦野这态度，两人也过不长久，到时去母留子就完事了。

不承想，从长留山回来后，两人倒是好起来了。

草长莺飞（二）

"发财。"

"碰。"

"白板。"

"我胡了。"

"呀，罗太太，你手气真好，今天都在赢。"许太太夹杂闽南口音的普通话多年未变。

"再打完这一圈不打了，今晚我儿子儿媳带孙子回来吃饭，我要回家盯着阿姨做饭。"罗太太笑眯眯地收下筹码。

"你儿子不是移居外地了吗？"李太太问。

"是呀，小两口可有心了，每礼拜都过来陪我吃饭。"罗太太边码牌边说。

"儿子儿媳这么孝顺，真好福气。"李太太附和。

妈妈的梦想 MOM'S DREAM

"哟,我哪里比得上秦太太,两个儿子都在身边又听话,孙女有出息,儿媳还是大明星。"罗太太笑着说。

梁凤仪停下码牌,阴着脸,皮笑肉不笑:"哪里哪里。"

自从桃子回到这个家后,梁凤仪夜不能寐,觉得天都要变了。

"这个天早就变了,你还是少去掺和人家家事。"梁凤仪在床上翻来覆去,秦少林被吵得睡不着,起身倒了一杯红酒。

"什么人家?秦野是我儿子,我是他妈!"

"那也要人家听你的才行啊,老太婆,你就别管那么多了。"

"那你说现在桃子成天出去抛头露面,我能不管吗?女人就该守妇道,待在家里相夫教子!"

"儿子都没意见,你操什么心?你就该吃吃,该喝喝,该睡觉就睡觉,啊。"秦少林重新上床,背对着梁凤仪睡下。

"哎呀,你说生儿子有什么用?我生个儿子,儿子结了婚,等于没了个儿子。别人生女儿,女儿结了婚,等于多了半个儿子。"

"你别想太多了,早点睡吧。"秦少林熄灭床头灯。

第二天,梁凤仪踩着饭点到儿子家。

张姨打着哈欠去开门,见是她,顿时整个人都精神过来。

"他们人呢?"

"今晚太太有工作不回来做饭,先生就带小姐到外面吃了。"

"啊?怎么能到外面吃了?"梁凤仪怒道。

张姨吓得站在一旁不敢说话。

"我也有段日子没来了,他们最近怎么样?"梁凤仪拢了拢头发在沙发上坐下。

"先生、太太、小姐都好。"张姨陪站在一旁,又想起说,"我去给您沏杯茶。"

梁凤仪咬着茶杯,从六点坐到了八点,门外终于有人声了。

秦野领着妞妞有说有笑进了门,见着梁凤仪,叫了声:"妈。"

妞妞也恭敬地叫了声"奶奶",就连忙躲上楼了。

"我说,桃子有事,应该提前给你们做好晚饭再出门。"

秦野没有接话,问道:"妈,你和爸最近好吗?"

见儿子问候自己,梁凤仪心又软了:"我和你爸都好,你什么时候回家里吃顿饭?你都有半年没回家了。"

"我看吧,我还得问问桃子时间。"

"你怎么还得请示她啊?"梁凤仪一口气没喘上来。

"我和她一起回啊,当然得问过她。"秦野理所当然地说。

正说着话,化着浓妆,穿着闪亮短裙的桃子就回来了。

"妈,你过来了。"桃子尊敬地说。

梁凤仪也有一段时间没见桃子了,顿时上下打量她:"你怎么打扮成这样?"

"今晚有演出,我下台就回来了,还没来得及卸妆换衣服。我先上去看看孩子啊,你们慢慢聊。"桃子说完就上楼了。

梁凤仪还要说:"你……"

"妈,你是不是该回去了?挺晚的了。我让老陈送你吧。"秦野在一旁说。

梁凤仪注意到从桃子回来,秦野的眼神就一直追随着桃子:"你看她现在这样……"

"她现在也挺好的,虽然在外面工作,但是家里和孩子也在管着,什么也没耽误。"

"你和妞妞都要到外面吃饭,还说没耽误?"

"妈,每个人不一样,每个家庭也不一样,你不能以你的观念和标准来衡量我们。我觉得我们现在挺好的,大家过得自然舒服。"

"那我不舒服啊。"梁凤仪说。

"妈,要是你的舒服是建立在控制我和桃子的生活之上,那你这一辈子都不会过得舒服的。"

"你是什么意思啊?我哪里是要控制你们,我都是为了你好!"梁凤仪说得面红耳赤。

"我的意思就是你理解的意思。我已经很好了,你不用再为我好了。"秦野说。

"你……"梁凤仪拎起包就要走。

"妈。"听见秦野在背后叫她,她以为儿子知错了,满心欢喜地回头。

"妈,你下次来我家之前要问过我。"